Dieses Buch gehört:

Stefan Wolf

Ein Fall für

TKKG

T wie Tim
K wie Karl
K wie Klößchen
G wie Gaby

Die spannendsten Fälle

Bassermann

FSC
Mix
Produktgruppe aus vorbildlich
bewirtschafteten Wäldern und
anderen kontrollierten Herkünften

Zert.-Nr. SGS-COC-1940
www.fsc.org
© 1996 Forest Stewardship Council

Verlagsgruppe Random House FSC-DEU-0100
Das für dieses Buch verwendete FSC-zertifizierte Papier
München Super liefert Mochenwangen.

ISBN: 978-3-8094-2279-2

Umschlaggestaltung: Atelier Versen, Bad Aibling
Illustrationen: Reiner Stolte, München
Projektkoordination dieser Ausgabe: Birte Schrader
Herstellungskoordination dieser Ausgabe: Sonja Storz
Druck und Bindung: GGP Media GmbH, Pößneck

Printed in Germany

817 2635 4453 6271

Inhalt

TIM

heißt eigentlich Peter Carsten. Aber tolle Typen haben auch immer einen Spitznamen. Früher wurde Tim von seinen Freunden Tarzan genannt, doch mit dem will er nicht mehr verglichen werden, nachdem er diesen ‚halbfertigen Bodybuilder' in einem Film gesehen hat. – Tim ist der Anführer der TKKG-Bande, die so bezeichnet wird nach den Anfangsbuchstaben ihrer Vor- oder Spitznamen. Tim ist 14, aber seinem Alter geistig und körperlich weit voraus. Ein braungebrannter Athlet, besonders veranlagt für Kampfsport und Volleyball. Seit zwei Jahren wohnt er in der berühmten Internatsschule, ist Schüler der 9b. Sein Vater, ein Ingenieur, kam bei einem Unfall ums Leben. Tims Mutter, eine Buchhalterin, müht sich sehr, um das teure Schulgeld für ihren Sohn aufzubringen. Tim ist der geborene Abenteurer, haßt Ungerechtigkeit, mischt sich ein und riskiert immer wieder Kopf und Kragen.

Tim

KARL, DER COMPUTER

sitzt im Unterricht neben Tim, wohnt aber nicht im Internat, sondern bei seinen Eltern in der nahen Großstadt. Karl Viersteins Vater ist Professor für Mathe und Physik an der Universität; und wahrscheinlich von ihm hat Karl das tolle Gedächtnis geerbt – aus dem man alles abrufen kann wie aus einem Computer. Karl ist lang aufgeschossen und sieht magersüchtig aus, weshalb körperlicher Einsatz nicht seine Sache ist. Er kämpft lieber mit geistigen Keulen und fühlt sich bei den TKKG-Aktionen zuständig für technische und wissenschaftliche Probleme. Wenn ihn was aufregt, putzt er sofort die Gläser seiner Nickelbrille – und das manchmal so heftig, daß er alle paar Monate eine neue braucht.

KLÖSSCHEN

wird so genannt, weil er so aussieht; und für sein Aussehen gibt es einen Grund: Willi Sauerlich nascht und nascht und nascht. Schokolade ist für ihn Kraftnahrung, auch wenn er davon immer runder wird. Zusammen mit Tim bewohnt er im Internat die Bude ADLERNEST. Klößchens Vater ist Schokoladenfabrikant, und der Sohnemann versteht sich bestens mit seinen Eltern, die im feinsten Viertel der nahen Großstadt leben. Auch als Fahrschüler könnte Klößchen die Internatsschule besuchen, aber zu Hause in der pompösen Villa hat er sich immer nur gelangweilt; deshalb ist er jetzt hier – und wird von Tim mitgerissen in die vielen haarsträubenden Abenteuer, das Markenzeichen der TKKG-Bande.

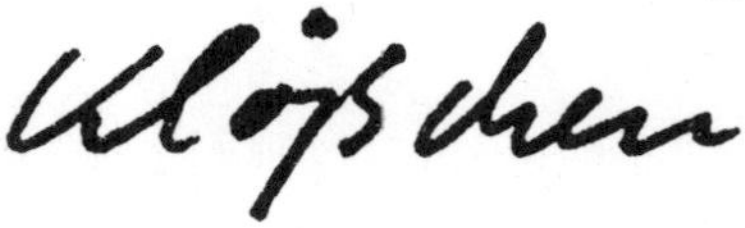

GABY, DIE PFOTE
muß sich als einziges Mädchen gegen drei Jungs behaupten. Aber alle Trümpfe sind auf ihrer Seite: goldblondes Haar, blaue Augen mit dunklen Wimpern, Anmut, Intelligenz und wenn nötig eine kesse Lippe. Für Tim ist seine Freundin das schönste Mädchen der Welt, und er fühlt sich als ihr Beschützer – vor allem dann, wenn es gefährlich zugeht: ein sehr häufig wiederkehrender Zustand. Gabriele Glockner wohnt bei ihren Eltern in der Stadt und besucht die 9b der Internatsschule als Fahrschülerin. Gabys Vater ist Kriminalkommissar und ein väterlicher Freund der Jungs. Gabys Mutter – von Tim, Karl und Klößchen hoch verehrt – betreibt ein kleines Lebensmittelgeschäft. Gaby liebt Tiere und läßt sich von Hunden gern die Pfote geben, was zu dem Spitznamen PFOTE geführt hat. Oskar, ein schwarzweißer Cocker-Spaniel, schläft auf ihrem Bettvorleger.

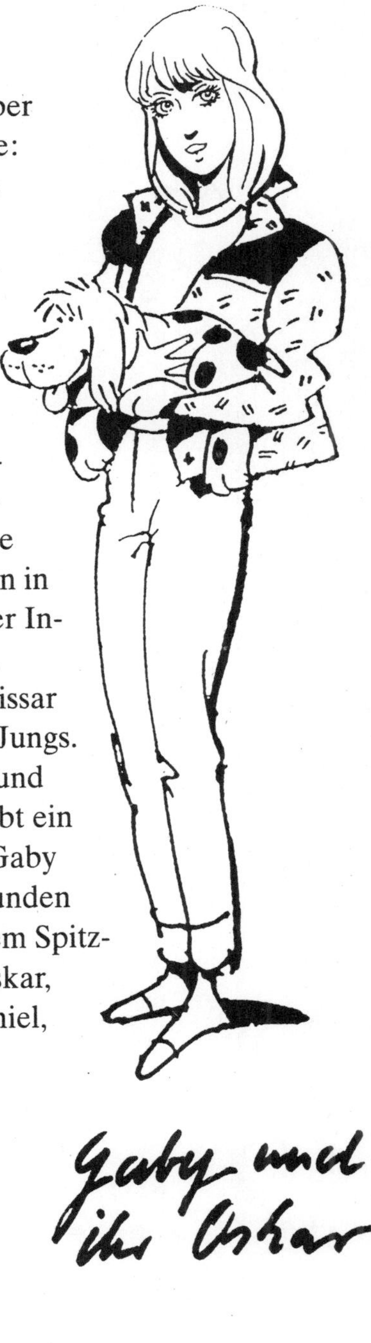

Angst auf der Autobahn

Ein Fall für

TKKG

T wie Tim
K wie Karl
K wie Klößchen
G wie Gaby

Inhalt

1. Unheimlicher Rastplatz

„Bis auf den letzten Tag“, sagte die Stimme am Telefon, „hat er seine Strafe abgesessen. Nicht ein Tag wurde ihm geschenkt. Keine Bewährung. Aber jetzt mußten wir ihn entlassen. Heute früh, acht Uhr und zwölf Minuten, hat er das Tor passiert und sich in Richtung Bahnhof begeben.“

„Schöne Bescherung!“ sagte Dennis Blots.

„Viel schlimmer!“

Dennis’ Anrufer war ein gewisser Dr. Albert Finkwalzer, Direktor der Strafvollzugs-Anstalt R., wo es einen eindrucksvollen Hochsicherheits-Trakt gibt. Ausbruchsicher. Und angeblich der modernste in Europa.

„Danke, daß Sie mir das Foto von Spelter geschickt haben“, sagte Dennis. „Darauf sieht er aus wie ein ganz normaler Wahnsinniger.“

„Er ist schlimmer als die“, sagte Finkwalzer. „Er hat sein Inneres abgeschottet. Kein Einblick in seine Gefühle und Gedanken. Er sieht nicht nur aus wie ein Stück Eis. Er verhält sich auch so. Sicherheitsverwahrung auf Lebenszeit. Das wäre das richtige für ihn. Aber es geht nicht. Wir leben in einem Rechtsstaat. Horst Spelter ist frei seit heute. Und wir ahnen, was er tun wird. Himmel, den Kerl auf die Menschheit loslassen – das ist, als würde man einem Amokläufer eine geladene Maschinenpistole schenken.“

Dennis Blots saß an seinem Schreibtisch im Polizeipräsidium – im Nebenraum von Kommissar Glockners Büro – und fummelte an der verknoteten Telefonschnur herum. Es war noch einer der altmodischen Apparate, immerhin besser als ’ne Buschtrommel und ohne die – angeblich – gefährlichen Strahlungen der schnurlosen Handys.

„Tja“, sagte Dennis. „Damit müssen wir leben.“

„Meinen Sie unseren Rechtsstaat?“

„Den auch.“ Dennis lachte freudlos. „Und nie eine Drohung?“

„Nie. Nur ganz am Anfang – im ersten halben Jahr – hat Spelter sich mal geäußert. Zu einem Lebenslänglichen, der später gestorben ist. Er habe, sagte Spelter, nur einen einzigen Feind. Einen Todfeind. Und zwar den Bullen, dem er das alles verdanke.“

„Hm.“

„Den Namen Glockner hat Spelter nie in den Mund genommen.“

„Aber er hat die Presseveröffentlichungen gesammelt.“

„Ja, alle. Spelter hatte die Zeitungen abonniert, die in eurer Millionenstadt herauskommen. Und er hat jeden Artikel gesammelt, der Kommissar Glockner betrifft. Er hat dessen Karriere verfolgt, alle gelösten Fälle und Belobigungen. Da hat sich was angehäuft. Drei dickgefüllte Schnellhefter – über Kommissar Glockner und seine Familie.“

„Haben Sie Spelter mal gefragt?“

„Er hat keine Miene verzogen und nur die Schultern gezuckt. Ich habe wieder und wieder gefragt. Was das soll? Dann hat er sich zu einer Antwort herbeigelassen. Er interessiere sich eben für Emil Glockner und nehme auf diese Weise teil an seinem Familienleben.“

„Es ist nicht strafbar, über irgendwen Zeitungsartikel zu sammeln.“

Auch Finkwalzer lachte freudlos. „Denn wir leben ja in einem Rechtsstaat. Wir können denken, was wir wollen – solange Spelter nichts getan hat, ist er ein Unschuldsengel. Abgesehen vom Vorleben.“

Dennis seufzte. Er hatte das Foto aus dem Schreibtisch genommen. Es lag auf der ledernen Schreibunterlage zwischen einer italienischen Wochenzeitschrift, einem Fax der Pariser Mordkommission, die um Amtshilfe bat, einem

neuen Shopping-Führer für London in englischer Sprache und einem Päckchen Kaugummi. Kaugummis ohne Zucker, versteht sich, und empfohlen zur Zahnpflege.

Dennis Blots kam frisch von der Uni, machte eine Ausbildung als Kriminalist und war seit einem halben Jahr Gabys Vater zugeteilt, Kommissar Glockner. Nicht nur mit ihm hatte Dennis sich angefreundet, sondern ebenso mit TKKG – und da besonders mit Tim, den er bewunderte, obwohl Gabys Freund elf Jahre jünger war als der Kiminalist in spe.

Draußen entfaltete einer der letzten Augusttage hochsommerliche Temperaturen. Wie Dennis mit Blick in den gegenüberliegenden Park feststellte, trugen Jogger und Joggerinnen nackte Beine spazieren, schön gebräunt von der Sommersonne.

„Wo ist er offiziell?" fragte Dennis.

„Die Betreuung für LHE, für Langzeit-Haftentlassene, hat ihm eine häßliche Wohnung vermittelt. Dafür ist sie billig." Finkwalzer nannte die Adresse, und Dennis schrieb mit. „Und dazu einen Job. Als Nachtwächter bei der Pechmann-und-Strähter AG. Ab 1. September. Das ist alles, womit ich Ihnen helfen kann."

„Vielen Dank!" sagte Dennis. „Ab jetzt helfen wir uns selbst. Ich werde Kommissar Glockner informieren, sobald er von seiner Dienstreise zurück ist."

*

Noch 60 Kilometer bis nach Hause. Und das auf Landstraßen, größtenteils.

Mutter und Tochter in dem silbergrauen BMW beschlossen, eine Pause einzulegen. Zumal die Gegend günstig war. Die Straße führte durch Wald, und der einsame Rastplatz auf einer Anhöhe bot sich an.

„Hier geht's", meinte Gaby. Sie bewegte unruhig die Hüften und befreite sich aus dem Sicherheitsgurt.

Margot Glockner lenkte den Wagen hinter eine Sichtblende aus Büschen. In ihrem weiteren Verlauf fiel die Straße steil ab.

Margot sah prüfend hinaus.

„Papi würde schimpfen, Gaby. Ein gefährlicher Ort hier für Frauen und junge Mädchen. Wozu sind denn die Gasthäuser da – würde Papi sagen." Sie lachte verschwörerisch. „Also muß es unter uns bleiben."

„Logo!" lachte Gaby. Sie war schon draußen und lief unter die Bäume.

Margot zog den Zündschlüssel ab, ließ ihn gewohnheitsmäßig in ihre Umhängetasche fallen und stieg aus. Ein heißer sonniger Tag Ende August. Sie schulterte die Tasche und trat in den Waldschatten.

Büsche belegten jeden freien Platz zwischen den Fichten. Margot konnte nicht weit sehen. Sie folgte einem schmalen Pfad und bemerkte den Mann erst, als er hinter einem Baum hervortrat.

Sie erschrak. Der Mann starrte sie an. Groß war er und wuchtig. Er trug graue Klamotten, und sein Gesicht gefiel ihr gar nicht. Diese Augen! Dieser Blick! Drei, höchstens vier Schritt betrug der Abstand. Und den überwand der Kerl mit einem gewaltigen Sprung.

Margot schrie auf, warf sich herum und wollte fliehen. Schon spürte sie seine Hand an der Schulter – riß sich los und stolperte über einen Stein, fiel aber nicht. Sie trug sportliche Schuhe mit flachem Absatz. In denen konnte sie rennen, und sie rannte wie um ihr Leben.

Dabei schrie sie aus Leibeskräften. „Gaby, zum Wagen! Lauf zum Wagen! Einriegeln!"

Die Antwort kam aus der Richtung. Gaby war schon dort.

GABY, ZUM WAGEN!

„Mami, was ist denn?“

Margot antwortete nicht. Dazu fehlte der Atem. Außerdem merkte sie: Ihre Tasche war weg. Der Typ hatte sie an sich gerissen. Und in der Tasche waren die Autoschlüssel.

O Gott! Wir sind verloren! Wer ist das? Was will der?

Hinter ihr brachen Zweige. Er holte auf. Sie hörte ihn keuchen.

„Mami!“

Gaby kam ihr entgegen.

„In den Wagen!“ schrie Margot. „Schnell!“

Ihre Tochter begriff und machte kehrt.

Beide erreichten den Wagen fast gleichzeitig. Gaby warf sich auf den Beifahrersitz. Margot lief zur anderen Seite hinüber. Hinein! Beide Türen zu!

„Verriegeln!“ keuchte Margot.

Vernehmlich rastete der Mechanismus ein.

Margots Hände zitterten. „Der... hat mich angefallen“, stieß sie hervor. „Plötzlich war er da.“

Gaby war fahl geworden. Eine Gestalt tauchte neben ihr auf. Eine schwere Faust krachte gegen die Scheibe. Der Typ zerrte am Türöffner, bückte sich dann und starrte herein.

Entsetzt rückte Gaby von der Tür weg. Sie sah ein breites Gesicht mit betonten Wangenknochen und unreiner Haut. Er schwitzte.

„Mami, fahr doch! Fahr!“

„Ich kann nicht“, flüsterte Margot. „Er hat meine Tasche. Mit den Schlüsseln.“

Für einen Moment konnte Gaby nicht sprechen. Jetzt sah sie: Der Kerl hatte die Schultertasche, hielt sie im linken Arm, interessierte sich aber noch nicht für den Inhalt.

„Mami!“ Gabys Stimme war nur noch ein Wispern. „Wenn der merkt... Dann... dann kann er aufschließen... Und...“

2. Ein Typ wie erste Jauche

„Tja“, sagte Dennis Blots. „Wenn es rauskommt, daß ich dich informiere, Tim, dann ist meine Karriere beim Vater Staat beendet, bevor sie begonnen hat.“

Dennis saß auf dem besseren der beiden Sessel in der Internatsbude ‚Adlernest‘, war vor drei Minuten hereingekommen, hatte nur Tim angetroffen und ihn erschreckt mit seiner Bedenklichkeitsmiene. Dennis hatte anfangs geseufzt, die Stirn gerunzelt und bewundernd das neue Foto von Gaby betrachtet, das – silbern gerahmt – auf Tims Nachttisch stand.

Tim saß auf seinem Bett und legte eine Hand hinters Ohr.

„Was kommt jetzt? Schauergeschichten über deine Freundinnen? Himmel, kannst du nicht mal still sein und den Duft meiner orientalischen Duftlampe genießen?!“

Dennis schnupperte. „Duftlampe? Ich dachte, das wären deine Socken.“

„Hahahah! Das Internat verfügt über mindestens eine Waschmaschine. Du dagegen bist auf die Gnade deiner Freundinnen angewiesen.“

„Meine Freundinnen sind emanzipiert. Die würden mir Schmutzwäsche ins Maul stopfen.“

„Recht so, du angehender Ganovenjäger. Also, was ist?“

Tim seufzte und ließ sich zurücksinken. Er lag auf seinem Bett, das tagesmäßig hergerichtet war mit bunter Überdecke. Trotzdem hatte er seine Turnschuhe abgestreift.

„Also?“ fragte er zum zweiten Mal.

„Was also?“

„Spuck’s aus, was dir so quer in der Kehle sitzt. Du willst mir doch was sagen und weißt nur noch nicht wie. Haben sie dich rausgefeuert?“

„Damit das ganze Präsidium zusammenkracht? Nö! Mich kann man nicht wegrationalisieren. Ich bin unersetzlich."

„Jeder kann abgebaut werden. Noch dazu ein Anfänger wie du. Und in unseren bescheuerten Zeiten kommen die Besten zuerst dran. Vermutlich, weil sie teuerer sind als die Doofen. Ach ja, für euch Beamte gilt das nicht. Ihr kriegt alle gleich wenig. Der Staat ist gerecht."

Dennis reagierte mit dem müden Lächeln des viel älteren Freundes.

„Also?" fragte Tim zum dritten Mal.

„Ich weiß nicht, ob ich's dir überhaupt sagen darf. Offiziell sowieso nicht. Deinetwegen verletze ich mein Dienstgeheimnis. Du versprichst, daß du nicht gleich den wilden Mann spielst? Und legst für Karl und Klößchen die Hand ins Feuer? Okay?"

Tim richtete sich wieder auf und schwang die Beine vom Bett. Sein Gesicht nahm einen gespannten Ausdruck an.

„Versprochen! Geht's um Gaby?"

„Auch um sie."

„Nun erzähl schon!"

Dennis nickte. „Die Angelegenheit begann vor 15 Jahren – also zu einer Zeit, da an dich noch nicht zu denken war. Ich hatte immerhin schon zehn Jahre auf dem Buckel und erste Anmache-Versuche auf der Grundschule gelernt. Aber die Zeitungen habe ich noch nicht gelesen. Deshalb ist mir auch entgangen, was damals drin stand über einen gewissen Horst Spelter. Er war 24, ist also heute 39, hatte bereits Frau und dreijährige Tochter. Er kam aus asozialem Milieu, und wir wollen jetzt nicht hinterfragen, wieso er so ein Dreckskerl wurde. Ob es charakterlich bedingt oder die Herkunft daran schuld ist. Vermutlich beides. Ich glaube, es muß immer beides sein. Denn auch wer ohne Leitbilder aufwächst beziehungsweise nur die falschen hat, kann sich später immer noch frei entscheiden: aus dem Kopf heraus und aus dem Bauch. Lassen wir das! Horst Spelter hatte zwar noch keine Vorstrafen, war aber schon erste Jauche. Ein Schläger, Einbrecher und Raubtäter – also skrupellos wie ein in die Enge getriebener Berufspolitiker. Im August vor 15 Jahren überfiel Spelter im Alleingang die Kleinviehzüchter-Genossenschafts-Bank in Ginsterstedt und schoß auf zwei der Angestellten, die er lebensgefährlich verletzte. Es lief also einiges schief. Trotzdem Beute. Dann raus und ins Fluchtauto. Dort saß Mechthild am Steuer, seine Frau. Sie war ein Jahr älter als er und vor der Eheschließung auf leichten Erwerb ausgewesen. Also kein Tugendschaf, sondern ein Geschöpf, das weiß, wie man auf einem Strich auf und ab geht. Flucht! Die Alarmanlagen der Bank heulten. Und der Zufall wollte es, daß gerade in dem Moment ein junger Beamter der Kripo dort vorbeifuhr. Er war nicht im Dienst, nahm aber sofort die Verfolgung auf. Dieser damalige Jungkriminaler ist heute das As im Präsidium und Vater deines Traummädchens. Ich spreche von Emil Glockner, der wirklich nicht dafür konnte, was dann geschah. Deshalb ist Spelters Haß menschlich gesehen sehr ungerecht."

„Weiter!" sagte Tim mit kurzem Atem.

„Also eine wilde Verfolgung. Die Spelters hatten sich das anders gedacht. Sie hatten zunächst mit Vorsprung und dann mit Straßensperren hinter Ginsterstedt gerechnet und sich tarnend darauf eingestellt, indem sie ihr dreijähriges Töchterchen dabei hatten. Die kleine Susanne. Sie lag im Fond, schön zugedeckt. Sie schlief friedlich, war nämlich betäubt mit Schlaftabletten, wie Spelter später aussagte. Bei einer eventuellen Straßensperre wollten die Spelters auf Familienidyll machen, was allemal unverdächtig ist. Denn wer nimmt seine kleine Tochter mit, wenn er zum Banküberfall losgeht? Hinzu kommt noch, daß sich Mechthild die Haare hochgesteckt hatte unter einen Herrenhut. Glockner, der über Sprechfunk von dem doppelten Mordversuch in der Bank informiert wurde, glaubte also, er verfolge zwei Männer. Es wurde eine dramatische Jagd. Hinter Ginsterstedt auf der Landstraße nach Großweildunken konnte sich Glockner aus dem Fenster beugen. Er schoß. Ein Glücks- oder sagen wir lieber: ein Zufallstreffer. Spelters linker Hinterreifen platzte. Der Wagen raste über die Böschung und stürzte einen Hang hinunter. Horst Spelter wurde hinausgeschleudert. Der Wagen explodierte beim Aufprall, ging in Flammen auf. Mutter und Tochter waren tot auf der Stelle. Spelter wurde zu 15 Jahren verknackt. Und die sind abgelaufen heute früh um acht Uhr und zwölf Minuten."

15 Jahre! dachte Tim. Tatsächlich länger als ich schon hier rumturne. 15 Jahre im Knast. Geht das überhaupt? Wieviel besser wird ein Krimineller dadurch? Entweder er zerbricht und verlebt den Rest in der Freiheit als Scherbenhaufen. Oder er hat dazugelernt und Haß aufgestaut bis in die Haarspitzen. Jedenfalls war er 15 Jahre weg vom Fenster, und die Mitmenschen hatten Ruhe vor ihm.

„Hat er Rache geschworen?"

„Mit fast keinem Wort."

„Fast?"

„Nur im ersten Halbjahr hat er mal geäußert, Glockner wäre sein liebster Feind."

„Weshalb regst du dich dann auf?"

„Spelter hat 15 Jahre lang Zeitung gelesen."

„Das bildet. Treibt die Trübsinnigen zur Verzweiflung und die Gerechten auf die Palme. Außerdem erfährt man, was in den Kinos läuft. Und die Sonderangebote in den Supermärkten sind auch nicht ohne."

„Spelter hat sich nur für Berichte, Artikel, Meldungen, Porträts und Hinweise interessiert, die deinen Wunschschwiegervater betreffen. Jede Zeile über ihn wurde ausgeschnitten, gesammelt, sozusagen archiviert. Spelter hat Glockners Karriere genau verfolgt, die Eheschließung mit der hochverehrten Frau Margot und natürlich auch die Geburt eines Mädchens namens Gaby. Das ist die nunmehr 14jährige Tochter. Zu deiner Information."

„Danke!" Aber Tim war nicht nach Grinsen zumute. „Und jetzt ist dieser Typ seit mehreren Stunden auf freiem Fuß."

Dennis nickte.

„Keine Bewährungsauflagen?"

„Ihm wurde kein Tag erlassen. Er hat's natürlich zigmal versucht. Aber die Knastologen-Seelenklempnerin, ich meine die Anstaltspsychologin, hat sich dagegen ausgesprochen. Er war ihr nicht geheuer. Sie hat ein Psychogramm, eine Charakteristik von ihm vorgelegt, die man Kindern nicht vorlesen sollte, weil sie sonst Alpträume kriegen. Doch auch 15 Jahre gehen mal vorbei, und jetzt gibt es keine Handhabe gegen Spelter."

„Was vermutet die Bewußtseinsforscherin?"

„Spelter ist völlig gefühlskalt, kann nur sinngemäß zwischen guten und bösen Taten unterscheiden. Null Skrupel, keinen Hauch von Moral, Mitgefühl, Verantwortungsbewußtsein. Ein Menschenleben bedeutet nichts. Es stirbt ja täglich eine Unzahl Menschen – durch Krankheit, Krieg, Hunger oder Verbrechen. Dafür hat Spelter nur ein Achselzucken. Das ist seine Richtschnur. Andererseits ist er ausdauernd, beharrlich und auf psychopathische Weise unbeirrbar. Er vergißt nicht, was man ihm angetan hat. Er ist nachtragend für alle Ewigkeit. Dr. Grimaskowitsch, das ist die Psychologin, meint zwar, Spelter habe weder seine

Mechthild noch die kleine Tochter besonders geliebt. Aber in der Erinnerung hat sich das vermutlich verklärt. Er macht unseren Hauptkommissar – warum läßt sich Glockner eigentlich nie so anreden? – für deren Tod verantwortlich. Spelter fehlt die Einsicht, sich zu sagen, daß nur er selbst daran schuld ist."

„Also wird er sich rächen?"

Dennis erwiderte den Blick des TKKG-Häuptlings und hob etwas die Schultern.

„Wie?" fragte Tim.

„Er hat Zeit. Er kann warten. Und er ist sehr intelligent."

„Gaby und ihre Mutter?"

„Mit seinem Kopf gedacht, wäre es die logische Konsequenz."

„Weiß Herr Glockner Bescheid?"

„Im Prinzip ja. Er ist seit gestern auf Dienstreise. Eigentlich sollte Spelter erst morgen entlassen werden."

„Und? Wie verhält sich Herr Glockner?"

„Eine beknackte Situation für ihn. Er kann Frau und Tochter nicht total verängstigen. Sie dürften dann das Haus nicht mehr verlassen. Andererseits kann er mit Blick auf den Steuerzahler keinen ständigen Polizeischutz für seine Familie organisieren. Zumal es auch Stimmen gibt unter den wenigen Eingeweihten, die da meinen, Spelter wolle nur eine Art Psycho-Terror betreiben. Denn wenn er wirklich was vorhätte, würde er sein Glockner-Ausschnitts-Archiv nicht so unverhohlen führen. Hätte er tatsächlich was geplant, wäre er heimlich vorgegangen. Die Lektüre der Presseveröffentlichungen hätte genügt, das Sammeln wäre überflüssig gewesen. Denn für einen Racheakt genüge es, wenige Fakten zu wissen: Glockners Adresse. Wie Frau und Tochter heißen. Wie sie aussehen."

„Klugscheißer-Theorie", sagte Tim.

„Da stimme ich dir zu.“

„Kann ja sein, daß Spelter denkt, wir sollen so denken, damit er dann überraschend handeln kann.“

Dennis nickte. „Aber es ist nun mal so: Solange er nichts angestellt hat, kann man nicht gegen ihn vorgehen. Ich meine, die Polizei kann es nicht. Wenn sich eine Privatperson um ihn kümmert, ist das natürlich was anderes.“

„Aha!“

„Deshalb bin ich hier.“

„Ich würde dich umbringen, wenn du mir nichts gesagt hättest.“

„Ich weiß.“ Dennis grinste.

„Ich nehme an, Spelter hat eine Adresse.“

Dennis zog einen Zettel aus der Brusttasche. „Für dich habe ich sie aufgeschrieben. Bitte auswendig lernen und den Zettel vernichten. Am besten, du schluckst ihn runter.“

KLUGSCHEISSER-
THEORIE

3. Gott sei Dank! – der Wagen rollt

Grauenvoll! Sie waren allein auf dem Rastplatz, eingeriegelt in ihren Wagen. Aber dieser widerliche Kerl dort draußen hatte Margots Tasche mit dem Autoschlüssel und wich nicht von der Beifahrertür.

Gaby saß fast auf der Mittelkonsole, war so weit wie möglich beiseite gerückt.

Margot blickte nach vorn. Sie mußte den Kopf recken, um den Verlauf der Straße zu sehen. Ja, sie standen abschüssig. Und wie!

„Mami, jetzt checkt er, daß er die Schlüssel hat!"

Gaby flüsterte. Sie sah das Grinsen auf dem gemeinen Gesicht. Genüßlich öffnete der Kerl Margots Handtasche.

„Vielleicht rollen wir, Gaby. Wenigstens ein Stück. Dann…"

Margot löste die Handbremse und schaltete auf Leerlauf.

Lieber Gott, bitte!

Der Wagen rührte sich nicht.

In diesem Moment zog der Kerl das Schlüsselbund aus der Handtasche. Das Grinsen war ein einziger Triumph. Er hielt den Autoschlüssel ins Sonnenlicht.

Und der Wagen begann zu rollen wie von einem Zauberstab berührt. Erst langsam, aber nach wenigen Metern wurde er schneller.

Margot umklammerte das Lenkrad, beugte sich vor und wagte nicht, in den Rückspiegel zu sehen. Aber Gaby hatte sich umgedreht.

Jetzt grinste er nicht mehr, der Widerling, glotzte verblüfft und begann dann zu rennen.

„Er verfolgt uns", rief Gaby. „Aber einholen kann er uns nicht. Mami, der Abstand wächst. Wir sind schneller. Herrlich! Ja, joggen ist gesund, du Mistkerl. Aber nicht für dich.

Lauf dir die Lunge aus dem Hals, Mistkerl! Wegelagerer! Strauchdieb!“

Ihre Mutter atmete tief. Sie zitterte noch.

Und weit und breit keine Hilfe, dachte sie. Himmel, warum ist diese Strecke so einsam!

„Gaby, hinter der Kurve dort endet die Gefällstrecke. Dort wird es flach, steigt sogar etwas an.“

„Wie bitte?“ Entsetzt wandte sich Gaby zu ihrer Mutter. „Dann... dann bleiben wir stehen.“

„Wir haben eine Chance. Wenn nur dieser Kel nicht unmittelbar hinter uns ist. Wir brauchen ein paar Sekunden. Das würde genügen.“

„Du meinst den... Zweitschlüssel?“

Margot nickte.

Der Zweitschlüssel befand sich in einer kleinen Magnetschachtel, die unter dem hinteren Kotflügel, rechts, angebracht war. Für den Notfall – wenn der andere Schlüssel verloren ging, was schon vorgekommen war.

Eben, bei der Flucht in den Wagen, hatte Margot Glockner nicht daran gedacht. Außerdem hätte die Zeit nicht gereicht.

„Ich halte hinter der Kurve. Du bleibst sitzen, Gaby. Ich...“

„Nein! Ich hole den Schlüssel. Ich bin näher dran. Und du kannst schneller starten, wenn du schon sitzt.“

„Hmmmm... Ja, ich glaube, du hast recht.“

Außerdem ist es letztlich egal, dachte Margot, wer den Versuch macht. Wenn er mißlingt, sind wir ausgeliefert.

Die Fahrbahn wurde flach. Der Wagen rollte langsamer. Sie erreichten die Kurve.

Beide hatten gehofft, ein Fahrzeug käme entgegen oder tauche im Rückspiegel auf. Aber da war nichts. Nur die sommerliche Natur ringsum. Hochsommer. Zitronenfalter gaukelten unter den Bäumen, Pfauenaugen und Admirale. Blüten reckten ihre Gesichter der Sonne entgegen. Sattes Grün bekleidete die Bäume, und in all dieser paradiesischen Schönheit kam das Böse hinterdrein, das Böse in Gestalt dieses Kerls.

Gaby blickte durchs Heckfenster.

„Da ist er. Etwa 100 Meter entfernt. Jetzt sprintet er."

„Ich halte."

Margot bremste und mußte sich dabei anstrengen, denn der Motor war ja nicht eingeschaltet, und der Tritt auf das Eisen erforderte Kraft.

Der Wagen hielt, Gaby hatte die Tür schon geöffnet, sprang hinaus und kniete neben dem Kotflügel.

Der Verfolger jagte heran. Seine Sohlen knallten auf die Fahrbahn. Sein keuchender Atem übertönte das Vogelgezwitscher.

Gaby schob die Hand unters Blech, tastete und fand keine Schachtel. War sie runtergefallen – vorhin auf der Autobahn? Verloren? Wie stark ist ein Magnet? Welche Erschütterung verträgt der?

„Mami, ich... Doch!" Sie jauchzte auf. „Da ist sie."

Die Schachtel saß fest. Zu fest. Der Nagel an Gabys Mittelfinger brach ab. Aber sie hatte die Schachtel.

Ein Blick zurück.

Himmel, war der Kerl nah! Und immer noch hatte er die Handtasche.

Gaby warf sich auf den Sitz, riß die Tür zu, drückte auf die Verriegelung und hielt ihrer Mutter die Schachtel hin.

Wieder schmetterte seine Faust gegen die Scheibe. Das Gesicht war schweißüberströmt und verzerrt. In einer Hand hielt er den Autoschlüssel. Sofort stocherte er am Türschloß, war aber zu hastig und seine Hand zu unruhig infolge der Rennerei.

In diesem Moment sprang der Motor an, heulte auf und wurde mit Vollgas versorgt. Der Wagen schoß vorwärts. Das Schlüsselbund, das schon am Türschloß hing, wurde dem Kerl aus der Hand gefetzt. Verletzte er sich? Gaby hörte, wie er aufschrie. Oder aus Wut? Jedenfalls war er zur Seite getaumelt und hatte jetzt nur noch das Nachsehen.

Der Abstand betrug schon 100 Meter und mehr.

„Mami, das Schlüsselbund steckt. Eine Sekunde später hätte er die Tür aufgerissen."

Margot fuhr etwas langsamer, Gaby kurbelte die Scheibe herab, griff hinaus und zog das Schlüsselbund ab.

Beiden liefen Tränen übers Gesicht. Gerettet! Die Anspannung ließ nach.

„Wenigstens das haben wir." Gaby schwenkte das Schlüsselbund. „Aber deine Tasche."

„Auf die verzichte ich gern. Soll er doch mein Make up haben, das Portemonnaie, mein Taschentuch und... o Gott! die Kreditkarten! Aber nein! Die habe ich in der Jacke."

Margots Blazer, passend zu den bestickten Edeljeans, lag auf dem Rücksitz.

„Dieser Widerling! Dieses Scheusal! Was wollte der von uns?" Gabys Wangen waren gerötet.

Sie drehte sich um. Sie sah ihn noch. Die Straße verlief gerade. Der Typ stand an der Seite, kramte in der Handtasche und nahm etwas heraus – vermutlich das Portemonnaie mit etwas Geld. Von der Tasche trennte er sich. Sie flog in die Büsche.

Gaby kommentierte. „Ich glaube, er hat unser Geld. Aber mit deiner Tasche will er nicht gesehen werden. Er geniert sich. Weggeworfen hat er sie. Himmel, die ist doch aus der Kollektion von Umberto Schmucceroni."

Beide begannen zu lachen, ziemlich schrill. Dann weinte Margot noch heftiger und wurde von Gaby getröstet, die

den Arm um ihre Mutter legte. Die 14jährige weinte nicht minder, hatte aber keine Probleme damit, da sie nicht fuhr.

Margot sah nicht mehr genug und mußte das Tempo verringern. „Bitte, ein Taschentuch!“

„Mein letztes. Aber weil du’s bist.“

Mit einem Papiertaschentuch betupfte ihr Gaby die Augen. Und nahm es dann selbst noch zum Schneuzen.

„Schrecklich!“ Margot schüttelte sich. „Dieser Verbrecher! Hast du gesehen, was der anhat? Gefängniskleidung. Ja, das ist das Outfit der Knastis. Der ist ausgebrochen, Gaby. Ein Ausbrecher!“

Tims Freundin fröstelte. „Hätte der uns… umgebracht?“

„Ich weiß nicht. Wahrscheinlich wollte er nur den Wagen. Vielleicht mit uns als Geiseln. Papi hat recht behalten. Einsame Rastplätze in einsamer Gegend sind nichts für Frauen und Mädchen. Wie leicht kann sich da Gesindel postieren.“

„Nie wieder!“

„Aber sagen müssen wir’s jetzt.“ Margot lächelte.

Ein gelbes Wegweiser-Schild. Noch fünf Kilometer bis zum nächsten Dorf.

Jetzt, ohne Tränen, sah Margot besser. Sie konnte flott fahren.

„Frauen“, sinnierte sie, „sind doch wirklich benachteiligt. An Männer – starke Männer, meine ich – hätte sich dieser Typ nicht rangetraut.“

„Du sagst es, Mami. Genau. Aber unsereins ist Freiwild. Da helfen auch die Selbstverteidigungskurse nicht viel. Wenn so ein brutaler Typ auf uns eindringt, ist man verloren. Wir haben nun mal die dünneren Muskeln. Es sei denn, man überrascht ihn. Mit einem blitzschnellen Tritt an die richtige Stelle. Tim hat es mir beigebracht. Aber noch nicht so richtig. Ich verlasse mich immer auf ihn. Er ist ein so toller Fighter.“

Margot lächelte. „Deinen Tim als Bodyguard – dann ginge es uns gut."

Beide lachten. Margot spürte, wie der Schock bei ihr nachließ – auch, daß Gaby besser damit fertig wurde. Vielleicht geht sowas leichter, wenn man erst 14 ist.

Sie erreichten das Dorf und hielten vor dem Gasthaus ‚Altwirt'. Im Handschuhfach lag ein Reserve-Portemonnaie mit Telefonkarte. Margot zog los, um im Polizeipräsidium anzurufen. Ihr Mann war auf Dienstreise. Aber sie mußte seine Kollegen informieren.

Gaby blieb im Wagen und versuchte, dem abgebrochenen Fingernagel etwas Form zu geben. An dem 12-teiligen Taschenmesser, ebenfalls Ausrüstung im Handschuhfach, befand sich eine Feile.

Margot blieb ziemlich lange weg. Als Gaby mit dem Nagel fertig war und sich langweilte, ging sie ins Gasthaus.

Es war ein uriger Schuppen mit rauchgeschwärzten Holzbalken und Bierdunst in den Gardinen. Leer. Nur ein dickbäuchiger Wirt stand hinter der Theke. Er erklärte, das Telefon befinde sich hinten im Gang zu den WCs.

Gaby setzte sich ans Fenster und bestellte eine Coke. Dann kam Margot zurück.

„Die sind alle zu Tode erschrocken. Mir wackeln jetzt erst richtig die Knie. Dieser Kerl ist ein Schwerverbrecher, habe ich erfahren. Und letzte Nacht aus der Landesstrafanstalt entkommen. Karsten Willert. Für Dennis Blots gibt es keinen Zweifel. Willert ist 38 – er sah älter aus, wie? – und hat viel auf dem Kerbholz. Einbruch, Raub, Körperverletzung. Der wäre unsanft mit uns umgegangen."

Gaby schauderte. Sie teilten sich die Coke, denn das Reserve-Portemonnaie enthielt nur ein paar Mark. Dann verließen Mutter und Tochter den ‚Altwirt' und traten hinaus in die grelle Vormittagssonne.

Beide blinzelten und spähten über die Straße. Dort, vor einem zum Supermärktchen aufgeblähten Tante-Emma-Laden, parkte ein japanischer Jeep. Ein Mann stieg aus.

„Gaby! Ist das nicht der Wichtigmann?“

„Exakt. Mir fällt ein: Der hat hier irgendwo eine Jagdhütte.“

In diesem Moment entdeckte auch Karl-Walter Wichtigmann die Damen. Er hieß nicht nur so, er war wichtig, hatte er's doch schon zum zweiten Bürgermeister gebracht in der Millionenstadt, wo TKKG zu Hause sind. Wichtigmann war nebenberuflich Geschäftsmann, was nun seine Frau besorgte, um dem Mandatsträger offiziell den Kopf frei zu halten für sein Mandat, und Vorsitzender seiner Partei war er auch.

Mit breitem Grinsen stiefelte er heran: ein großer, etwas feister, ausnahmslos gutgelaunter Amtsträger.

„Hallo, wen sehe ich denn da! Die Frau Glockner! Und das Fräulein Tochter.“

Er küßte Margot die Hand und tätschelte Gaby die Wange, was ein leichtes Zurückzucken hervorrief.

Alter Esel! dachte Gaby, lächelte aber ohne Falschheit. Denn Wichtigmann galt als wirklich umgänglich, und die Zusammenarbeit mit dem Polizeipräsidium verlief ohne Reibung.

Wichtigmann holte schon tief Luft, um Charme zu versprühen, aber dazu ließ es Margot nicht kommen.

„Sehen Sie, wie bleich wir sind? Mit knapper Not sind wir einer Gefahr entkommen.“ Margot erzählte.

Der 2. Bürgermeister staunte fassungslos. Dann packte ihn der Schreck.

„Bei dem Rastplatz auf der Anhöhe, sagen Sie? Um Himmels willen! Durch den Hängelwald ist es nur ein kurzes Stück bis... bis zu meiner Hütte. Meiner Jagdhütte.

Dort ist Jörg. Mein Sohn. Ganz allein ist er dort. Sicherlich spielt er am Bach. Er soll natürlich in der Hütte warten. Aber wie Jungs so sind… Ich wollte nur rasch einkaufen, weil wir am Wochenende mit der ganzen Familie… Verdammt! Ich muß sofort hin. Wiedersehen, gnädige Frau! Tschüs, Gaby!“

Er rannte zum Jeep.

BEI DEM RAST-PLATZ AUF DER ANHÖHE SAGEN SIE ?

SUPERMARKT

4. Verwahrt seit 15 Jahren

‚An-der-Schwemme‘ ist eine schäbige Straße im Stadtteil Borkling, wo in den Mauern alter Häuser der Schwamm wächst, Kellerräume Schimmel ansetzen und die Dächer neue Ziegel brauchten. Aber Renovierungen oder Abrisse sind hier nicht angesagt. Alles darf verlottern.

Tim, Karl und Klößchen fuhren zum zweiten Mal auf ihren Bikes durch die enge Straße, die keine Gehsteige besitzt, aber zahllose Schlaglöcher.

„Hier wohnt keiner vom Stadtparlament“, meinte Computer-Karl. „Deshalb wird die Straße nicht gemacht. Ist ja schlimmer als auf dem Balkan.“

„Hm.“ Tim hob die Schultern.

„Wie? Was?“ fragte Klößchen, der hinten radelte und nichts verstanden hatte. „Leute, die Schlaglöcher nerven mich. Und mich nervt, daß wir Nummer 48a nicht finden.“

„Hier gibt’s keine Hausnummern“, grinste Karl. „Hier weiß jeder, wo er wohnt, und der Briefträger weiß es auch.“

Doch dann erspähte Tim einen Torbogen, der ein dreistöckiges Fachwerkhaus unterwölbte und nach hinten führte. Im Torbogen war das Schild angebracht: 48a.

Die Jungs fuhren durch das Durchhaus, gelangten aber nicht auf die Parellelstraße, sondern stoppten in einem ausgedehnten Hinterhof, den die Rückseiten drei- und vierstöckiger Häuser umgrenzten. Fahrräder standen hier. Drei Autos parkten. Müll- und Biotonnen bildeten eine Reihe.

Übermäßig laut sagte Tim: „Hier sind wir falsch, Freunde. Das Mädchen hat dich veräppelt, Johannes. Nie und nimmer wohnt sie hier. Sie trug Designer-Klamotten und ist Mitglied im Reitclub. Gehen wir!“

Hoffentlich wirkt das unverdächtig, dachte Tim. Schlimm genug, daß Spelter uns sieht.

Dennis Blots hatte Tim das Foto von Horst Spelter gezeigt. Ein Foto, aufgenommen mit versteckter Kamera vor drei Wochen in der Strafanstalt in R.; Dr. Finkwalzer hatte es Glockner geschickt, und ein Dutzend Abzüge lagen jetzt vor.

Spelter, 39, 181 cm, Augenfarbe schwarz, Haarfarbe schwarz, Frisur mittellang und links gescheitelt, ovales Gesicht mit kräftiger Stirn, lückenhaftes Gebiß, jünger aussehend als 39 – dieser Spelter, der seit heute eine Wohnung hatte in ‚An-der-Schwemme' 48 a, stieg soeben in einen der Wagen.

Es war ein blauer Mercedes, fast neu. Er paßte nicht hierher. Die beiden anderen Fahrzeuge würden den nächsten TÜV nicht mehr passieren. Der Mercedes sah nach Leihwagen aus – zumindest war das zu vermuten.

Spelter hatte seinen Wagen gestartet und rollte vorsichtig, rückwärts manövrierend, aus der Parklücke zwischen den beiden Rostlauben heraus. Ja, 15 Jahre ohne Fahrpraxis – da mußte man aufpassen. Aber Spelter hatte offenbar keine Probleme.

Die Jungs fuhren zur Straße. Instinktiv bog Tim rechts ab. Das war die Richtung zur Altstadt, zur Adresse der Glockners.

„Habe mir gerade überlegt, ob ich Johannes heißen möchte", meinte Klößchen. „Eher nicht. Ist irgendwie zu biblisch. Das ist er also", er meinte Spelter, „die Kälte, die der ausstrahlt, habe ich durch mein Wams gespürt." Sein ‚Wams' war ein Windbreaker mit Kapuze. „Aber als Typ ist er nichts besonderes, wie? Unauffällig. Und so einer will Gaby und ihre Mutter vernichten. Falls er das will. Heh, da kommt er. Fährt in dieselbe Richtung."

Tim hatte Spelters Wagen schon im Rückspiegel entdeckt und fuhr langsam, nicht zu langsam, aber so, daß er überholt werden konnte von einem, der sich nach 15 Jahren Knast wieder aufs modernste aller Schlachtfelder wagt – in den Straßenverkehr, wo die Chance zu verbleichen oder verstümmelt zu werden, Jahr für Jahr statistisch in Zahlen gefaßt wird, was sich dann auf die Prämien der Kfz.-Versicherungen auswirkt.

Spelter fuhr vorbei.

Tim blickte hin.

Der Ex-Knasti wirkte angespannt, saß vorgebeugt und umspannte das Lenkrad mit beiden Händen. Es waren knochige Hände, unnatürlich groß. Plötzlich schien Spelters Instinkt was zu spüren. Der Mann wandte ruckartig den Kopf und starrte Tim an.

„Wir sind aufgefallen", sagte der TKKG-Häuptling über die Schulter nach hinten.

„Das liegt an deinen aggressiven Gedanken." Klößchen gluckste. „So ein Sensibelchen wie Spelter spürt das. Der merkt, daß man ihn nicht leiden kann, und hat deshalb Nacht für Nacht in sein Kopfkissen geweint. 15 Jahre lang. Denk daran, wenn du ihn häutest und an die Wand nagelst, Tim."

„Vorläufig beobachten wir ihn nur."

„Woher hat er den Wagen?" fragte Karl.

„Sicherlich ein Leihwagen. Der Führerschein gilt noch."

„Woher hat er das Geld dafür?"

„Das möchte ich auch wissen. 15 Jahre Tütenkleben macht nicht reich – selbst dann nicht, wenn er alles gespart hat."

Spelter fuhr sehr langsam. Außerdem war alle naselang eine Ampel auf Rot geschaltet.

Tim hielt Abstand, ließ ein oder zwei Fahrzeuge zwischen sich und dem blauen Mercedes.

Sie fuhren Richtung Innenstadt, der frühe Nachmittag war heiß, auf den Straßen ging's zu wie zur rush hour.

Spelter schien technisch begabt zu sein, oder er hatte in seiner Zelle das Autofahren geübt, und zwar mental, also im Bewußtsein, wobei man sämtliche Situationen und Handgriffe durchgeht, was dann – in der Praxis – im Gehirn die richtigen Impulse auslöst. Hochleistungssportler üben so, ergänzend, üben sozusagen im Sessel sitzend Karate oder Stabhochsprung oder alpinen Abfahrtslauf.

Spelter fuhr zur Mitterrahmer Straße und hielt vor Nummer 21, einem bejahrten Reihenmittelhaus. Der Vorgarten war so groß wie ein Badelaken, aber einige Primeln gediehen.

Die Jungs hielten hinter einem Kastenwagen, vier Autolängen entfernt. Das Versteck war tauglich. Offenbar hatte Spelter die Verfolger nicht bemerkt.

Er stieg aus, ging zur Tür des Mittelhauses und klingelte.

Die Straße war still. Wenig Verkehr. Eine Kette von Reihenhäusern.

Bei Nummer 21 wurde die Tür geöffnet. Eine Frau blickte heraus. Sie mochte 70 sein, hatte graues Haar, das ihr strähnig auf die Schultern fiel. Ein Gesicht voller Falten. Dazu hatte sicherlich die Nikotinsucht beigetragen. Im Mundwinkel schuckelte eine Zigarette. Die Art, wie die Frau redete und gleichzeitig freihändig rauchte, verriet Übung.

„Ja?"

„Guten Tag", grüßte Spelter. „Ich bin Horst Spelter. Bin mit Ihrem Sohn Karsten befreundet. Schon vor 15 Jahren sind wir befreundet gewesen. Damals hat er etwas für mich verwahrt. Da er ja inzwischen einsitzt, kann er's nicht mehr verwahren, hat's aber rechtzeitig Ihnen übergeben, Frau Willert. Damit Sie's mir aushändigen, wenn ich komme. Hier bin ich."

Eine Stimme ohne Ausdruck, dachte Tim. Kalt wie aus

einem Automaten. Etwas schleppend, gelangweilt. Spricht Hochdeutsch wie jemand, der sich darum bemüht.

„Ach so!“ sagte die Frau. „Ja, ich weiß. Aber ich kenne Sie nicht. Karsten hat’s mir erzählt. Er ist ja nun auch schon sieben Jahre… Sie haben ihn im Gefängnis kennengelernt, ja?“

„Nein, vorher. Ich sagte es. Vor 15 Jahren. Damals war er 23. Ich hatte ihm geholfen. Wir wurden Freunde.“

Die Stimme hatte sich kaum verändert, war nur etwas schärfer geworden und etwas ungehalten.

„Können sie sich ausweisen, Herr Spelter?“

„Hier.“

Offenbar zeigte er ihr seinen Paß.

„Danke, ich hol’s. Augenblick!“

Sie bat ihn nicht herein. Er blieb stehen, wo er stand, rührte sich nicht, wirkte locker, schien nur die Augen zu bewegen. Die Jungs äugten um die Heckkante des Kastenwagens.

Hoffentlich fährt jetzt keiner ab mit der Kiste, dachte Tim. Dann wären wir entdeckt.

Die Frau, die Willert hieß, kam zurück und brachte eine kleine Metallkassette.

„Den Schlüssel habe ich nicht.“

„Den habe ich. Danke!“ Er wollte sich abwenden, aber ihm fiel noch etwas ein. „Wenn Sie Karsten mal wieder besuchen, grüßen Sie ihn von mir.“

„Ja, das heißt… Ich… Also, Sie wissen es nicht. Nein?“

„Was weiß ich nicht?“

„Mein Sohn ist… letzte Nacht entflohen. Ja, ausgebrochen. Ich verstehe das nicht. Er hat doch nur noch zwei Jahre vor sich. Die Polizei war schon hier. Man hat mich gewarnt. Sollte er sich melden, muß ich sie verständigen. Aber ich habe ihnen gesagt, daß er das bestimmt nicht tut. Er hat immer gesagt, Mutter, wenn ich hier mal... wie hat er gesagt: wenn ich hier mal die Fliege mache... ja, so... dann, Mutter, ziehe ich dich da nicht rein. Ist das nicht schrecklich?"

„Was ist schrecklich?"

„Daß er so unvernünftig ist. Er muß doch seine Strafe verbüßen."

„Ich nehme an, er hat sich gelangweilt. Wiedersehen!"

Spelter ging zu seinem Wagen, stieg ein und fuhr ab.

Die Frau hatte die Tür geschlossen. Und rauchte sicherlich eine frische Zigarette gegen den Kummer.

Tim, Karl und Klößchen verarbeiteten das Gehörte.

Ein Karsten Willert, der jetzt 38 sein muß, dachte Tim, hat also seine Schatzmeister-Funktion an die Mutti abgetreten. Was ist in der Kassette? Natürlich Geld oder Geldeswert. Auch Karsten ein schwerer Junge mit neun Jahren Bagno-Urlaub. Ob Dennis weiß, daß die beiden sich kennen?

Er beschloß, es ihm zu sagen.

„Ich meine", sagte Karl, „diese Frau Willert hat sich mit Unrecht beladen. Die alte Schloterin hätte die Sore – denn das ist es bestimmt – zur Polizei bringen müssen, wo Beute aus kriminellen Streifzügen hingehört. Deshalb gibt es doch die Asservatenkammern."

Tim schüttelte den Kopf.

„Damit wäre Frau Willert ihrem Söhnchen in den Rücken gefallen. Sowas tun Mütter nicht. Auch wenn es ihnen das Herz bricht, daß der Sohnemann so ein A... ist. Sie halten zu ihm."

„Ich glaube", sinnierte Karl, „meine Mutter täte das auch, wenn ich mal einsitze."

„Dazu wird es hoffentlich nicht kommen."

„Nicht, wenn wir aufpassen", grinste Karl.

Sie verfolgten den blauen Mercedes wie ausgebuffte Profis. Der dichte Verkehr half ihnen dabei. In der Innenstadt war wieder mal Straßenkrieg entbrannt, und jeder, der ein Kfz bewegte, kämpfte gegen jeden mit allen Mitteln.

Kfz-Wrestling, dachte Tim, so könnte man's taufen. Nur daß das hier keine Show ist, sondern blecherner Ernst.

Spelter fuhr weiter und weiter, machte fast keinen Fehler, wechselte nur einmal die Spur ohne Blinkzeichen. Wütendes Hupen attackierte ihn, aber er behielt die Nerven, war also auch am Lenkrad ein eiskalter Typ.

Schließlich wurde klar, wohin er wollte; und die Vermutung bestätigte sich.

Spelters Ziel war das Altstadtviertel, wo die Glockners wohnen.

Also doch! dachte Tim, und seine Zähne knirschten. Er erkundet. Er will's wissen. Er hat was vor. Aber das, Freundchen, nur über meine Leiche.

„Ich schnall ab", rief Klößchen in den lauen Fahrtwind. „Der fährt hin."

Eben bog der blaue Mercedes in die betreffende Straße ein. Tim folgte. Spelter hatte 100 Meter Vorsprung. Kein Fahrzeug dazwischen. Egal! Jetzt wird nicht mehr lange mit verdeckten Karten gespielt, dachte Tim. Bald reden wir Tacheles.

Mit verringertem Tempo fuhr Spelter an Frau Glockners Feinkostgeschäft vorbei, wo nur eine Verkäuferin die Kunden bediente. Gaby und ihre Mutter waren für einen Tag zu Verwandten gefahren, wollten aber heute zurückkommen.

Sah der Kerl hinüber? Tim konnte es nicht ausmachen. Die Sonne spiegelte sich auf dem Heckfenster des Wagens.

Spelter fuhr bis zum Ende der Straße und verschwand um die Ecke.

Tim hielt.

„Was ist?“ forschte Karl.

„Wir verfolgen nicht weiter. Es bringt nichts. Wir wissen jetzt alles. Uns stellt sich nur eine Frage: Wie mache ich ihm klar, daß ich ihn umbringe, wenn er sich an Gaby oder an Frau Glockner vergreift?“

„Wenn du's ihm so nett sagst“, grinste Klößchen, „wird er dich verstehen.“

„Willi! Mir ist verdammt noch mal! nicht nach Witzen zumute. Spelter muß so abgeschreckt werden, daß er sich in die Hosen macht, daß er sich in den Knast zurückwünscht oder nach Australien auswandert. Die Polizei darf ihm sowas nicht sagen. Aber ich darf's. Wir dürfen.“

„Eben drum“, nickte Karl. „Nur so geht's. Wir müssen ihn besuchen. Allerdings fürchte ich, daß der gefühlsarme Knasti, was TKKG betrifft, nicht auf dem Laufenden ist. Er hat zwar 15 Jahre lang Zeitung gelesen, aber wohl nur mit Augenmerk auf Herrn Glockner. Als Neuling in unserer verarmenden Wohlstandsgesellschaft weiß Spelter noch nichts über uns. Und daß Gaby Mitglied ist in unserem Club.“

„Wir werden es ihm sagen“, verhieß Tim.

5. Der Sohn des 2. Bürgermeisters

Willert verharrte an der Tür und horchte hinaus in die Einsamkeit des Waldes. Insekten summten, Vogelstimmen mischten sich ein. Sonst war es still.

Er blickte unter die Bäume, ließ das Jagdgewehr – das ihm nicht gehörte – sinken und trat einen Schritt zurück.

Was für ein Glück, daß er auf diese Jagdhütte gestoßen war – so kurz nach der Pleite mit den beiden Weibern! Die Tür stand offen. Zwei Jagdgewehre im abgesicherten Schrank – und eine Pistole. Klamotten hingen über einem Stuhl.

Der Waidmann – oder wem auch immer die Hütte gehörte – mußte in der Nähe sein. Außerdem würden die Bullen, alarmiert durch die Weiber, bald antanzen. Höchste Zeit, die Hufe zu schwingen.

Er hatte sich eingekleidet. Die Sachen paßten. Ein Anzug aus beigem Cord, die Jacke mit Lederflicken an den Ellbogen und einem kleinen Ölfleck auf dem Revers.

Willert schob die Pistole in den Gürtel. Für die Gewehre fand er ein Versteck 100 Meter von der Hütte entfernt, wo er beide Waffen unter dichten Büschen verbarg. Samt mehrerer Schachteln mit Munition.

Dann ab durch den Wald! Und weiter! Er wußte ungefähr, wo die Autobahn verläuft. Das war seine Chance.

*

Er hatte helle Augen, blonde Locken und ein Gesicht voller Sommersprossen. Er war hochintelligent. Alle liebten ihn, was er meistens ausnutzte. Er war neun. Er log gern. Er hatte es faustdick hinter den Ohren. Er hieß Jörg. Karl-Walter Wichtigmann, der zweite Bürgermeister, war sein Vater.

Auf dem Bauch schob sich Jörg über das Ufer des Baches. Unter der Böschung standen Forellen, wie er wußte. Ob sie jetzt da waren, diese glitschigen Flitzer?

Er tauchte die Hand ins Wasser. Im selben Moment bemerkte er den Mann. Er stand hinter Jörg, aber die Gestalt wurde vom Wasser gespiegelt.

Jörg zog die Hand zurück und wandte sich um. Unter dem Schild seiner Baseballmütze blinzelte er aufwärts.

„Du fängst Fische?" fragte Willert. Er lächelte. Aber der freundliche Ausdruck reichte nicht bis zu den Augen.

Der Ausbrecher war eine Strecke gelaufen. Ein Spazierweg, den er kreuzte, sah benutzt aus. Weggeworfenes. Volle Abfallkörbe. Eine zerfledderte Zeitung, deren Blätter runzlig waren vom Regen. Also mußte ein Ort in der Nähe sein. Gehörte der Junge dorthin?

„Forellen", erwiderte Jörg. „Regenbogen-Forellen. Die schmecken, wenn man sie brät. Oder dünstet."

Willert schloß den mittleren Knopf der gestohlenen Jacke.

Aber Jörg hatte den Kolben der Pistole schon gesehen. An der Griffschale war ein Stück abgesplittert. Daran erkannte er sie. Außerdem trug dieser Kerl einen Anzug seines Vaters.

„Bist du hier aus der Gegend?" fragte Willert.

Jörg schüttelte den Kopf.

„Sondern?"

Der Junge richtete sich auf und wich zwei Schritte zurück. „Sind Sie ein... Bulle?"

„Ich?" Willert lachte. „Nein. Wieso fragst du?"

„Aber von der Jugendfürsorge?"

„Auch nicht."

Jörg nahm die Mütze ab und kratzte sich am Kopf. „Versprochen, daß Sie mich in Ruhe lassen? Ich bin nämlich

getürmt. Ich wohne in Würzburg. Bei meinem Vater. Der ist immer betrunken. Und hat nie Zeit für mich. Bis der merkt, daß ich weg bin, können noch Tage vergehen. Dann bin ich schon sonstwo. Ich reise per Anhalter. Das hat bis jetzt gut geklappt."

Willert hob die Brauen. „Also ein kleiner Ausreißer. Wahrscheinlich hast du recht. Wie heißt du?"

Jörg hielt es für besser, sich einen Phantasienamen auszudenken. Immerhin war sein Vater 2. Bürgermeister und Parteivorsitzender und weithin bekannt.

„Otto Kahlig", sagte Jörg. „Doof, nicht wahr? Ich hieße lieber Amadeus von Falkenstein. Oder Lothar Freiherr von Aspe."

„Wohl eine Vorliebe für Adel?"

„Nö. Die sind doch alle degeneriert, mit schwachem Mumm und müdem Grips. Aber es klingt gut. Jedenfalls besser als Kahlig."

„Ich bin Hartmut Loddner. Mit Doppel-Deh!" Willert lächelte wie ein Zwölfmarkschein. Und streckte dem Jungen die Hand hin. „Wie alt bist du? Elf?"

„Satte neun, bald zehn." Das entsprach der Wahrheit.

„Dafür bist du groß."

„Fünf Zentimeter über dem Durchschnitt."

Willert hatte überlegt. „Was hältst du davon, Otto, wenn ich dich mitnehme? Dann hast du eine echte Chance. Ein Junge, der allein trampt, fällt auf. Der nächste Bulle, der auf dich aufmerksam wird, kassiert dich ein. Aber wenn ich dich als meinen Sohn ausgebe, bist du sicher."

Und ich auch, ergänzte er in Gedanken. Mit dem Jungen an der Hand bin ich getarnt. Mein Gesicht kann sich ohnehin keiner merken. Jeder zweite im Knast sah mir ähnlich.

Jörg feixte. „Das ist ein Vorschlag, Hartmut! Super! Oder soll ich Papa sagen?"

„Das wäre besser."

„Duzen muß ich dich auch."

„Logisch!"

„Bist du mit dem Wagen hier?"

„Der ist leider Schrott. Kurz vor dem Kaff dort hinten ist mir ein Lkw draufgefahren. Ich bin unverletzt, sitze aber trotzdem in der Klemme. Ich will nämlich weiter bis zur Stadt. Bis zur Landeshauptstadt. Dort treffe ich meinen Geschäftspartner. Der hat unsere Reisekasse. Ich habe nur wenig Geld bei mir. Deshalb will ich sehen, ob ich per Anhalter weiterkomme. Verstehst du? Und jetzt reisen wir zusammen."

Otto, alias Jörg, nickte begeistert.

„Ich bin ein bißchen durch die Gegend spaziert", sagte Willert. „Dabei habe ich mich verfranzt. Weißt du, wo's zur Autobahn geht?"

„Klar, weiß ich das!"

„Also, gehen wir!"

Jörg nickte, und die beiden zogen los.

Was mache ich nun? überlegte der Junge. Ich muß abhauen. Aber der Kerl kann bestimmt schneller rennen. Außerdem hat er Papas Pistole. Ist also ein Dieb. Ein Gangster. Wie aus den Krimis im Fernsehen. Ich muß warten, bis es günstig ist. Dann haue ich ab. Aber was ist, wenn wir Papa über den Weg laufen? Bloß das nicht, sonst... Dieser Kerl würde schießen. Klar, Loddner würde schießen.

6. Hundefutter oder Konfetti

Auf dem Wege zum Polizeipräsidium entschied Tim, daß es besser sei, erst mal dort anzurufen.

Denn möglicherweise war Dennis Blots gar nicht an seinem Schreibtisch, sondern im Einsatz irgendwo: bei Randale-Punkern, einem ausgeplünderten Geldinstitut oder Dealern, die eine neue Droge in der Kiffer-und-Fixer-Szene einführen wollen.

Eine Telefonzelle am Wege. Auf Klößchens Chip-Karte waren noch Einheiten. Tim wählte durch zu Dennis' Apparat.

Der Kriminal-Azubi meldete sich sofort. Er klang aufgeregt.

„Gut, daß du anrufst, Tim. Es ist was passiert. Gott sei Dank ist es gut ausgegangen. Die beiden Glockner-Damen hatten Glück."

„Was?" brüllte Tim. „Was ist los?"

„Reg dich nicht auf! Sie sind unversehrt. Aber sie wurden überfallen. Unterwegs. Auf einem Rastplatz beim Hängelwald."

„Wann?"

Unter Tims Stimme klirrten die Scheiben der Telefonzelle.

„Etwa vor einer Stunde. Sie sind..."

„Unmöglich! Da ist Spelter in seiner Bude gewesen. Ich weiß es. Ich war dort. Zusammen mit Karl und Willi habe ich ihn beschattet. Er..."

„Er war's ja auch gar nicht", fiel ihm Dennis ins Wort. „Sondern ein gewisser Karsten Willert. Ja, vermutlich war's genau der. Ein Knasti, der aber abgehauen ist. Die Beschreibung..."

„Karsten Willert, sagst du", wurde Dennis vom TKKG-

Häuptling unterbrochen. „Hat der eine etwa 70jährige Mutter, die in der Mitterrahmer Straße wohnt?"

„Heh, Tim! Du bist aber gut informiert."

„Spelter war bei ihr und hat was abgeholt."

„Wie bitte?"

Tim berichtete. Dennis gab Grunzlaute von sich, die sein Erstaunen ausdrückten.

Dann erfuhr Tim, was Gaby und ihre Mutter erlitten hatten auf Rastplatz und einsamer Landstraße.

Wahnsinn! Den TKKG-Häuptling überlief eine Gänsehaut.

„Wo sind Gaby und Frau Glockner jetzt?"

„Zu Hause, Tim. Eben angekommen. Ich hatte gerade mit Frau Glockner telefoniert."

„Dennis! Spelter und Willert kennen sich. Arbeiten die jetzt zusammen? Hat Willert vielleicht in Spelters Auftrag gehandelt?"

„Du sagtest doch, aus dem Gespräch zwischen Spelter und Willerts Mutter sei klar hervorgegangen, daß der Rache-Dürster nichts wußte von Willerts Ausbruch."

„Das kann doch Bluff sein. Vielleicht hat uns der Kerl bemerkt und mit seinem Getue verarscht."

„Wie dem auch sei – erst mal sind die Glockner-Damen in Sicherheit."

„Sicherheit nennst du das? Sie sind in ihrer Wohnung. Jeder Schwerkriminelle kommt da rein, wenn er will, sogar jeder Kleinganove."

„Kommissar Glockner ist morgen schon von der Dienstreise zurück. Er ist in Brüssel, wie ich dir sagte."

„Morgen? Bis dahin… Also, ich fahre jetzt zu Gaby und rufe dich wieder an, wenn mir was Schlaues einfällt. Tschüs!"

*

In der Altstadt-Straße, wo die Glockners wohnen und Frau Margot im selben Haus ihr Feinkostgeschäft betreibt, ging es jetzt ruhig zu. Der Nachmittag neigte sich. Die Häuser warfen lange Schatten.

Morgen war ein Feiertag, ein arbeitnehmer-freundlicher. Denn er fiel auf einen Freitag, verlängerte also das Wochenende zum Drei-Tage-Mini-Urlaub.

Schulfrei war selbstverständlich auch; und etliche der Internatsschüler hatten mittags schon die Heimreise angetreten, einige sogar per Flieger – damit Hin- und Rückweg nicht zuviel Zeit kosten.

Auch Tim hätte seine Mutter gern besucht. Aber sie war mit ihrem Chef, dem steinalten Firmen-Inhaber, auf Geschäftsreise in Übersee. Zweimal schon hatte sie ihren Sohn von dort angerufen.

Neben dem Feinkostgeschäft saßen die Jungs ab. Die Bikes wurden angekettet. Tim klingelte und hoffte, daß nicht gleich der Türsummer ertönte, was man als Leichtsinn hätte auslegen können.

Zum Glück summte nichts, sondern Gaby fragte aus den Metallrippen der Gegensprechanlage, wer denn reinwollte.

„Hallo, Pfote! Wir sind's."

„Haaach, Tim! Guuut!"

Augenblicke später standen die Jungs vor der Tür der Etagenwohnung.

Gaby öffnete und fiel ihrem Freund in die Arme, der sie festhielt, als wollte er seinen Schatz nie wieder loslassen.

„Wir wissen Bescheid, Pfote. Von Dennis wissen wir's."

„Es war schrecklich!"

„Wenn ich Willert erwische, mache ich Hundefutter aus ihm."

„Kein anständiger Hund würde davon fressen. Oskar bestimmt nicht."

ES WAR SCHRECKLICH!

„Na, gut! Dann Konfetti. Oder Kleinholz. Jedenfalls mache ich ihn fertig. Ihr seid beide unverletzt?“

„Nur mein Fingernagel… der hier…“, sie zeigte ihn, „ist jetzt so kurz, als würde ich Nägel beißen.“

„Naja, der wächst wieder“, Tim grinste.

Die Jungs begrüßten Frau Glockner. Sie war noch etwas blaß, aber im ganzen sehr gefaßt.

Immerhin, dachte Tim, ist sie die Frau eines Kripo-Kommissars. Das härtet ab. Gabys Mutter erfährt viel von den Abgründen in den Seelen der Rechtsbrecher.

Oskar, der Cocker-Spaniel, war aus Gabys Zimmer herbeigerannt und hatte die Jungs begrüßt. Er war – während der Abwesenheit von Herrchen und Frauchen – bei einer tierlieben Nachbarin untergekommen und dort verpflegt worden, was ihn zwar nicht mit Begeisterung erfüllte, aber auch nicht quälte.

Zu fünft saßen dann alle im gemütlichen Wohnraum. Oskar soff hörbar im Bad aus seiner Schüssel.

Gaby und ihre Mutter mußten abermals erzählen, wobei sie sich abwechselten.

Die Jungs erfuhren also auch vom 2. Bürgermeister Karl-Walter Wichtigmann.

„Hoffentlich wird er nicht für seinen Leichtsinn bestraft“, sagte Margot Glockner. „Ich finde es nicht richtig, einen erst neunjährigen Jungen allein bei der Jagdhütte zurückzulassen. Auch wenn es nur für eine halbe Stunde ist.“

„Ich kenne Jörg“, sagte Karl. „Er hat sich mal an meinen Vater gewandt, weil ihn höhere Mathematik fasziniert. Jörg ist sehr intelligent. Ich glaube, der weiß sich zu helfen. Aber Sie haben recht, Frau Glockner. Gegen einen Kriminellen wie diesen Willert könnte er natürlich nichts ausrichten.“

Vorsichtig lenkte Tim das Gespräch auf den Haftentlassenen Horst Spelter.

Margot und ihre Tochter waren informiert, reagierten aber unterschiedlich.

Gaby schien es auf die leichte Schulter zu nehmen, wie Tim feststellte, hingegen Frau Glockner sehr bedrückt wirkte.

Dieses Stimmungstief verstärkte sich noch, als Tim von der Observierung des Haftentlassenen berichtete – davon, daß er sich hier vor dem Haus umgesehen hatte. Und daß er Willert kannte.

„Also hat er was vor“, sagte Margot. „Er will sich rächen an meinem Mann. Wofür eigentlich? Dieser Spelter ist... ein Psychopath!“

„Das sind die Gefährlichsten“, sagte Tim.

Gaby legte ihrer Mutter die Hand auf den Arm. „Papi ist morgen zurück. Und diese eine Nacht überstehen wir unbeschadet.“

„Was das betrifft“, sagte Tim, „will ich gerade ein Angebot machen. Nämlich...“

Das Klingeln des Telefons schnitt ihm das Wort ab.

Margot lächelte entschuldigend und griff zum Hörer.

Nachdem sie sich gemeldet hatte, lauschte sie – und ihre Miene veränderte sich von Sekunde zu Sekunde.

Schreck und Entsetzen vertrieben jeden Blutstropfen aus ihrem Gesicht.

7. Operation in letzter Minute

Wichtigmann, der 2. Bürgermeister, stand in seiner Jagdhütte, zitterte wie das Laub der Espen draußen im Wind, hatte eben einen Schwächeanfall überwunden, bekämpfte einen neuen mit einem kleinen Schluck Cognac und wischte sich kalten Schweiß von der Stirn – ausnahmsweise mal mit dem Ärmel der Jacke.

Die Erkenntnis war niederschmetternd: Jörg war verschwunden. Jemand hatte die Waffen gestohlen – die Pistole und beide Gewehre. Alles Rufen nach Jörg half nichts. Mit seinem Geschrei hatte Wichtigmann lediglich erreicht, daß die Vogelstimmen im Wald verstummten. Doch jetzt setzten sie wieder ein, als bestünde Grund zur Fröhlichkeit, statt zu Schrecken, Panik, Verzweiflung und Schuldgefühlen.

„Aber wer konnte das ahnen!"

Weinerlich redete der 2. Bürgermeister mit sich selbst.

Noch einen Schluck Cognac – und der Amtsträger in ihm wurde wach.

Er zerrte das Handy aus seinem Rucksack.

Ein Halleluja den Schnurlosen!

Beim ersten Mal verwählte er sich, und eine gurrende Frauenstimme redete ihn mit ‚Süßer' an und wollte seinen Vornamen wissen.

Beim zweiten Versuch erreichte er den Polizeipräsidenten in der nahen Millionenstadt. Mit ihm, der auch Glockners Chef war, duzte er sich.

„Ich bin's", ächzte Wichtigmann. „Bist du gerade in einem Meeting, in einer Besprechung – oder arbeitest du?"

„Mach keine Witze, Karl-Walter. Wo brennt's?"

„Hört man mir das an?"

„Du klingst, als wärst du schon auf dem Scheiterhaufen, auf dem du eines Tages sowieso landen wirst."

ICH BIN'S,
BIST DU GERADE
IN EINEM MEETING

„Verdammt! Weißt du, wo ich bin?"

„Jedenfalls bist du in Panik. Kannst sprechen. Ich bin allein, falls es was Vertrauliches ist."

„Ich bin in meiner Jagdhütte. Vorher war ich unten im Dorf. Einkaufen. Dabei habe ich übrigens Margot und Gaby Glockner getroffen und..."

„Darüber weiß ich Bescheid", wurde er unterbrochen. „Margot Glockner hat uns informiert. Erzähl von deinen Sorgen."

Wichtigmann seufzte wie ein Abgrund, durch den der Abendwind bläst, und berichtete.

„...konnte ich doch nicht ahnen, daß ein Fremder zu meiner Hütte kommt. Sie liegt so versteckt. Da ist sonst nie jemand. Nicht ein einziger Einbruch in 16 Jahren. Das will doch was heißen, wie!"

„Ich glaube es nicht", erwiderte der Polizeipräsident. „Du läßt deinen neunjährigen Sohn dort zurück, zwei Jagdgewehre nebst Munition und eine geladene Pistole."

„Mach mir keine Vorwürfe! Ich leide schon Höllenqualen."

„Waren die Waffen schon längere Zeit in der Hütte?"

„Natürlich nicht. Ich habe sie von zu Hause mitgebracht. Ja, ich hätte sie im Jeep lassen sollen. Hinterher ist man klüger."

„Wir müssen davon ausgehen, Karl-Walter, daß es Willert ist. Wer sonst? Ein Spaziergänger tut sowas nicht. Das bedeutet: Dieser gefährliche Ausbrecher hat deinen Sohn als Geisel. Als Geisel! Als Geisel!!! Und er hat die Waffen. O Mann! Die Öffentlichkeit wird zunächst Mitleid mit dir haben. Mit dir und deiner Frau. Aber später wird die Presse feststellen, wie fahrlässig du gehandelt hast. Bei der nächsten Wahl sehe ich schwarz für dich."

„Das ist mir völlig egal. Es geht jetzt nur um Jörg."

Am anderen Ende der Leitung dachte der Polizeipräsident: Das sagst du jetzt. Aber wenn Jörg erst mal wohlbehalten zurück ist, hoffentlich, wirst du alles versuchen, um deinen Leichtsinn, deinen bodenlosen Leichtsinn!, zu vertuschen.

„Wir handeln sofort, Karl-Walter. Ich schicke alle verfügbaren Leute in die Gegend. Willerts Foto wird stündlich übers Fernsehen ausgestrahlt werden. Ich setze Hubschrauber ein. Wir finden den Kerl. Aber dann geht es erst richtig los. Denn er hat deinen Sohn als Druckmittel."

„Daß nur Jörg nichts passiert...", stammelte Wichtigmann.

*

Die Jungs und Gaby beobachteten Margot. TKKG atmeten kaum. Denn es war offensichtlich: Margot erhielt eine Hiobsbotschaft. Und die kam aus Brüssel, wo der Kommissar sich befand, zur Zeit, wo er mit einem Kollegen auf Dienstreise war.

Dieser Kollege hieß Kargheimer. Und war Kommissar – nicht Hauptkommissar wie Emil Glockner. Aber auch der ließ sich dienstlich meistens nur mit ‚Kommissar' anreden; und für die Jungs war und blieb er das sowieso.

Gesprächsfetzen.

„...und, Herr Kargheimer?... wie? Gut verlaufen?... Ja, verstehe!... so plötzlich!... Emil hatte nie vorher, nein, hatte nie vorher Beschwerden."

Das Gespräch dauerte drei oder vier Minuten.

Tim hatte begriffen, worum es ging. Mahlzeit! dachte er. Auch das noch. Manchmal kommt wirklich alles zusammen.

Margot Glockner war etwas ruhiger geworden. Sie legte auf.

„Mami! Um Himmels willen! Habe ich das richtig verstanden: Papi wurde operiert?“

Margot nickte. Sie strich sich eine blonde Strähne aus der Stirn und dann mit derselben Hand über Gabys Wange.

„Der Blinddarm. Es kam wie der Blitz aus heiterem Himmel. Papi ist zusammengebrochen. Während einer Besprechung in der dortigen Polizeizentrale. Unsägliche Leibkrämpfe. Wie aus dem Nichts. Fieber, Erbrechen. Der Polizeiarzt hat sofort richtig diagnostiziert. Papi wurde ins Krankenhaus eingeliefert. Ein akuter Blinddarm! Das heißt, er war total vereitert und hat – sowas gibt es offenbar – vorher keine typischen Beschwerden gemacht. Aber wenn ich richtig nachdenke – ja, ein bißchen schon. Seit zwei Wochen. Papi dachte, er hätte was Ungutes gegessen. Oder so. Jedenfalls war der Blinddarm total vereitert. Er ist aufgeplatzt. Die Operation war in letzter Minute. Sonst wäre es zu einer lebensbedrohlichen Entzündung im Bauchraum gekommen. Jedenfalls hat Papi die Operation sehr gut überstanden. Er ist schon aus der Narkose erwacht. Er hat ja eine tolle Konstitution, ist sportlich und Nichtraucher. Das macht sich jetzt bezahlt.“

„Ihr Mann ist total mein Vorbild“, sagte Tim. „Ist sonst fit wie ein Turnschuh. Aber so eine Blinddarm-Geschichte kann jeden ereilen.“

Margot bestätigte das, und in ihr Gesicht kehrte etwas Farbe zurück.

„Kargheimer verständigt den Chef. Und ich fliege natürlich sofort nach Brüssel. Heute abend noch. Oder ich nehme den ICE, falls im Flieger kein Platz mehr ist.“

„Ich komme mit, Mami.“

Margot überlegte. „Und was wird mit Oskar? Frau Müller-Hochbohne verreist morgen früh. Ganz früh. Sie fährt zu ihrer Mutter.“

Müller-Hochbohne war die tierliebe Nachbarin, wie Tim wußte.

Ohne Überzeugung sagte Gaby: „Dann... muß Oskar eben mal... ins Tierheim. Auch wenn ihm das gar nicht gefällt.“

„Ich würde ihn ja gern mit zu uns nehmen“, bot Karl an. „Aber der Herr Professor, mein Vater, ist zur Zeit zu Hause. Ihr wißt ja: Er reagiert allergisch auf Hundehaare. Kriegt davon Ausschlag und Atemnot. Ist richtig tragisch. Denn Vati mag Oskar sehr. Aber länger als zwei Minuten darf er ihn nicht um sich haben.“

Wir, dachte Tim, brauchen gar kein Pflege-Angebot loszulassen. Im Internat sind Tiere verboten – außer Hornochsen aller Klassen. Und das Tierhalterverbot ist allgemein bekannt.

„Also doch Tierheim“, sagte Gaby.

Während Margot telefonierte, machte sich Tim düstere Gedanken. Die beiden, dachte er, allein im Intercity auf der Fahrt nach Brüssel. Wenn Spelter das checkt, sieht er seine Gelegenheit. Nein, so geht's nicht.

„...ja, daran läßt sich nichts ändern“, sagte Margot mit resignierender Stimme in den Hörer und legte auf.

„Das Tierheim ist voll“, erklärte sie. „Ist sogar überbelegt. Sie wissen nicht mehr, wohin mit den ausgesetzten Hunden und Katzen. Wie immer zur Urlaubszeit. Wenn die Vierbeiner unbequem werden. Man kann noch von Glück sagen, wenn die ach-so-lieben Halter ihre Tiere dort abgeben und nicht einfach aussetzen oder gar umbringen. Frau Proll-Limmet sagt, es sei zum Verzweifeln. Was machen wir nun? Wo bleibt Oskar solange?“

Schweigen.

Tim sah, wie Frau Glockners Hände zitterten. Der Schreck hallte nach.

... JA DARAN LÄSST SICH NICHTS ÄNDERN

„Darf ich Ihnen die nächsten Notwendigkeiten abnehmen“, sagte der TKKG-Häuptling – und hatte schon das Telefonbuch in der Hand.

Er rief beim Flughafen an. Flugschalter. Ja, in der Maschine um 20.05 Uhr, Flug 331 nach Brüssel, direkt, war noch ein Platz frei – aber nur einer. Economy Class.

Tim bat um einen Moment. Margot, kurz-informiert, nickte.

„Dann mußt du eben hier bleiben, Gaby, so sehr sich Papi auch gefreut hätte. Aber er wird ja schon in einer Woche aus dem Krankenhaus entlassen.“

Tim buchte für Margot Glockner. Soweit war alles klar. Beim nächsten Schritt mußte er ein bißchen Verlegenheit unterdrücken. Da half nur: Forsch damit raus!

„Frau Glockner! Wir werden Sie nachher zum Flughafen bringen und erst abrauschen, wenn Sie in der Maschine sitzen. Ab dann sind Sie sicher. Horst Spelter kann Ihnen nichts anhaben. Sollte er auftauchen, werden wir ihn auf Abstand bringen. Aber so rasch will der ja gar nicht zuschlagen, denke ich mal. Trotzdem kann Gaby nicht allein bleiben hier in der Wohnung. Unmöglich! Ich käme um vor Angst. Dennis Blots wäre natürlich bereit, sich vor die Eingangstür zu legen. Aber wozu? Schließlich hat Gaby ihre Freunde. Uns!“

Er sprach das ‚uns‘ sehr laut aus. Natürlich hätte es heißen müssen: ‚mich‘!

Das war allen klar. Und Gaby errötete ein bißchen, was in der momentanen Bedrängnis und schlechte-Zeiten-Periode fast schon ein Wunder war.

„Wir bewachen Gaby“, sagte Tim. „Willi und ich lassen uns freigeben. Angeblich sind wir von Karls Eltern eingeladen. Oder von Willis Eltern. Das funktioniert wie immer. Wir bringen also unsere Zahnbürsten mit und werden hier – mit Ihrem Einverständnis – auf Couch oder Teppich übernachten. Karl kommt natürlich auch."

Margot zeigte ein kleines Lächeln.

Gabys Vergißmeinnicht-Augen leuchteten blank. Sie pustete gegen ihren sommerkurzen Pony. Offensichtlich fand sie den Vorschlag himmlisch.

„Ich glaube, das ist die beste Lösung", nickte Margot.

Tim unterdrückte ein Kriegsgeheul, was nicht zur Situation und auch nicht zu seiner Würde als frühreifer Teen gepaßt hätte.

8. Der Brunnen vom Einöd-Hof

Sie tippelten schon lange. Jörg schmerzten die Füße. Er hatte Hunger und Durst, sagte das auch, erhielt aber als Antwort nur böse Blicke. Das nahm ihm den Mut. Der Neunjährige schwieg und lief weiter einher neben dem Mann, der sich Hartmut Loddner nannte, den er bei Begegnung mit anderen Leuten ‚Papi' nennen sollte und der ihm immer unheimlicher wurde. Denn die anfängliche Freundlichkeit dieses Kerls war abgelöst worden von rauher Strenge.

Außerdem hat er meinen Vater bestohlen, dachte Jörg. Er hat seinen Anzug und die Pistole. Loddner ist wahrscheinlich ein Schwerverbrecher. Aber er läßt mich nicht aus den Augen. Was soll ich nur machen?

Wenigstens die Marschrichtung stimmte. Sie führte zur Autobahn. Und damit zur Stadt hin. Das beruhigte Jörg etwas.

Sie gingen quer durch die Landschaft. Loddner, alias Karsten Willert, wollte offensichtlich niemandem begegnen.

Sobald Stimmen zu hören waren, schlug er einen Bogen. Landstraßen wurden rasch überquert. Willert-Loddner benahm sich wie einer, der auf der Flucht ist – aber nicht auf der Flucht vor dem Bösen, sondern wie das schlechte Gewissen persönlich.

Wo bleibt nur mein Vater? überlegte Jörg und humpelte, weil er sich bereits eine Blase an der linken Ferse gelaufen hatte. Sucht er mich? Oder läßt er mich suchen? Sicherlich beides. Er ist ja der 2. Bürgermeister – und das kommt gleich nach dem 1., nach dem OB.

Dann, während der nächsten halben Stunde, geschah zweierlei, das sich als folgenschwer erweisen würde für Jörg.

Sie waren durch einen dichten Wald gelaufen und kamen

jetzt an eine Lichtung. Sie war so groß wie ein Fußballfeld. Gräser wuchsen brusthoch. Sträucher breiteten sich aus; und das Licht der sinkenden Sonne beschien die Ruinen alter, zerfallener Gebäude.

„Heh!“ meinte Willert-Loddner und blieb stehen. „Was ist das?“

Jörg hätte es ihm sagen können, durfte es aber nicht wissen, da er angeblich nicht aus dieser Gegend war.

„War wohl mal ein Bauernhof“, dachte Willert-Loddner laut. „Ein Einöd-Hof. Jetzt ist er verlassen, und durch leere Fenster pfeift der Wind.“

„Ich finde, es ist völlig windstill“, sagte Jörg.

„Ja, jetzt! Aber doch nicht immer. Nachts und in der kalten Jahreszeit ist es hier sicherlich schaurig.“

„Wahrscheinlich hatte der letzte Bauer keinen Nachwuchs. Oder der Sohn hatte null Bock auf diesen schweren Job.“

„Bist ein schlaues Kerlchen.“

„Sowas kann man erraten. Außerdem habe ich in der Schule gelernt, daß manche Jungbauern lieber mit dem Computer arbeiten als auf der Scholle.“

„Hmmm“, knurrte Willert.

Er äugte nach allen Seiten. Keine Menschenseele zeigte sich.

Sie gingen zu den Ruinen, zu Haupthaus, Scheune, Stallungen. Alles verfiel. Zäune moderten. Der Einöd-Hof war vor 15 Jahren aufgegeben worden. Ein Käufer hatte sich nicht gefunden für dieses entlegene Fleckchen Erde.

Willert blickte durchs zerbrochene Fenster in einen Raum. Unrat lag auf den Dielen. Offenbar nächtigten hier gelegentlich Landstreicher. An einer rostigen Türklinke hing ein aufgerolltes Seil. Es sah neu aus. Irgendwer hatte es vergessen. Es maß sicherlich 20 Meter oder mehr.

Mitnehmen? überlegte er. Aber dann sagte er sich, daß er dafür keine Verwendung hatte.

Jörg, der inzwischen sehr müde war, hatte etwas entdeckt, das ihn innerlich wieder erfrischte.

„Sieh nur, Hartmut", rief er. „Das war mal ein Brunnen."

Der Rand befand sich in Hüfthöhe und war abgedeckt mit morschen Brettern. Es war ein Ziehbrunnen gewesen mit Schöpfeimer – sicherlich nur zur Versorgung des Viehs. Die gemauerte Umrandung war noch in gutem Zustand.

Willert schob einige der Bretter beiseite und blickte in den Schacht.

Auch Jörg beugte sich über den Rand.

„Huiiih! Der ist ja mindestens zehn Meter tief, Hartmut."

„Eher 15. Oder noch mehr."

„Und völlig ausgetrocknet."

„Scherben und Blechdosen liegen dort unten."

„Ob da Ratten sind?"

Willert hob nur die Schultern und rückte die Bretter wieder an ihren Platz.

Jörg hatte den Kopf in den Nacken gelegt und sah hinauf in den blauen Abendhimmel.

Ein Hubschrauber schnatterte in beträchtlicher Höhe.

„Das sind Bullen", meinte Willert. „Runter von der Lichtung!"

Sie hasteten unter die Bäume.

Vielleicht wird nach mir schon gesucht, dachte Jörg, und der Gedanke machte ihn geradezu stolz.

„Ich glaube, dort geht's zur Autobahn", vermutete der Junge. „Oder willst du jetzt woanders hin?"

„Erst zur Autobahn. Dann weiter zur Stadt. Dann... Aber das sage ich dir, wenn es soweit ist. Deinetwegen mache ich ja die vielen Umwege. Damit du nicht erwischt wirst, Otto. Klar? Also sei dankbar und maule nicht! Sobald es dunkel wird, rasten wir."

Wenig später erreichten sie die Autobahn. Und zwar an einer Stelle, wo hinter einer Sichtblende aus dicht belaubten Bäumen ein Rastplatz angelegt war. Der letzte vor der TKKG-Stadt. Fünf Kilometer weiter vorn ist die Abfahrt über die Westtangente, die sich wiederum in drei Zubringer, bzw. Auffahrten auffächert.

Hier jedenfalls war der Rastplatz „Kloaner-Höhe".

Willert und Jörg näherten sich über einen Pfad, der durch über mannshohe Büsche führte, und achteten darauf, wohin sie traten. Denn hier lagen viele frische und alte Papiertaschentücher herum, ein- oder mehrmals benutzt – trotz des Hinweisschildes vorn an der Fahrbahn, daß das nächste WC nur drei km entfernt im Rasthaus ‚Geissen-Tal' sei.

Musik ertönte. Ein Autoradio lief. Offenbar waren die Türen des Wagens geöffnet, zumindest die Fenster.

Willert verharrte.

„Da ist wer auf dem Rastplatz."

„Vielleicht geben sie uns was zu essen, Hartmut. Mir ist schon ganz übel."

„Pst!"

Der parkende Wagen war etwa zehn Meter entfernt, aber nicht zu sehen durch die dschungeldichten Büsche.

Eine Männerstimme murmelte. Eine Frau antwortete ebenso undeutlich. Eine andere Männerstimme mischte sich ein. Dann endete im Radio die Popmusik. Statt dessen ertönte eine Sprecherstimme.

„Und hier eine Mitteilung der Polizei, liebe Hörer. Gesucht wird ein Junge, der seit frühem Nachmittag im Gebiet Hängelwald verschwunden ist. Jörg Wichtigmann, der Sohn des 2. Bürgermeisters der Landeshauptstadt, ist neun Jahre alt, hat blonde Locken, blaue Augen und auffallend viele Sommersprossen. Möglicherweise wurde Jörg entführt. Bei dem Täter handelt es sich mutmaßlich um Karsten Willert, einen Schwerkriminellen, dem heute nacht die Flucht aus der Landesstrafanstalt Sassvest gelang. Willert ist 38 Jahre alt, vermutlich bewaffnet und gilt als gefährlich. Er…“

Mehr hörte Jörg nicht.

Er warf sich herum und wollte fliehen, wurde aber zurückgerissen. Sein Schrei erstickte unter einem brutalen Griff.

Der Junge strampelte und schlug um sich. Aber Willert schüttelte ihn so heftig, daß Jörg das Bewußtsein verlor.

Er merkte nicht, wie ihn Willert sich über die Schulter warf.

Zurück ging's im Laufschritt.

Der Ausbrecher keuchte, aber seine Stimmung hob sich.

Dieser Bengel! dachte er. Veräppelt mich total. Und ich falle drauf rein. Aber jetzt nicht mehr. Er ist es. Er heißt nicht Otto Kahlig, sondern Jörg Wichtigmann. Großartig! So ein Faustpfand brauchte ich noch. Mit der Geisel kann ich Zoff machen. Der Bengel ist meine eiserne Reserve. Wenn irgendwas schiefgeht, habe ich ihn als Druckmittel.

Die Abenddämmerung begann, als Willert den verlassenen Einöd-Hof erreichte.

Jörg war wieder zu sich gekommen, aber anfangs benommen und schwach.

Dennoch mußte er laufen, wurde an der Hand gepackt und mitgezerrt.

„Sie… sind dieser Willert.“

Er brachte es nicht mehr über sich, den Mann zu duzen.

„Erraten.“

„Was… wollen Sie von mir? Ich habe Ihnen doch nichts getan. Ich meine, ich verrate Sie nicht.“

„Du hast mich belogen, du kleiner Schweinebraten.“

„Doch nur... weil ich... weil ich immer lüge. Ist echt wahr! Ich lüge immer.“

„Also jetzt auch.“

Jörg stolperte über eine Wurzel und wäre beinahe gestürzt.

Er wurde zu dem Brunnen gezerrt.

„Was wollen Sie mit mir machen?“

„Du kommst in den Brunnen. Das ist dein Gefängnis. Dein Verlies. Bis ich dich raushole. Klar?“

„Neiiiiiiiin!“ Jörg kreischte. Er versuchte, sich loszureißen. „Nicht in den Brunnen. Dort komme ich um. Dort ertrinke ich.“

„Wir haben doch festgestellt, daß kein Wasser drin ist.“

Willert verstärkte seinen harten Griff an Jörgs Arm.

„Aber Ratten! Die fressen mich. Die knabbern mich an.“

„Da sind keine Ratten.“

Jörg wehrte sich verzweifelt, bis er eine fürchterliche Ohrfeige erhielt.

Abermals verlor er das Bewußtsein.

Aber nur für einen Moment.

Dann, wieder im Wachzustand, hing er bereits in einer Schlinge des Seils und wurde über den Rand des Brunnens gehoben.

„Bitte, nicht!“ schrie Jörg. „Mein Vater bezahlt bestimmt viel Lösegeld für mich. Er hat viel Geld. Auf einem geheimen Konto in der Schweiz. Bitte, nicht!“

„Darüber reden wir später“, grinste Willert und ließ sein Opfer in den schaurigen Brunnenschacht hinab.

Langsam glitt das Seil durch die Hände des Ausbrechers.

Jörg verschwand in dunkler Tiefe.

Sein Geschrei, eben noch laut, klang jetzt dumpf und war dann kaum noch zu hören.

BITTE NICHT!

Umso besser! dachte Willert. Man hört ihn nicht. Wer zufällig vorbeikommt, merkt gar nichts.

Er legte die Bretter über den Brunnenrand und machte sich dann auf den weiteren Weg, den restlichen Weg zur Stadt.

9. Krümel am Mund

Super! dachte Tim. Alles läuft bestens.

Er und Klößchen hatten sich im Internat abgemeldet, ein paar Sachen zusammengepackt fürs lange Wochenende – frische Wäsche und was man braucht für Körper- und Zahnpflege.

Jetzt, punkt 19.30 Uhr, fanden sich die Jungs bei Gaby ein, die sich in der Wohnung – zusammen mit Oskar – eingeschlossen hatte.

Margot war schon lange vorher zum Flughafen gebracht worden – aber nicht von den Jungs, wie ursprünglich geplant, sondern von Dennis Blots, der diesen Freundschaftsdienst nur zu gern übernahm.

Von ihm, Dennis, wußten die Jungs inzwischen auch, daß der 2. Bürgermeister nun tatsächlich bitter büßen mußte für seinen Leichtsinn – daß nämlich sein Sohn Jörg schon seit Stunden vermißt wurde.

„...und sicherlich hat dieser Willert seine Hand im Spiel", hatte Dennis gesagt. „Es sieht sehr nach Entführung aus. Allerdings hat sich bis jetzt niemand gemeldet. Keine Erpressung. Keine Lösegeldforderung. Nichts."

Logo! dachte Tim. Der Dreckskerl muß erst mal untertauchen. Sobald er sich's eingerichtet hat, wird er schon kommen mit seiner Forderung.

Jetzt standen TKKG in der Glocknerschen Wohnung. Die Jungs grinsten. Gaby lächelte. Oskar lag auf dem Teppich und wedelte mit seinem Stummelschwanz.

„Wir haben noch mal in Brüssel angerufen", berichtete Gaby. „In dem Krankenhaus dort. Ich konnte mit Papi reden. Er klang etwas matt – noch infolge der Narkose. Aber ihm geht's gut. Eigentlich hätte Mami nicht hinfahren müssen. Aber meine Eltern lieben sich ja sooooooo – also, sie führen die ideale Ehe. Und da ist die gegenseitige Fürsorge natürlich riesengroß."

„Sie sind Vorbilder", nickte Tim.

„Sie haben Glück gehabt", sagte Gaby. „Glück, den richtigen Partner zu finden. Nur dann geht's. Aber erzwingen kann man sowas nicht."

„Jedenfalls bist du jetzt beruhigt, was deinen Vater betrifft."

„Total!"

Klößchen schnupperte in Richtung Küche.

„Da duftet es. Zum Teil gut, zum Teil etwas verbrannt."

„O Gott!" rief Gaby. „Die Pizzen. Ich hätte euch ja nicht verköstigt. Aber Mami meinte, ich müßte meinen Bodyguards was vorsetzen."

Sie lief in die Küche.

„Deine Mutter hat recht", rief Klößchen. „Sie versteht sich auf Gastlichkeit. Außerdem wäscht eine Hand bekanntlich die andere. In meinem Fall ist es allerdings besser, man schiebt mir was in den Mund."

Tim, der keine Hausarbeit scheut, folgte seiner Freundin in die Küche und half ihr, die leicht angebrannten Pizzen – zwei besonders große, die man leicht durch vier teilen kann – aus dem Mikrowellen-Herd zu bergen.

Während des Essens wurde der weitere Verlauf des Abends bzw. der Nacht besprochen.

„Ich krieche in meinen Schlafsack", tat Tim kund, „und lege mich hinter die Eingangstür. Als Wächter habe ich da die beste Position."

Karl und Klößchen wollten auf Couch und Sofa im Wohnraum nächtigen. Gaby hatte Bettzeug bereitgelegt.

„Ich habe meine Walkie-Talkies mit", sagte Karl. „Dort im City-Rucksack. Eins nimmst du mit ans Bett, Gaby. Das andere legt Tim auf sein Kopfkissen."

„Starke Technik, Karl“, grinste der TKKG-Häuptling. „Die Walkies bringen mich noch auf eine andere Idee.“

Er aß das letzte Stück vom verbrannten Pizza-Boden. Der knackte gehörig zwischen den Zähnen.

„Wenn du eine Idee hast“, meinte Klößchen seufzend, „wird das immer recht anstrengend für alle andern.“

„In dem Fall nur für mich.“

„Nämlich?“ fragte Gaby und ließ es zu, daß ihr Tim mit der Fingerspitze einen Krümel aus dem Mundwinkel pickte.

Mit dem Krümel vollendete der TKKG-Häuptling seine Mahlzeit.

„War köstlich, Gaby. Also, ich meine, wir haben Spelter nun schon verdammt lange aus dem Auge verloren. Das ist sträflich. Weiß man denn, was dieser Psychopath gerade heute nacht vorhat.“

„Willst du ihn schon wieder observieren?“ fragte Karl.

„Ja, und zwar allein. Ihr drei bleibt hier. Ihr schließt euch ein. Dennis Blots hat Nachtdienst. Im Gefahrenfalle ist er hier wie der Wind. Außerdem habt ihr das eine Walkie, ich nehme das andere mit. Wir halten Kontakt.“

„Und du fährst nach Borkling raus, zur ‚An-der-Schwemme‘ und siehst nach, was Spelter so treibt.“

„Exakt.“

Gaby krauste das Näschen, war offenbar nicht ganz einverstanden, hätte ihren Freund lieber den ganzen Abend hier gehabt, erhob aber keinen Widerspruch.

„Ich bleibe nicht lange weg“, verhieß Tim. „Sobald ich mich überzeugt habe, daß der Ex-Knacki in seinem Bettchen schnarcht, komme ich zurück.“

„Du glaubst doch nicht im Ernst“, sagte Karl, „daß der mit den Hühnern schlafen geht. Nach 15 Jahren Knast. Nach 15 mal 365 öden Abenden, an denen nichts aber auch gar nichts passiert. Ich vermute, Spelter läßt jetzt die Sau raus, hängt rum in den Kneipen, sucht sich ’ne Braut und haut aufs Blech, solange die Kohle reicht. Und von der hat er sicherlich genug. Denn was sonst war in der Kassette, die er bei Mutter Willert abgeholt hat.“

„Schon möglich“, meinte Tim. „Wir werden sehen. Also, ich mache mich auf die Socken. Und ihr verhaltet euch wie die kleinen Geißlein im gleichnamigen Märchen mit dem bösen Wolf: Niemandem die Tür öffnen! Außer mir.“

10. Zwei Opfer des Systems

Spelter mußte die Arbeitsstelle, die man ihm vermittelt hatte – als Nachtwächter bei der Pechmann-und-Strähter-AG – erst in einigen Tagen antreten, nämlich am 1. September. Noch hatte er Ferien. Und ob er wirklich ernsthaft arbeiten würde – das war noch nicht raus.

An diesem Nachmittag hatte er sich einen ersten Überblick verschafft. Über die Adresse der Glockners, über das Altstadtviertel, über das kleine Feinkostgeschäft.

Mit verstellter Stimme und unter falschem Namen hatte er im Polizeipräsidium angerufen und Kommissar Glockner verlangt, dabei von einer Polizistin erfahren, daß der auf Dienstreise sei und erst morgen zurückerwartet werde.

„Danke sehr! Dann rufe ich morgen wieder an. Es ist privat."

Er hatte aufgelegt und sich die Hände gerieben.

Also heute nacht?

Eigentlich wunderte ihn, daß er so ganz unbehelligt blieb. Er hatte mit Beobachtung gerechnet. Sein Ausschnitts-Archiv über Kommissar Glockner war im Gefängnis bekannt gewesen. Eine stumme Drohung, die diesem Kerl, dem er all sein Unglück verdankte, das Dasein vergällen sollte. Nervös sollte es ihn machen, aber den schien nichts zu erschüttern.

Spelter hatte den ganzen Tag die Augen offen gehalten. Hatte sorgsam auf seine Umgebung geachtet, aber keinen Bullen bemerkt.

Nein, er wurde nicht observiert. Er hätte es gespürt. Sein Instinkt, im Gefängnis dünnhäutig geworden, hätte es ihm angezeigt.

Hielt man ihn für harmlos, seine Glockner-Informationen für Theaterdonner?

Offenbar. Umso besser!

Gegen Abend hatte er den jahrealten TV in der möblierten Zwei-Zimmer-Wohnung eingeschaltet; ein Drittes Programm angesehen und sich lokale Tagesnachrichten reingezogen. Sie wurden eingeleitet von der Suche nach Jörg Wichtigmann und den Hinweisen auf Karsten Willert.

Spelter schnappte nach Luft. Das war ja ein Ding! Typisch Willert!

Jetzt war es 20.51 Uhr; und er überlegte, ob er Willerts Mutter anrufen oder aufsuchen sollte.

Er entschied sich – schon wegen seiner Unruhe im Blut – für den persönlichen Kontakt und verließ seine Behausung.

Um jeden Preis wollte er den ehemaligen Komplicen treffen. Der paßte jetzt in seine Pläne wie die Faust aufs Auge.

Das wird ein heißer Tanz, dachte Spelter. Die Bullen – und Glockner allen voran – werden sich wundern.

*

Die Nacht war lau. Aber der Himmel hatte sich bewölkt. Anfangs hatte der Mond nur einen Hof, dann verblaßte der Erdtrabant hinter faserigem Dunst, jetzt war er gar nicht mehr zu sehen.

Tim lauerte in einer dunklen Ecke des Hinterhofs, behielt den blauen Mercedes im Auge und ebenso die Tür zu Spelters Behausung.

Er wohnte parterre, wie der TKKG-Häuptling am Nachmittag beobachtet hatte: offenbar eine kleine Bleibe, von der Art ‚Wohn-Klo mit Kochnische‘.

Zwei Fenster, hofseitig, waren mit Vorhängen blickdicht gemacht. Hinter einem brannte Licht. Manchmal gewahrte Tim die Umrisse einer Gestalt.

Dann, kurz vor 21 Uhr, erlosch das Licht; und Spelter kam auf den Hof.

Tim zog sich noch tiefer in seine Ecke zurück, stieß versehentlich an sein Bike und hielt erschrocken inne. Aber es entstand kein Laut.

Trotzdem – Spelter blieb stehen, schien zu lauschen und hielt den Kopf etwas schief.

Tims Walkie-Gerät steckte hinten im Gürtel der Jeans. Tim trug einen leichten, nachtblauen Sweater über dem T-Shirt, das reinweiß war und aufgefallen wäre – wegen seiner Leuchtkraft im Dunkeln.

Aber tarnmäßig angezogen, fühlte Tim sich unsichtbar.

Spelter schien beruhigt zu sein und stieg in den Wagen.

Schiet! dachte Tim. Jetzt ist wenig Verkehr auf den Kampfbahnen. Jetzt hängt er mich ab.

Spelter fuhr vom Hof. Tim folgte. Der Haftentlassene schien es nicht eilig zu haben. Tim – der jeden parkenden Wagen als Deckung nutzte – blieb dran am Objekt seiner Neugier.

Wohin wollte der Kerl? Kneipe? Glockner-Adresse? Eine alte Freundin besuchen? Oder nur eine Spazierfahrt?

Dann ging's über eine lange Straße ohne Ampel. Die Fahrbahn war fast leer. Der Mercedes beschleunigte. Und gerade als Tim abgehängt wurde, ging ihm ein Licht auf – checkte er, vermutend, wohin Spelter wollte.

Tim nahm eine Abkürzung, hechelte durch zwei Kfz-gesperrte Gassen, durchquerte einen Park, wo Radeln verboten war, schreckte ein knutschendes Liebespaar auf, was ihm Flüche und eine nachgeworfene Flasche einbrachte, und gelangte in die Mitterrahmer Straße.

Eben hielt der Mercedes vor Nr. 21.

Tim stellte sein Rennrad in einen Hauseingang und pirschte dicht an der Häuserzeile entlang.

Spelter war ausgestiegen, hatte geklingelt und stand vor der Haustür.

Tim duckte sich hinter eine auf der Raststütze dösende Harley, die wuchtig genug war, um dem hochgewachsenen Boy als Deckung zu dienen.

Frau Willert war an die Tür gekommen, hatte aber noch nicht geöffnet. Sie fragte.

„Ich bin's nochmal", erwiderte Spelter mit seiner ausdruckslosen Stimme, „Horst Spelter. Ich war nachmittags schon da und habe die Kassette geholt."

Er sprach gerade laut genug, daß es die Frau hinter der Tür verstehen konnte.

Tim mußte die Ohren spitzen.

Willerts Mutter öffnete. Die Diele war erleuchtet. Die Frau stemmte eine Hand in die Hüfte und hatte auch jetzt eine Zigarette im Mund. Die Stimme klang ungehalten.

„Was ist denn nun noch? Weiter habe ich nichts."

„Tut mir leid, daß ich Sie belästige, Frau Willert." Er bemühte sich, freundlich zu klingen. „Aber es geht nur darum, daß Karsten..."

„Erinnern Sie mich nicht an meinen Sohn", wurde er unterbrochen. „Ich bin entsetzt. Nicht nur, daß er ausbricht! Jetzt hat er auch noch den Jungen vom Bürgermeister entführt."

„Ach, das glaube ich nicht."

„Es kam doch im Fernsehen. Und im Radio. Und morgen werden es die Zeitungen bringen. Mit vollem Namen. Wie stehe ich da vor den Nachbarn! Und ich habe mich immer bemüht, einen anständigen Menschen aus ihm zu machen. Aber Karsten schlägt seinem Vater nach. Auch Alfons hat nichts getaugt."

„Tut mir leid für Sie. Doch ich sehe das anders. Es liegt am System. Am Staat. An den Politikern. An den Industrie-Nationen. An Europa. Der einzelne kann sich nicht wehren. Auch mir wurde Unrecht getan. Auch ich bin ein Opfer."

„Ach ja?"

„Aber ich will nicht klagen, Frau Willert, ich will Sie nur um einen Gefallen bitten."

„Wenn es sein muß."

„Karsten weiß, wann meine Strafe endet, weiß also, daß ich jetzt entlassen wurde. Deshalb könnte es durchaus sein, daß er sich, entgegen Ihrer Erwartung, Frau Willert, doch bei Ihnen meldet. Natürlich wird er nicht hier auftauchen. Aber vielleicht ruft er an, weil er sich sagt, daß er nur über Sie mit mir Kontakt aufnehmen kann. Denn meine neue Adresse kennt er natürlich nicht. Und bei der Polizei kann er nicht nachfragen, nicht wahr?"

„Ja, und?"

„Ich habe Ihnen hier meine Telefonnummer aufgeschrieben."

Tim sah, wie er der Frau einen Zettel reichte.

„Können Sie das lesen, Frau Willert?"

„Ich bin doch nicht blind." Um es zu beweisen, las sie vor: „7-5-4-8-8-0-8. – Die soll ich Karsten geben?"

„Wenn Sie so nett sind."

„Sie haben bestimmt keinen guten Einfluß auf ihn."

„Wie können Sie sowas sagen, Frau Willert! Karsten und ich – wir sind beide Opfer dieses Systems, dieser Gesellschaft."

Die Frau seufzte und sagte: „Also gut." Dann schloß sie die Tür.

Tim duckte sich noch tiefer.

Spelter ging zum Wagen, stieg ein und fuhr ab. Wieder ließ er sich Zeit. Aber Tim verzichtete auf Verfolgung.

Er lief zu seinem Rennrad zurück, zog das Walkie-Talkie aus dem Gürtel und schaltete ein.

„Hallo, ich bin’s. Bitte, kommen!“

Er drückte auf Empfang und lauschte.

„Wir haben dich gehört“, kam Karls Stimme aus dem Gerät. „Bei uns ist alles okay. Klößchen ist in der Küche und bereitet eine Schokoladencreme. Natürlich nur für sich selbst. Vielleicht dürfen wir mal kosten. Gaby stehen die goldblonden Haare zu Berge, denn er hat schon fünf Töpfe eingesaut und einen halben Liter Milch verschüttet. Aber wenn Willi Hunger hat, ist er nicht zu bremsen. Bitte, kommen!“

Tim schaltete auf ‚sprechen‘.

„Ich komme jetzt wirklich, Karl, nämlich auf kürzestem Wege zurück. Dann erzähle ich. Bis gleich. Ende.“

Der TKKG-Häuptling plazierte das Gerät wieder unterhalb der rechten Niere und schwang sich aufs Bike.

11. Willerts Schlupfwinkel

Die Leute, denen der kleine Bungalow am Stadtrand gehörte, waren offensichtlich verreist. Sie hatten zwar die Post abbestellt, nämlich lagern lassen bis zur Rückkehr, ebenso die Zeitung. Dennoch – der Briefkasten quoll über. Reklamezettel, Anzeigenblätter. Und das seit einem Monat – wie Willert an den Daten feststellte.

Ihm war der Briefkasten aufgefallen. Er hatte das Haus umrundet, die Situation ausbaldowert und dann die Hintertür geknackt – so fachmännisch, daß man sie dennoch schließen, jedenfalls einklinken konnte. Auch bei Tage würde nichts auffallen. Jetzt war es nach 21 Uhr. Der Ausbrecher hatte sich im Haus umgesehen und alles erkundet. Ja, man war verreist – offenbar für längere Zeit. Die Stecker aller Elektrogeräte waren aus den Dosen gezogen: TV, Stehlampen, Fax-Gerät, die elektronische Schreibmaschine im Büroraum, die Radios. Die Hausbewohner waren offensichtlich besorgt, daß ihr Bungalow vom Blitz getroffen werden könnte. Dann muß ja das Haus nicht gleich abbrennen. Aber Blitze fahren in die elektrische Leitung und zerstören die anhängenden Geräte.

Willert machte kein Licht.

Die Beleuchtung der Straßenlaterne durch die Fenster herein – genügte.

Willert dachte für einen Moment an den Jungen.

Nun, verhungern würde der nicht. Aber eine schlechte Nacht hatte er vor sich.

Willert hatte einen Plan. Um den zu verwirklichen, war keine Mühe zu groß.

Im Eiltempo war er den langen Weg zum Hängelwald zurückgelaufen, hatte mehrmals Polizei-Hubschrauber am Himmel gesehen, aber dann bei der Jagdhütte keinen einzigen Uniformierten. Dort hatte die Nacht begonnen, und der Wald war still.

Niemand vermutet, daß ich hierher zurückkomme, dachte Willert – und holte die beiden Jagdgewehre aus ihrem Versteck. Samt der Munitionsschachteln.

Er schulterte die Waffen. In der Dunkelheit konnte er sie tragen. Weder er noch die Tötungsgeräte fielen auf.

Jetzt hatte er sie hier. Sie lagen im Wohnraum auf dem Glastisch und hinterließen Kratzer von Kimme und Korn.

Im Keller war eine Speisekammer. Willert fand Vorräte und schlug sich die Wampe voll. Er trank drei Flaschen Bier und rülpste wie ein Nilpferd, worauf der Raum nach Ölsardinen roch. Willert hatte mehrere Dosen vorgefunden und den Inhalt vertilgt. Ölsardinen waren seit jeher seine Lieblingsspeise, dicht gefolgt von geräuchertem Aal und fetter Leberwurst. Und zu allem trank er Bier. Jahrelang hatte er darauf verzichten müssen, volle sieben Jahre.

War es Gedankenübertragung? Eine Art Telepathie?

Willert wußte, daß sein ehemaliger Freund, den er seit 15 Jahren nicht mehr gesehen, aber in guter Erinnerung hatte – Willert wußte, daß sich Spelter nun auf freiem Fuß befinden mußte, falls alles seinen normalen Gang gegangen war.

Allerdings irrte sich Willert, indem er meinte, Horst Spelter wäre schon vorigen Monat entlassen worden. War der Komplice von einst inzwischen bei Willerts Mutter gewesen? Die Stahlkassette, die den verbleibenden Teil von Spelters Beutezügen enthielt, war sicherlich viel wert – obwohl Willert vom Inhalt keine genaue Vorstellung hatte.

Vielleicht sitzen die Bullen bei ihr, dachte er. Aber ein kurzer Anruf schadet nicht.

Der Ausbrecher griff zum Telefon und wählte.

Nach einer Weile wurde abgenommen.

„Willert“, hörte er die Stimme seiner Mutter.

IST DORT BEI ALFONS...

Im Hintergrund wurde gedämpft geredet, untermalt von schmalzigem Kuschelrock. Das klang nach einem unbedarften TV-Film. Gerade richtig für Mutti, hahah.

„Ist dort bei Alfons Willert?“ fragte er.

Das war der Name seines verstorbenen Vaters.

Martha Willert stutzte.

„Karsten?“ Ihre Stimme zitterte leicht.

„Bist du allein?“

„Ja.“

„Wer redet da?“

„Das ist im Fernseher.“

„Kein Bulle im Haus“

„Hier ist kein Polizist, Karsten. Mein Gott! Junge, wo bist du?“

„In Freiheit, Mutter.“

„Das ist keine Freiheit. Du mußt dich verstecken.“

„Na und? Immer noch besser als hinter Gittern.“

„Nein, nein, nein! Sie werden dich finden, und dann wird alles noch schlimmer. Dann kommt zu deiner verbleibenden Strafe noch was hinzu.“

„Mich erwischt keiner.“

„Karsten, es wäre vernünftig, wenn du dich stellst.“

„Hör auf, mir Moral zu predigen. Das war schon bei deinem letzten Besuch im Knast unerträglich. Übrigens hat dein Kuchen toll geschmeckt. Wie immer. Leider konnte ich ihn nicht aufessen. Ich bin vorher getürmt. Die Gelegenheit war so günstig.“

„Ich bin sehr, sehr traurig, Karsten.“

Sie hustete krächzend. Und er wußte, daß sie sich am Zigarettenrauch verschluckt hatte.

„Die Bullen waren natürlich bei dir, Mutter?“

„Sowas ist peinlich, Karsten. Furchtbar peinlich.“

„Schon gut. War sonst jemand da?“

„Nur dieser... dein Freund von damals. Dieser Spelter."

„Ah, ja!"

„Ich mag ihn nicht."

„Er ist okay. Hat die Kassette abgeholt, wie?"

„Ja, heute nachmittag."

„Erst heute?"

„Heute nachmittag war er hier. Und vorhin nochmal."

„Nochmal? Ist was nicht in Ordnung?"

„Ich hatte ihm nachmittags schon gesagt, daß du ausgebrochen bist. Das war ihm nicht bekannt. Ich soll dich grüßen, falls du dich meldest. Aber ich habe gesagt, daß du mich in nichts reinziehen wirst."

„Tue ich auch nicht."

„Ja, und dann kam er vorhin nochmal und hat mir seine Telefonnummer dagelassen. Die soll ich dir geben."

„Na, herrlich! Her damit!"

Sie zögerte. „Vielleicht ist es besser, wenn ich sie dir nicht sage."

„Mutter!"

Mehr sagte er nicht. Aber die Drohung war unüberhörbar. Sicherlich – angetan hätte er ihr, seiner Mutter, niemals etwas. Aber es genügte, wenn er schrie und tobte.

Sie seufzte. Dann holte sie den Zettel und las die Zahlenfolge vor.

Er schrieb nicht mit, sondern prägte sich die Rufnummer ein, indem er sie dreimal wiederholte und sich zusätzlich Eselsbrücken baute. Er hatte am 7. Mai Geburtstag, war mit vier Jahren von einem Pony gefallen – mit Gehirnerschütterung als Folge –, war deshalb erst mit acht eingeschult worden und hatte, als 1980 sein Vater starb, die acht zu seiner Lieblingszahl ernannt.

„Karsten!"

„Ja, Mutter?"

„Hast du den Jungen entführt?“

„Welchen Jungen?“

„Jörg Wichtigmann. Den Sohn vom Bürgermeister, vom 2. Bürgermeister.“

„Wie sollte ich? Kenne den Bengel ja gar nicht. Außerdem bin ich kein Kidnapper.“

„Kein was?“

„Kidnapper! Kindesentführer.“

„Du sagst die Wahrheit, Karsten?“

„Dich belüge ich doch nie. Ich muß jetzt Schluß machen, Mutter. Schlaf gut! Und falls die Bullen dich fragen – du hast keine Nachricht von mir.“

„Also muß ich lügen. Also ziehst du mich doch in deine furchtbaren Sachen hinein.“

„Da ist nichts furchtbar. Ich will nur meine Freiheit. Tu’s für mich, Mutter! Gute Nacht!“

Er legte auf, grinste in die Dunkelheit, rülpste abermals eine Wolke Ölsardinen-Duft und wählte dann Spelters Nummer.

7. Mai – 7-5 – mit vier vom Pony, mit acht eingeschult – 4-8 – 1980 des Alten Ende – 8-0 – die Lieblingszahl – 8-.

Er ließ es 15 mal läuten.

Aber Spelter war offenbar nicht zu Hause.

Dann eben nachher nochmal, dachte Willert – und köpfte die vierte Flasche Bier.

12. Flucht vom finsteren Hof

Auf dem Rückweg stellte Tim allerlei Überlegungen an. Es gab Anlaß zur Sorge. Denn wenn sich Spelter mit Willert verbündete, verdoppelte sich garantiert auch die kriminelle Energie, mit der man rechnen mußte – und dieses ‚man' bezog sich in erster Linie auf die Glockners.

Aber nicht nur, dachte der TKKG-Häuptling. Auch der 2. Bürgermeister fällt jetzt, zumindest seelisch, sehr tief. Wenn dieser Willert den Jörg hat, ist ein Drama angesagt.

Im Altstadtviertel war wenig Betrieb. Laue Nachtluft füllte die romantischen Straßen, wo die Häuserzeilen in lustigen Windungen verlaufen und nicht wie mit dem Lineal gezogen.

Gelbes Licht hinter Fenstern – dort, wo man sich unterhielt und las. Buntes Licht dort – wo nur der TV lief; was ja durchaus toll sein kann für Singles, dachte Tim, aber wenn die Mattscheibe Gespräche und Lektüre ersetzt, dann stimmt was nicht in der zwischenmenschlichen ‚Konnäktschen'.

Er radelte um die nächste Ecke und bog ein in die Glocknersche Straße.

Im Feinkostgeschäft waren die beiden Schaufenster erleuchtet – und oben in der Wohnung straßenseitig vier Fenster.

Soweit – okay.

Aber dann stockte Tim der Atem.

An einer dunklen Stelle, zu der das Licht der Straßenlaterne nicht hinreichte, parkte der blaue Mercedes. Spelters Wagen!

Tim stoppte.

Er spähte. Sein Nackenhaar sträubte sich. Der Wagen war leer.

Tim äugte die Straße entlang, konnte aber niemanden ausmachen. Keine Menschenseele. Lediglich die Laternen wurden von Motten umflattert. Und ab und zu stieß aus dem Dunkel eine Fledermaus hervor und schnappte sich eine.

Wo war Spelter? Schon im Haus?

Tim preschte zum Eingang, sprang ab und drückte gegen die Tür.

Sie gab nicht nach. Aber wenige Schritte entfernt war die Einfahrt zum Hof. Dort verhinderte ein schmiedeeisernes Gittertor Unbefugten den Zutritt. Doch das Schloß war defekt, ließ sich anscheinend nicht mehr reparieren und wurde neuerdings mit Kette gesichert – und Vorhängeschloß.

Diese kleine Mühe war einigen Hausbewohnern zu unbequem. Deshalb blieb das Tor manchmal offen.

Auch heute abend, wie Tim wußte, denn Karl und Klößchen hatten ihre Bikes auf dem Hof abgestellt – und Tim wollte jetzt das gleiche tun.

Das Tor klirrte beim Öffnen.

Er schob sein Rennrad auf den Hof.

Hier war es dunkel wie in einer schwarzen Wollsocke, und der Mond war immer noch hinter Wolken verborgen.

Tim gab sich arglos, pfiff leise, schob sein Rad, starrte in die Dunkelheit und horchte angestrengt.

War das ein Geräusch an der Hintertür?

Sie war in einer Ecke, wo auch bei Tage keine Sonne hinscheint.

Jetzt brodelte dort Finsternis, daß sich Tim vorkam wie blind.

Er schob sein Rad an der Hauswand entlang, stellte es ab, sicherte mit dem Kabelschloß, pfiff immer noch leise und schlurfte dann zur Hintertür, obwohl er für die keinen Schlüssel besaß.

Schweißgeruch. Tim nahm ihn wahr. Aber er sah nichts. Dann – hinter ihm – etliche Schritte enfernt – knackte ein Stein auf dem gepflasterten Boden.

Der TKKG-Häuptling fuhr herum.

„Ist da wer?"

Schritte prasselten, und die Gestalt stürmte zum Tor. Einen Affenzahn hatte er drauf, der Kerl. Aber Tim sauste hinterher mit demselben Tempo.

Das Gittertor klirrte.

Und Tim prallte dagegen wie ein angreifendes Nashorn, konnte gerade noch schützend die Arme hochreißen.

Dieser Mistkerl! Der war durchgeschlüpft und hatte das Tor hinter sich zugeworfen. Das verschaffte Vorsprung, entscheidende Sekunden.

Als Tim auf die Straße rannte, war Spelter schon beim Wagen.

Der TKKG-Häuptling jagte frontal darauf zu und mußte dann zur Seite springen, um nicht unter die Räder zu kommen.

Mit heulendem Motor preschte der Mercedes vorbei.

Erst an der nächsten Ecke wurden die Scheinwerfer eingeschaltet.

Tim verharrte und blickte hinterher. Ihm war übel vor Schreck. Daß sich dieser Psychopath schon jetzt hier herumtrieb – damit hatte er nicht gerechnet. Ja, Spelter hatte versucht, ins Haus einzudringen. Wußte der, daß Emil Glockner zur Zeit nicht anwesend war?

Tim blickte hoch zu den Fenstern. Hinter einem war der Vorhang jetzt beiseite gezogen, und seine Freunde winkten ihm zu. Offenbar hatten sie den startenden Wagen gehört.

Tim machte eine resignierende Geste, rückte seine Baseballkappe zurecht und wandte sich zur Haustür.

*

Er hatte erzählt. Gaby war blaß geworden. Karl polierte aufgeregt seine Brille. Klößchen trommelte mit den Fäusten auf seine stämmigen Schenkel.

„Ich rufe Dennis an", sagte Tim. „Er könnte jetzt einschreiten, nämlich mal mit Blaulicht – also offiziell – bei Spelter An-der-Schwemme aufkreuzen und ihm was flüstern. Denn reagieren müssen wir."

„Warum nicht verhaften?" rief Klößchen. „Der Typ muß zurück in den Knast."

„Für so eine Maßnahme, Willi, gibt es keinen handfesten Grund. Ich bin der einzige Zeuge. Nur ich habe Spelter gesehen. Und seinen Wagen. Und daß der Kerl auf dem Hof war. Selbst da könnte er sich rausreden und behaupten, er hätte nur mal einem feuchten Drang nachgegeben. Und weil man nicht in erleuchteten Straßen an die Schaufenster pieselt, sei er eben auf den dunklen Hof gegangen. Daß es zufällig die Adresse des verhaßten Kommissars ist – na, sowas! Gibt's denn das! Hoffentlich wird das nicht falsch ausgelegt!"

Karl nickte. „Du hast recht. Offiziell ist da nichts zu machen. Das wird dir auch Dennis sagen, Tim."

„Er soll ja nicht als Auge-des-Gesetzes aufs Blech dröhnen, sondern nur eine freundliche Warnung überbringen."

„Hm."

Gaby sagte nichts.

Und Tim blieb bei seinem Vorhaben.

Er rief im Präsidium an – und wählte gleich durch zu Dennis. Aber dort wurde zunächst gar nicht abgehoben.

Und dann, etwa nach dem zehnten Läuten, meldete sich ein Kollege.

Er teilte mit, daß Dennis Blots im Einsatz sei.

„...eine Schlägerei in der Levantiner Straße, vor dem Café Seidenschall. Offenbar sind Punker und Glatzen aneinander geraten, und jetzt fliegen die Baseballkeulen. Und nachher können die Notärzte verdammt viel Zwirn vernähen, damit sich die Platzwunden schließen."

„Sie sollten Stacheldraht nehmen", äußerte sich Tim voller Mitgefühl. „Ich melde mich später nochmal."

„Und nun?" fragte Karl, nachdem Tim aufgelegt hatte.

„Dann gehe *ich* bei Spelter vorbei. Ich wollte es Dennis machen lassen, damit ich Gabys Schutz hier verstärken kann. Aber das ist im Moment wohl doch nicht nötig – und war eher eine schreck-bedingte Gefühlsreaktion. Nein! Heute nacht traut sich der Psycho hier nicht mehr her. Wir halten es wie vorhin, nämlich Walkie-Talkie-Kontakt. Gebongt?"

„Viel Schlaf", seufzte Klößchen, „kriegen wir heute nacht sicherlich nicht."

„Bist du zum Pennen hier?" fragte Tim und küßte seine Freundin auf die Nasenspitze.

Es war ja nur für einen kurzen Abschied.

13. Sie nehmen Kontakt auf

Spelters Zwei-Zimmer-Wohnung roch muffig. Kakerlaken feierten hier ihre Feten. Der letzte Bewohner war vor einem Jahr rausgestorben – 90jährig –, und seitdem hatte niemand mehr gelüftet. Auch der Ex-Häftling hielt nichts von geöffneten Fenstern. Außerdem war er die dicke Luft der vergitterten Zellen gewöhnt.

Er keuchte noch, als er die Tür hinter sich abschloß.

Verdammt! Das war fehlgeschlagen. Diese Störung im falschen Moment!

Der Dietrich hatte schon gute Arbeit geleistet im Schloß der Glocknerschen Hoftür. Noch eine halbe Minute – und er, Spelter, wäre im Haus gewesen. Er hatte nichts Bestimmtes geplant, nur feststellen wollen, wie – und ob überhaupt – die Wohnung gesichert war.

Doch dann war dieser Typ mit seinem Rad aufgetaucht. Und die Flucht gelang knapp.

Sicherlich ein Hausbewohner, dachte Spelter. Ein junger Kerl und nicht von Pappe. Vielleicht wäre es besser gewesen, ich hätte eine Ausrede gebraucht, statt zu türmen. Aber was?

Nicht mal jetzt fiel ihm was ein.

Er zog sein verschwitztes Hemd aus und sich ein anderes über den Kopf. Auch das war verschwitzt, aber trocken – roch also nach der Ausdünstung von gestern und paßte zur Umgebung.

In der schmuddeligen Küche gab der Kühlschrank rumpelnde Geräusche von sich.

Spelter hatte Bier eingekauft und gönnte sich jetzt eine eiskalte Flasche.

Dann sah er sich um. Zum ersten Mal begutachtete er die neue Behausung.

Rissige Tapeten, Billigmöbel, fadenscheinige Vorhänge.

Niemand, dachte er, wird hier 80000 Piepen vermuten. Ein Glück, daß das Geld noch gilt.

Vor 15 Jahren hatte er diese Beute beiseite gebracht – vor dem Fiasko mit dem Banküberfall. Und Willerts Mutter hatte die Kohle brav verwahrt.

Eigentlich, dachte er, müßte ich der Frau was zustecken. Ist ja schließlich ein toller Service von ihr. Oder ich kümmere mich um ihren Sohn. Hoffentlich ist Karsten so schlau und ruft bei ihr an.

Offenbar war das Gedankenübertragung. Denn das Telefon klingelte. Spelter zögerte, sah auf die Uhr und fand es unverschämt, daß man ihn um diese Zeit störte.

Dann nahm er den Hörer ab.

„Ja?"

„Horst?"

„Wer spricht dort?"

„Erkennst du mich nicht?"

„Karsten?"

Willert lachte am anderen Ende der Leitung. „Ich hoffe doch, du bist allein. Oder schaukelst du eine junge Polizistin auf dem Knie?"

Auch Spelter lachte. Er fand den Gedanken recht komisch.

„Deine Mutter hat dir meine Nummer gegeben?"

„Vielen Dank auch!"

„Wo steckst du?"

„Ich weiß nicht mal, wie die Straße heißt. Die Leute sind verreist, und ich habe mich eingenistet."

„Klasse!"

„Ich bin gut bestückt. Mit zwei Jagdgewehren und genug Munition. Außerdem habe ich den Sohnemann vom 2. Bürgermeister."

„Das verkünden die Medien fast ohne Pause."
„So wird man zur Berühmtheit, Horst."
„Wofür willst du den Bengel eintauschen: für Geld und Freiheit?"
„Vielleicht könnte ich Geld erpressen, aber alles andere verzeihen die mir nicht. Sobald sie den Bengel hätten, ginge es los mit der Jagd auf mich. Nein, den behalte ich als Faustpfand. Für den Fall, daß es eng wird. Dann ist er meine Trumpfkarte im Ärmel."
„Hast du den Jungen bei dir?"
„Nee. Jörg ist an einem ungemütlichen Ort. Es gibt da mitten im Wald einen verlassenen Einöd-Hof. Dort ist ein abgedeckter, ausgetrockneter Brunnen. Sehr tief. In dem habe ich den Bengel versteckt."
„Hast du ihn reingeworfen?"
„Runtergelassen. Mit 'nem Seil. Er ist nicht verletzt. Aber sicherlich plärrt er jetzt."
Spelter nickte. Er fand das gut und okay. Mitleid war ihm unbekannt. Alles war immer dann in Ordnung, wenn es dem eigenen Vorteil nützte.
„Hast du mit deiner Bewaffnung was vor, Karsten?"
Der Ausbrecher lachte abermals. „Du ahnst es, wie? Die grandiose Idee kam mir vorhin, als ich an der Autobahn war. Die führt ja stellenweise durch dichtesten Wald. Wer sich da versteckt – nach dem müßte eine Hundestaffel suchen. Und bis die anrückt, ist man weg."
„Und was hast du vor?"
„Autos abschießen."
„Abschießen? Wie Tontauben?"
„Meinetwegen: *beschießen*! Dabei ziele ich natürlich nicht auf die Insassen, aber auf die Reifen, auf den Kofferraum, aufs Blech."
„Ein Schützenfest an der Autobahn?"

EIN SCHÜTZENFEST
AN DER AUTOBAHN

„Genau. Und zwar so, daß die Schlitten ins Schleudern kommen. Es darf krachen, daß sich die Typen mit den Abschleppwagen was kichern. Und wenn's Verletzte gibt, ist das nicht meine Schuld, sondern höhere Gewalt."

Spelter lachte. „Vor Gericht würde man das anders auslegen. Aber Hauptsache, du kommst mit dir klar. Mit dir und deinem Gewissen."

„Gewissen?" Willert gluckste. „Was ist das? Mein Gewissen stimmt, wenn ich eine Schüssel Ölsardinen fressen kann und neben mir ein Kasten Bier steht."

„Nun mal weiter!" verlangte Spelter nach einem Moment des Schweigens. „Es gibt also Terror auf der Autobahn. Ein unbekannter Scharfschütze beharkt die Autos. Aber das ist doch nicht alles?"

„Das hängt ab von der Landesregierung."

Spelter stieß einen Pfiff aus. „Verstehe! Entweder die löhnen, oder der Terror geht weiter."

„Ich fordere drei Millionen Mäuse. In nicht zu großen Scheinen. Keine Tausender, keine Fünfhunderter. Die großen Lappen fallen auf. Und wir sind schließlich nicht zu faul, auch einen großen Koffer mit Kohle zu schleppen. Ja, Horst, so stelle ich mir das vor, und so wird es laufen: erbarmungslose Anschläge. Immer an anderen Stellen. Rund um die Landeshauptstadt mit ihrer Millionen-Bevölkerung. Man kann die Autobahn nicht schließen. Und was sind für die politischen Entscheidungsträger läppische drei Millionen? Diese Minderleister verschleudern doch die Steuergelder auf noch viel doofere Weise. Und da geht es nicht um die allgemeine Sicherheit, sondern nur um die Vertuschung politischer Unfähigkeit. Ich glaube, Horst, nie war die Zeit so günstig – trotz allgemeiner Knappheit – für eine saubere, runde Erpressung. Denn der typische Deutsche liebt sein Auto mehr als seinen Dackel – und wenn der PS-Lenker mit seinem liebsten Spielzeug nicht mal mehr auf die Autobahn darf, um fröhlich zu rasen – wenn er befürchten muß, daß ihm dort Kugeln um die Ohren fliegen – dann wird er sauer."

Spelter amüsierte sich. „Du hast wirklich dazugelernt im Knast."

„Man wird ja älter – und macht sich seine Gedanken."

„Aber du solltest vorsichtig sein."

„Wir sollten beide vorsichtig sein."

„Bin ich dabei?"

„Wir haben zwei Gewehre!"

Spelter pfiff abermals. „Ich habe außerdem einen Leihwagen."

„Noch besser. Wir treten auf als Gang, als Bande, als Terrorgruppe. Der eine ballert hier, der andere dort."

„Das müssen wir im einzelnen besprechen. Wann und wo treffen wir uns?"

„Morgen. Bei mir. Ich rufe dich wieder an. Ich muß erst mal gucken, wo ich bin."

„Noch was, Karsten. Ich habe hier eine private Rechnung zu begleichen. Die Bullen wissen davon. Vielleicht kommt der eine oder andere auf einen Plausch mal vorbei. Wenn ich den Hörer abnehme und dabei huste, legst du gleich wieder auf."

„Aber vorher sage ich", feixte Willert: „Tut mir leid, falsch verbunden."

„Du weißt wirklich Bescheid."

Beide lachten und legten dann auf.

Spelters Bier hatte sich etwas erwärmt, war aber immer noch kühl genug. Gerade als er trinken wollte, wurde vernehmlich an die Wohnungstür geklopft.

Und das zu dieser Stunde! Außerdem klang es energisch.

Spelter trat in die winzige Eingangsdiele.

14. Geschenk des Teufels

Für einen Moment schimmerte der Mond durch dünnhäutige Wolken, und der Hinterhof ‚An-der-Schwemme' wurde in ein stumpfes Silberlicht getaucht.

Immerhin – Tim sah, daß der Mercedes an seinem Platz stand: ein luxuriöser Fremdkörper in dieser tristen Umgebung.

Der TKKG-Häuptling lehnte sein Bike gegen den Kofferraum, ging nach vorn, legte eine Hand auf die Motorhaube und überzeugte sich, daß sie noch warm war.

Dann trat er vor Spelters Wohnungstür und benutzte die Faust zum Anklopfen.

Die Tür bebte leicht. Holz knirschte. Oben, wo sich die Holzfüllung mit dem Mauerwerk verband, lösten sich ein paar Stückchen vom Verputz.

Nichts rührte sich. Aber hinter dem fadenscheinigen Vorhang erlosch das Licht.

Tim pochte abermals und bemühte sich, seine Wut zu zügeln. Er spürte: Spelter war hinter der Tür, nur eine Armlänge entfernt. Aber der Kerl stellte sich tot, bzw. schlafend.

Tim schlug an die Tür.

„Heh!" vernahm er die kalte Stimme des Ex-Häftlings. „Was ist los?"

„Ich habe mit Ihnen zu reden, Spelter. Machen Sie auf!"

„Ich denke nicht daran. Es ist später Abend. Da könnte ja sonstwer kommen."

„Ich bin nicht sonstwer. Mein Name ist Peter Carsten. Ich bin der Freund von Gaby Glockner – und auch ihren Eltern in herzlicher Freundschaft verbunden. Verstehen Sie, was ich damit sagen will?"

„Ich verstehe überhaupt nichts."

„Sie verstehen mich genau. Ich weiß, was Sie vorhaben –

und ich warne Sie nur dieses einzige Mal. Wenn Sie von einem gesunden Fortbestand Ihres bescheidenen Lebens träumen – dann vergessen Sie den Namen Glockner. Kapiert? Denn beim nächsten Mal entkommen Sie mir nicht – wie vorhin auf dem Hof. Beim nächsten Mal habe ich Sie am Kragen. Und dann gnade Ihnen Gott!"

Stille. Plötzlich begann Spelter zu lachen.

Tim hatte erwartet, der Psycho werde sich jetzt in seine Behausung zurückziehen, ohne etwas zu erwidern.

Statt dessen knirschte der Schlüssel im Schloß, und die Tür wurde geöffnet.

Spelter trat auf die Schwelle. Hinter ihm war die Diele dunkel. Strenger Körpergeruch wehte Tim an, und er wäre beinahe naserümpfend zurückgewichen.

Aber das hätte den Eindruck erweckt, er lasse sich einschüchtern. Also verharrte Tim und trotzte tapfer dieser wandelnden Stinkbombe.

Spelter war mit 181 cm etwa zwei Zentimeter größer als Tim, aber nicht halb so athletisch. Er trug ein Polohemd und starrte den TKKG-Häuptling an aus fast farblosen Augen.

„Ich kenne dich nicht. Und du interessierst mich einen Dreck. Klar? Ich weiß auch nicht, was du willst. Aber ich glaube, du drohst mir. Drohst mir, wie? Dazu sage ich dir: Nimm dich in acht. Mir droht man nicht. Mir nicht! Ich bin Horst Spelter. Ja, ich war lange im Gefängnis. Aber ich weiß immer noch, wie man einen fertigmacht. Und mit dir werde ich fertig, du Halbstarker."

„Halbstarker – sagt man nicht mehr. Der Ausdruck stammt aus der Zeit, Spelter, als Sie noch frei rumlaufen durften. Inzwischen ist meine Generation ganz stark, schweinestark. Und das werden Sie spüren, wenn Sie die Glockners nicht in Ruhe lassen."

HALBSTARKER - DAS SAGT MAN NICHT MEHR

„Wer sind die Glockners?"

Tim schoß blitzschnell die linke Faust ab, zielte auf Spelters Gesicht und rastete den Karatestoß ein – Millimeter vor Spelters gedrungener Nase.

Voll durchgezogen hätte die Wucht dem Psycho das Nasenbein in den Schädel getrieben.

Der Kerl prallte zurück, zu spät natürlich, und riß schützend die Fäuste hoch, auch das viel zu spät.

Tim lachte sein gräßlichstes Lachen – lachte wie Zuzzly, der Blutsauger, wenn der um Mitternacht aus seinem morschen Sarg steigt, um dann – von Folge zu Folge in der gleichnamigen TV-Serie – nach Opfern zu suchen, vornehmlich solchen der Blutgruppe B.

„Hüte dich, Spelter. Und tu nichts, was mich ärgert. Sonst bist du schnell wieder im Knast."

Der Psycho spuckte ein unsägliches Schimpfwort aus. Tim kannte es noch nicht und nahm es in seinen Sprachschatz auf. Dann schlug Spelter die Tür zu – von innen – und schloß ab.

Naja, dachte der TKKG-Häuptling. Gewarnt ist er jedenfalls. Und mehr wollte ich vorerst nicht.

Er schwang sich aufs Rad und rollte durch den Torbogen zur Straße.

Während der Rückfahrt benutzte er das Walkie-Talkie und erfuhr von Karl, bei ihnen sei alles in Ordnung. Keine besonderen Vorkommnisse, abgesehen davon, daß Klößchen übel sei.

„Weshalb?" fragte Tim.

„Er hat noch den Rest von seiner selbstgemachten Schokocreme gefuttert."

„Eigene Schuld."

„Haben wir ihm auch gesagt. Jetzt bezichtigt er uns der Herzlosigkeit und droht damit, den Notarzt zu rufen."

Tim lachte. „Der würde ihn sicherlich mit dem Öl eines gewissen Wolfsmilchgewächses behandeln."

„Du meinst Rizinusöl?"

„Genau. Stell ihm das in Aussicht. Dann vergißt er seine Übelkeit."

So war es dann auch, als Tim bei seinen Freunden eintraf.

Allerdings hatte sich die Situation inzwischen erneut verändert. Eine Bombe schien zu ticken, möglicherweise. Gefahr grinste aus allen Ecken. Und angesichts dessen waren Klößchens Magenbeschwerden ohne Bedeutung.

Eingeleitet wurde diese Phase der Beunruhigung durch einen zufälligen Seitenblick.

Tim hatte nämlich sein Bike auf dem Hof abgestellt und gesichert, stand jetzt an der Haustür, klingelte und sagte, als sich Karl durch die Gegensprechanlage meldete, daß er's war.

Worauf Karl auf den Summer drückte – und Tim mit einem Blick die Briefkästen streifte.

Sie befinden sich rechts und links der Eingangstür innerhalb der – von der Straße etwas zurückgesetzten, wind- und regengeschützten – Nische.

Tim blickte nach links, wo der Glocknersche Briefkasten angebracht ist. Er ist aus Metall, verhältnismäßig groß und hellgrau angestrichen. Durch den Schlitz passen kleine Päckchen.

Jetzt klebte dort ein Zettel, den Tim vorhin – als er mit Karl und Klößchen angetanzt war – nicht gesehen hatte.

Es war einer dieser kleinen, selbstklebenden Mitteilungs-Vordrucke der Bundespost: BITTE SEHEN SIE IN IHREN BRIEFKASTEN!

Der Summer summte noch. Tim drückte die Tür auf und stieg die Treppe hoch.

Oben empfing ihn Gaby mit einem Bussi. Karl stand in

der Diele. Klößchen kam aus der Küche und rieb sich mit Leidensmiene den Magen.

„In eurem Briefkasten ist was“, sagte Tim.

Gaby schob die dunklen Brauen unter ihren Goldpony. „Was denn? Mami hat doch alles rausgenommen, als wir nachmittags heimkamen.“

„Ein Zettel von der Post klebt dran.“

„Dann muß es was vom Eilboten sein“, bemerkte Karl. „Aber warum hat der Schnecken-Service nicht geklingelt?“

„Es hat also niemand geklingelt“, stellte Tim fest.

„Nicht seit wir hier sind“, nickte Karl.

„Und vorher war dort kein Sehen-Sie-mal-nach!-Zettel. Das weiß ich.“

Alle schwiegen. Dann stöhnte Klößchen. Aber die andern achteten nicht auf ihn, und er entschloß sich, stumm zu leiden.

„So einen Zettel“, sagte Karl, „kann man woanders abpflücken – dort, wo tatsächlich eine eilige Zustellung reingesteckt wurde – und hier anpappen.“

Tim grinste wölfisch. „Ich denke dasselbe, Karl. Deshalb sollten wir mit äußerster Vorsicht überprüfen, was euer“, er wandte sich Gaby zu, „Briefkasten enthält.“

„Denn Spelter war hier“, sagte Karl. „Vielleicht war er nicht nur auf dem Hof.“

„Diesem Psycho in seinem Rache-Wahn“, nickte Tim, „ist alles zuzutrauen. Ich habe ihn zwar eindringlich gewarnt, aber nur verbal. Und das ist natürlich zu einem Ohr rein und zum andern wieder raus. Also, Gaby, wo ist der Briefkastenschlüssel? Wir sehen nach.“

Sie liefen hinunter.

Die Beleuchtung über dem Eingang wurde eingeschaltet.

Tim bestand darauf, daß sich seine Freundin in den Schutz des Treppenhauses zurückzog.

Auch Klößchen, der sich den Bauch hielt, durfte nicht in die Nähe des Briefkastens.

„Für den Fall eines Falles", meinte Tim, „sollten wir eventuellen Schaden begrenzen. Es genügt, wenn Karl und ich die Rübe hinhalten."

Aber auch der Computer-Freak wurde weitgehend abgeschirmt – nämlich von Tims breiten Schultern.

Einer muß es tun, dachte Tim. Auch wenn da ein Knallei drin ist. Hoffentlich nicht TNT oder ein Kampfgas, das gleich die Lungen wegätzt. Vielleicht ist es nur eine tote Ratte oder eine Mitteilung mit obszönen Verwünschungen.

Tim schloß den Briefkasten auf, hielt sich den linken Arm gebeugt vors Gesicht und schützte seine Augen, was ihm allerdings die Sicht völlig nahm.

Er öffnete das Türchen.

Stille.

Nichts passierte.

Tim senkte den schützenden Unterarm um einen halben Zentimeter und lugte über seinen ausgeprägten Armspeichenmuskel.

„Ist was drin?" fragte Karl.

Er hatte sich hinter Tim geduckt.

„Ein kleines Päckchen."

„Postalisch?"

„Scheint so." Tim nahm es vorsichtig heraus.

Es war nicht größer als ein Taschenbuch, gehüllt in braunes Papier, sorgsam verklebt mit rißfestem Klebeband und adressiert – mit maschine-geschriebenem Allerwelts-Aufkleber – an *Fräulein Gabriele Glockner*... mit exakter Adresse.

Rechts oben klebte eine Briefmarke, die aber wertzeichenmäßig zu gering war und eine Nachgebühr erfordert hätte.

Der Poststempel – Tim riß die Augen auf – war kein echter Stempel, sondern mit Bleistift gemalt.

Aber sehr geschickt.

„Gaby!“ sagte Tim dumpf. „Hier ist ein Geschenk für dich. Ein Geschenk des Teufels.“

15. Jörgs schaurige Nacht

Er hatte seit Stunden geweint.

Später würde er sich dafür schämen, aber jetzt war ihm alles egal.

Jörg Wichtigmann, der Sohn des 2. Bürgermeisters, war so verzweifelt, wie es ein neunjähriger Junge nur sein kann. Er war ohne Hoffnung, hatte sich aufgegeben, glaubte, daß er ganz bestimmt sterben werde – hier in dieser schaurigen Umgebung.

Er befand sich auf dem Boden des ausgetrockneten Brunnens – in einer Tiefe von genau 13 Metern. Es war stockfinster. Die Luft roch modrig, faulig, verbraucht.

Der Durchmesser des Schachts betrug nur zwei Meter, und die ausgemauerten runden Wände waren dem Zahn der Zeit zum Opfer gefallen, waren bröcklig und schadhaft geworden.

Anfangs hatte Jörg versucht hinaufzuklettern. Aber das wäre allenfalls einem erfahrenen Alpinisten geglückt, der die höchsten Schwierigkeitsgrade überwinden kann.

Schon aus anderthalb Meter Höhe war Jörg abgestürzt, hatte sich die Knie aufgeschlagen und dabei allen Mut verloren.

Natürlich hatte er um Hilfe gerufen. Immerhin wäre es ja möglich gewesen, daß ein Wanderer zufällig vorbeikam.

Aber dieses Glück blieb dem Jungen verwehrt. Außerdem schien der Brunnenschacht seine Rufe zu ersticken. Die schon heisere Stimme reichte kaum bis zu den abdeckenden Brettern hinauf, und es klang so schaurig, daß sich Jörg vor seiner eigenen Stimme fürchtete.

Den Boden bedeckten Scherben, Blechdosen und welkes Laub. Allerlei Getier hielt sich dort auf. Käfer, Spinnen, Würmer. Vielleicht auch Ratten?

Jörg hatte noch nicht gewagt, sich auf den Boden zu setzen, wußte aber, daß ihn seine Beine bald nicht mehr tragen konnten. Dann mußte er sich hinhocken, und zu seiner Angst kam noch der Ekel vor dem Getier.

Jörg hatte gebetet, hatte ein Dutzend Schwüre geleistet, dieses und jenes nie wieder zu tun, wenn er nur gerettet werde. Er hatte versucht, mit dem Schicksal zu schachern; aber das Ergebnis war niederschmetternd.

Niemand kam. Niemand hörte ihn. Das Wunder blieb aus.

Oben war Nacht.

Sonderbarerweise gelangten die Geräusche von dort zu ihm her – viel vernehmlicher als in umgekehrter Richtung.

In den verfallenen Gebäuden des Einöd-Hofs hatten sich Käuzchen eingenistet. Sie schrien. Es klang unheimlich. Und vom Wald her kamen andere Geräusche, die Jörg zunächst nicht unterscheiden konnte, bis er begriff, daß sich eine Rotte Wildschweine prustend und grunzend in einer Schlammkuhle suhlte. Die Frischlinge, die kleinen Wildsäue, quiekten, die Überläufer, die Halbwüchsigen, stritten und maßen ihre Kräfte. Alles klang bedrohlich und wild.

Jörg stand unten im Brunnenschacht, zitternd, die Arme um sich geschlungen, und horchte auf sein laut pochendes Herz.

Später – als er ermattet auf dem Boden saß und ihn der Schlaf übermannte – hörte er ein Flugzeug am Nachthimmel, einen Airbus. Aber der war fern, fern, fern – so fern wie der Rest der Welt.

16. Ätzend!

Tim ging voran, die Kellertreppe hinunter. Er trug das Päckchen, das für Gaby bestimmt war.

Seine Freunde folgten. Klößchen hatte seine Übelkeit vergessen. Oben in der Wohnung bellte Oskar, aber nur einmal und kurz. Was soll das? hieß es. Wo bleibt ihr? Wird das nun ein gemütlicher Abend zu fünft – oder nicht?

TKKG hatten sich entschieden, das Päckchen im Glocknerschen Keller zu öffnen: dort konnte eine eventuelle Höllenmaschine nicht viel Schaden anrichten.

Der Kellerraum hatte dicke Wände und eine Tür aus schweren Bohlen. Hier standen Koffer, ein alter Kleiderschrank voller ausrangierter Textilien, die demnächst in eine Kleidersammlung gegeben werden sollten, mehrere Regale mit Heimwerker-Instrumenten, Konserven und Weinflaschen.

Außerdem waren hier die beiden Tourenräder von Emil und Margot Glockner und die Wintersport-Ausrüstung für die ganze Familie: für Abfahrts- und Langlauf.

„Liegt dir etwas besonders am Herzen?“ fragte Tim seine Freundin. „Dann räumen wir's auf den Gang.“

Gaby zögerte, hob dann die Schultern, pustete gegen ihren Pony, fröstelte und legte für zwei Sekunden den Kopf an seine Schulter.

„Eigentlich alles“, sagte sie in sein Sweatshirt. „Aber nicht sehr. Den alten Teddy dort hinten, den nehmen wir raus. Den habe ich bekommen, als ich zwei war. Er brummt noch.“

Sie nahm ihn an sich. Dem Kinderzimmer-Grizzly fehlte ein halbes Ohr, aber er war eine liebgewordene Erinnerung.

Tim legte das Päckchen auf einen kleinen Tisch und rückte ihn in die Nähe der Tür.

Zwei Langlaufstöcke mußten als Werkzeug dienen.

Alle versammelten sich draußen: TKKG und der Teddy, den Gaby im Arm hielt.

Tim schloß die Tür bis auf einen Spalt. Durch den Spalt hantierte er mit den Stöcken, deren Stahlspitzen sich als nützlich erwiesen.

Für seine Freunde, die hinter ihm standen, erklärte er sein Tun.

„Es geht... geht besser, als ich dachte. Mit einem drücke ich das Päckchen auf die Tischplatte... mit dem andern schlitze ich das Papier auf... aha! ein flacher Karton. Mit 'nem bunten Band drumherum... mit Schleife... geschenkmäßig... teuflisch! teuflisch!... So eine Tücke kann sich nur dieser Psycho ausdenken."

„Vielleicht ist es gar nichts Schlimmes", sagte Klößchen.

„Sondern?"

Tim fummelte mit den Stockspitzen am Karton herum.

„Ein echtes Geschenk."

„Und von wem?" fragte Gaby.

Klößchen grinste. „Du hast doch mehr Verehrer als Oskar Flöhe."

„Oskar hat keine Flöhe", zischte Gaby.

„Aber du hast massenhaft Verehrer. Wenn die nicht so Schiß hätten vor Tim, könntest du dich nicht retten."

„Was macht dein Bauch?" fragte Gaby. „Ist dir denn gar nicht mehr übel?"

„Himmel, das habe ich ganz vergessen. War die Schokocreme also doch super."

Tim hatte das bunte Zierband zerfetzt und hob jetzt den Deckel ab.

„Ich hebe den Deckel ab", erklärte er und zog den Kopf hinter die Tür zurück.

Nichts passierte.

Er äugte abermals.

Der Deckel lag neben dem Karton.

„Nun?“ fragte Klößchen. „Krabbelt wenigstens eine Giftspinne raus? Eine Tarantella – oder wie das heißt? Eine lustige Witwe? Oder eine Odonata?“

„Es heißt Tarantel“, verbesserte ihn Karl. „Schwarze Witwe. Und eine Odonata ist eine Libelle.“

„Meinetwegen“, erwiderte Klößchen. „Hauptsache, mir ist nicht mehr übel.“

Tim hatte den kleinen, flachen Karton etwas näher gezogen, so daß er reinsehen konnte.

„Ein Flakon liegt drin“, erklärte er. „Bräunliches Glas mit eingeschliffenem Stöpsel. Sieht aus wie ein Parfum-Flakon.“

Der TKKG-Häuptling rüttelte kräftig an diesem mysteriösen Geschenk. Aber auch jetzt passierte nichts.

Er trat in den Kellerraum und nahm den Flakon. Ein goldenes Etikett verriet, daß es sich um Eau de Parfume handelte – mit dem schönen Namen: Soir d’amour. Von der weltbekannten Duftwasser- und Pflegecreme-Firma Rubichau.

„Na, also!“ sagte Klößchen. „Ist doch ein richtiges Geschenk. Von einem scheuen Verehrer. Er muß scheu sein, denn er hat keinen Brief beigelegt. Und keine Visitenkarte.“

„Teuflisch! Teuflisch!“ murmelte Tim.

„Was?“

„Wenn das ein Duftwässerchen ist, Willi, dann bin ich der Anwärter auf den Zarenthron – sobald Rußland wieder monarchisch wird und man sich dort nicht mehr gegenseitig abmurkst.“

Er zog vorsichtig den Glasstöpsel aus dem Flakon und schüttete von dem Inhalt – einer farblosen Flüssigkeit – ein paar Tropfen auf den Karton.

...zzzzzzzziiiiischschschschsch...

Weiße Schwaden stiegen auf. Beißender Geruch wallte in die Nasen. Und die wenigen Tropfen fraßen fransige Löcher in den Karton.

Gaby war entsetzt zurückgeprallt.

Tim beeilte sich, den Flakon zu verschließen.

In der folgenden Stille sahen alle sich an. Jeder war erschrocken. Klößchen fehlten die Worte. Karl riß seine Brille von der Nase und polierte heftig die Gläser.

In Gabys jetzt blassem Gesicht stand soviel Entsetzen, daß Tim seine Freundin in die Arme schloß.

„Pfote, dieser Psycho tickt nicht richtig. Kein normaler Mensch könnte dir sowas antun. Gerade dir nicht. Der kennt dich ja auch gar nicht, hat dich nie gesehen. Für den bist du lediglich die Tochter seines verhaßten Feindes. Es klingt lächerlich, wenn ich's sage, ist aber wahr: Du darfst das nicht persönlich nehmen."

„Aber die Löcher in meiner Haut würden es persönlich nehmen." Gabys Stimme zitterte. „Das ist Säure. Die würde sich durchfressen durch Haut und Fleisch bis auf die Knochen."

„Könnte Salpetersäure sein", ließ sich Karl vernehmen. „Die ist stark ätzend und wird bei der Herstellung von Sprengstoffen und Raketentreibstoffen verwendet."

„Oder Salzsäure." Tim überlegte laut. „Die ätzt genauso stark, obwohl sie in kleinster Menge und Verdünnung zum Magensaft gehört. Damit wir Eiweiß verdauen können. Ja, die Menge macht's, ob etwas nützlich ist oder Gift."

Karl nahm den Flakon, öffnete ihn, schnupperte vorsichtig und schob rasch den Stöpsel wieder in den Flaschenhals.

„Wir liegen beide falsch. Schwefelsäure ist es. Die braucht man zur Herstellung von Kunstdünger, Farbstoffen und Kunstseide. Und sie ätzt brutal."

WIR LIEGEN BEIDE
FALSCH. SCHWEFELSÄUR
IST ES.

„Ist mir doch völlig egal, was das ist!“ rief Gaby. „Der Kerl will mich umbringen. Wäre ich ahnungslos gewesen, hätte ich vielleicht die Augen verloren.“

„Das wahrscheinlich nicht“, versuchte Tim zu beruhigen. „Denn du tropfst dir Parfum ja nicht in die Augen.“

„Aber auf die Haut! Und dann diese Löcher!“

TKKG ließen das teuflische Geschenk im Keller zurück, verschlossen sorgfältig die Tür und gingen in die Wohnung hinauf.

„Morgen liefern wir die ganze Sendung im Präsidium ab“, sagte Tim. „Dort kann man alles auf Fingerabdrücke untersuchen. Allerdings habe ich da keine Hoffnung. Spelter muß damit rechnen, daß man ihn als ersten verdächtigt. Bestimmt hatte er Handschuhe an, als er die Säure abfüllte und das Päckchen packte.“

Gaby schauderte. Ihre bedrückte Stimmung hielt an.

Klößchen hatte im TV-Programm einen Spät-Krimi entdeckt; und den zogen sie sich rein, wobei sich Gaby in Tims Arm kuschelte und der bescheuerten Handlung nur wenig Aufmerksamkeit schenkte.

Auch Tim war nicht bei der Sache. Seine Gedanken kreisten um Spelter. Immerhin bekam der TKKG-Häuptling am Rande mit, daß in ‚Schreie der Angst‘ ein kleines Mädchen entführt und in einem ausgetrockneten, tiefen Brunnen eingesperrt wurde. Dort unten hauste eine gefräßige Ratte: und die Entführte hätte eine üble Zeit gehabt – doch Kim war Mitglied einer Mädchen-Fußball-Mannschaft, kickte wild um sich und trampelte die Ratte zu Tode.

Nach Mitternacht gingen alle schlafen.

Tim legte seinen Schlafsack vor Gabys Zimmertür und zog nur seine Basketballschuhe aus.

Immerhin hatten sich alle die Zähne geputzt.

17. Gaby frühstückt im Bett

Tim hatte unruhig geschlafen. Um 8.30 Uhr tat ihm der Rücken weh, und er richtete sich auf.

Sonnenlicht füllte den Flur, denn die Türen zu Küche und Wohnraum standen offen.

Klößchen schnarchte auf seiner Couch. Karl lag verdreht auf dem Sofa. Ein Arm hing herab.

Tim grinste, schloß die Tür, setzte in der Küche Teewasser auf und vertrieb sich die Zeit, bis es kochte, mit Klimmzügen am Türrahmen. Er schaffte 38, ohne abzusetzen, und drückte sich dann noch 15 mal in den Handstand.

Glockners hatten grünen, japanischen Tee. Tim liebte ihn, Klößchen haßte ihn, Gaby war inzwischen überzeugt von dem gesundheitlichen Wert, Karl trank ihn gelegentlich.

Tim brühte drei Liter auf und füllte ihn ab in drei Kannen. Duschen. Frische Wäsche. Er trank drei Tassen. Inzwischen war es neun. Seine beiden Freunde schliefen noch.

Tim stellte eine Kanne auf ein Tablett, dazu eine hübsche Tasse. Er röstete Toast. Butter und Honig waren natürlich vorhanden. Und inzwischen war auch ein Ei weichgekocht.

Aus dem Blumenkasten am Küchenfenster pflückte Tim eine kleine rote Blüte, die nach Primula farinosa aussah, also nach Mehl-Primel und das sicherlich auch war.

Sie krönte das dekorative Frühstück, und der TKKG-Häuptling klopfte leise an Gabys Tür.

Er hörte, wie Oskar knurrte.

Gaby rieb sich offenbar den Schlaf aus den Augen.

„Ja? Was ist?"

„Zimmerservice! Mein Fräulein, Sie haben Frühstück bestellt."

„Habe ich das?"

„Ich führe nur den Auftrag aus."

„Aber ich liege noch im Bett, Herr Ober."
„Wo ist das Problem, gnädiges Fräulein?"
„Ich bin noch nicht gekämmt."
„Ihr Haar ist in jedem Zustand ein Augenschmaus."
„Na, gut! Dann treten Sie näher."
Grinsend schloß Tim die Tür hinter sich.
Halbdunkel. Die Fenstervorhänge ließen den Sommertag nicht herein. Es duftete angenehm – reichlich nach Gabys Haar und nur wenig nach Oskar, der wie immer auf dem Bettvorleger lag.
„Guten Morgen, Gaby!"
„Also, das finde ich spitze, Tim. Hoffentlich machst du das auch in 50 Jahren noch."
„Ich verspreche es."
Sie trug einen nachtblauen Schlafanzug, wie er sah, mit kleinen weißen Pünktchen. Die goldblonde Mähne breitete sich über das Kopfkissen.
Tim rückte einen Stuhl neben Gabys Bett und stellte das Tablett ab.
Oskar wedelte, blieb aber liegen, war noch zu faul zu einer echten Begrüßung.
Gaby richtete sich auf und ließ sich von Tim auf die Stirn küssen. Er schenkte Tee ein – und durfte bleiben, während sie sein Frühstück verspeiste.
Interessiert betrachtete er ihren Nachttisch.
„Ich habe mal gehört, was bei einem Mädchen auf dem Nachttisch rumliegt, verrät, wie sie ist."
„Hmmm! Kann sein. Das Ei ist etwas zu weich. Aber der Tee ist genau richtig."
„Papiertaschentücher", zählte Tim auf. „Haarbänder, Rekorder mit acht Musikkassetten, dein Wecker, abgestellt, fünf Bücher – drei davon spannend und zwei zum Vorzeigen. Die liegen natürlich oben. Angeberin!"

„Na und? Hier! Der Toast ist auf einer Seite zu dunkel."
„Tut mir wahnsinnig leid."
„Ich verzeihe es dir."
„Wozu brauchst du die Duftöllampe?"
„Wenn sich ein Gewitter ankündigt mit stickiger Luft, riechen Hunde wie Misthaufen."
„Oskar, hast du das gehört?"
„Er weiß es – und hat mir geraten, dann die Duftöllampe zu benutzen."
„Trägst du immer so chice Schlafanzüge?"
„Nein. Sonst penne ich in ausgedienten T-Shirts. Aber ich ahnte, daß ich heute morgen Besuch bekomme."
„Und hast dich fein gemacht."
„Bin ich fein?"
„Zum Fotografieren!"
„Kommt nicht in Frage! Du behältst mich so in Erinnerung."
Er nickte grinsend. „Und was ist in der großen Schachtel?"
„Das verrate ich nicht."
„Pfote!" meinte er vorwurfsvoll und bemühte sich, düster zu blicken. „*Ich* habe keine Geheimnisse vor dir."
„Aber ich vor dir", lächelte sie. „Bitte, noch eine Tasse Tee!"
Er schenkte nach. „Also, was enthält diese Schachtel?"
„Deine Briefe, was sonst! Manchmal lese ich sie. Den einen kann ich auswendig. Schreib mir mal wieder!"
„Aber wir sehen uns doch jeden Tag."
„Manches habe ich eben gern schriftlich."
„Also gut! Demnächst kriegst du Post von mir und..."
Er hielt inne. Denn im Flur klingelte das Telefon.
Tim ging an den Apparat und meldete sich. Es war Margot Glockner. Sie wollte wissen, ob alles in Ordnung sei,

und er bestätigte das, sagte jedenfalls nichts von dem tückischen Säure-Anschlag, um Gabys Mutter nicht zu ängstigen.

Sie hatte eine gute Nachricht. Dem Kommissar, ihrem Mann, ging es bestens. Trotzdem mußte er für eine Woche im Krankenhaus bleiben. Sonntagabend wollte Margot zurückkommen.

„Und du achtest auf Gaby, Tim?"

„Niemand wird so bewacht wie sie", versicherte er. „Jetzt steht sie neben mir und will mit Ihnen sprechen. Tschüs, Frau Glockner. Und herzliche Grüße an Ihren Mann – von mir, Karl und Klößchen."

Er gab Gaby den Hörer.

18. 40 Schüsse an der Autobahn

Freitag. Ende August. 14.22 Uhr.

Der Autobahn-Abschnitt zwischen Abfahrt Plessendorf und dem Zubringer zur Westtangente der TKKG-Stadt führt überwiegend durch Wald. Beide Fahrbahnen, getrennt durch Leitplanke und begrünten Mittelstreifen, verlaufen wie in einem Hohlweg, dessen Hänge etwa sechs bis neun Meter über dem Asphalt liegen. Die Hänge haben einen sanften Neigungswinkel. Man könnte hinauf- und hinuntersteigen vom jeweiligen Randstreifen aus. Aber das tun höchstens die Männer von der Autobahn-Meisterei.

Willert lag auf dem Bauch, hatte sich ins saftige Gras hinter die vordere Buschreihe postiert – oben auf dem Hang der stadtwärts führenden Fahrbahn.

Das Gewehr, das er in Wichtigmanns Jagdhütte gestohlen hatte, war eine Sauer-Repetierbüchse. Er besaß genug Munition, um einen ganzen Wald von seinem jagdbaren Wild zu entvölkern.

Er hatte geladen und zog jetzt das Gewehr an die Wange.

Durchs Fernrohr beobachtete er die Wagen auf der Autobahn.

Es herrschte reger Verkehr – in beiden Richtungen.

Willert konnte auch die Fahrzeuge auf der gegenüberliegenden Fahrbahn ins Visier nehmen. Aber diese Zielscheiben überließ er seinem Komplicen. So war's verabredet.

Spelter, ausgerüstet mit einer Remington 78, hatte sich etwa 1500 Meter entfernt postiert: auf der anderen Seite – Richtung Plessendorf. Er hatte zwei Sprechfunkgeräte gekauft, die jetzt von den beiden benutzt wurden.

Jeder hatte sich seinen Kopfhörer übergestülpt. Und sie unterhielten sich, als gelte es Kontakt zu halten während einer Wanderung durch unbekanntes Gebiet.

„Wohin die nur alle wollen“, meinte Willert.

„Die Deutschen sind ein Volk von Autofahrern“, erwiderte Spelter drahtlos aus der Ferne.

„Aber nur wenige Laster sind zu sehen.“

„Eigentlich gar keine.“

„Doch. Zwei sind vorbeigerauscht.“

„Auf meiner Seite war keiner.“

„Wir beginnen punkt halb drei.“

„In drei Minuten also“, meinte Spelter. „Hoffentlich treffe ich noch gut.“

„Du warst doch früher Sportschütze.“

„Ja, früher“, meinte Spelter unfroh.

„Egal, das verlernt man nicht. Außerdem wird man uns ein paar Fehlschüsse nicht krummnehmen.“

„Bestimmt nicht.“ Willert feixte. „Eher die Treffer.“

„Noch zwei Minuten.“

„Wir zielen nur auf die Reifen.“

„Alles klar.“

„Und jeder 20 Schüsse.“

Danach – das hatten sie verabredet – würden sie sich an der unbelebten Landstraße treffen, wo Spelters Wagen parkte.

„Jetzt noch eine Minute“, verkündete der Ex-Häftling.

„Nervös?“

„Keine Spur.“

„Es klingt so.“

„Ich muß daran denken, ob mein Säure-Anschlag gelaufen ist? Wahrscheinlich erfahre ich das erst am Montag aus der Zeitung.“

„Oder du kriegst Besuch von den Bullen.“

„Sollen sie kommen. Mir ist nichts nachzuweisen.“

„Jetzt, Horst! 14.30 Uhr. Es ist soweit. Hast du einen im Visier?“

„Einen weißen Opel. Ein Insasse. Jüngerer Mann. Er grinst. Wahrscheinlich hört er Radio."

„Feuer frei!"

Willerts Kugel peitschte heraus. Das Projektil schlug in die Radkappe eines schwarzen VW, in dem ein Pärchen saß. Der Wagen schlingerte, blieb aber auf der Fahrbahn.

Willert sah noch für eine Sekunde die entsetzten Gesichter – und wie die Radkappe über die Fahrbahn trudelte.

Dann zerschoß er einem BMW den rechten Vorderreifen.

Der Wagen, mit drei Männern besetzt, scherte aus, preschte über die Standspur und den Hang hinauf, kippte dann um und überschlug sich. Zweimal kugelte er seitlich, blieb dann stehen auf den Rädern.

Willert ‚erlegte' – wie er's bei sich nannte – einen zweiten BMW mit einer Frau und zwei Jungen, einen Kleinbus mit vier ausgeflippten Typen, die sich ‚Hell Devils' nannten und sich als Musikgruppe sahen, einen schwarzen Ford mit einem älteren Ehepaar, ein Taxi samt Fahrer, einen Renault mit zwei Frauen und einen Lieferwagen, der frische Landeier geladen hatte und auf dem Randstreifen umkippte.

Willert hielt diese ‚Ausbeute' für ansehnlich, aber sein Komplice schaffte einen Wagen mehr.

Insgesamt erlitten also 15 Fahrzeuge erheblichen Sachschaden, fünf davon Totalschaden.

31 Personen wurden verletzt, elf leicht, 20 mußten ins Krankenhaus eingeliefert werden. Fünf – davon drei Frauen – mußte sich einer sofortigen Operation unterziehen.

Getötet wurde niemand. Auch die Schwerverletzten befanden sich Stunden später nicht mehr in Lebensgefahr.

Auf dem Autobahn-Abschnitt brach Chaos aus. Es kam zu Auffahrunfällen. Rettungswagen mußten sich durch-

quälen. Hubschrauber der Polizei und der Unfallrettung kreisten über dem Gebiet und versuchten, in der Nähe zu landen.

Unaufhörlich heulten Unfallsirenen. Nach Schutz- und Verkehrspolizei erschien die Kripo vor Ort. Zeugen wurden vernommen, Aussagen protokolliert. Der Polizeipräsident, der eigentlich dienstfrei hatte an diesem Wochenende, traf ein. Wenig später der Ministerpräsident, den man aus seinem Ferienhaus hatte herholen müssen.

Schon nach kurzer Zeit stand fest: Scharfschützen, mindestens zwei, hatten ein Schützenfest veranstaltet. Suchhunde fanden Patronenhülsen. Anhand dieser ließ sich vermuten, daß es sich um Langwaffen des Typs handelte, die in Wichtigmanns Jagdhütte gestohlen worden waren.

Keine weitere Spur von den Tätern.

Natürlich waren auch sämtliche Medien vor Ort. Hörfunkreporter belaberten ihre Tapes, TV-Reporter filmten, Zeitungsreporter blitzten. Noch während des Nachmittags gingen TV und Hörfunk auf Sendung.

Einzelheiten über das, was sich abgespielt hatte, erfuhren TKKG von Dennis Blots.

19. Komplicen? Feinde!

„...und dann, genau um 16.32 Uhr“, sagte Dennis – seine Stimme klang sogar am Telefon aufgeregt –, „ging der Anruf hier ein.“

„Wo?“ fragte Tim „Im Präsidium?“

„Nein. Am Tatort. An der Autobahn. Im Wagen des Ministerpräsidenten. Der Anruf wurde dorthin durchgestellt aus der Kanzlei des Ministeriums.“

„Was technisch nicht alles möglich ist.“

Tim stand im Flur der Glocknerschen Wohnung und hielt sich den Hörer ans Ohr.

Gaby hatte ihren Kopf dicht herangeschoben und hörte mit. Klößchen war in der Küche und füllte die Geschirrspülmaschine mit benutzten Tellern und Tassen.

Karl, links neben Tim postiert, hörte mit.

„Der Anrufer“, sagte Dennis, „hat mit verzerrter Stimme genuschelt. Ein Mitschnitt war dort draußen nicht möglich. Der Typ gab sich aus als Sprecher einer staatsfeindlichen Gruppe, die für ihre humanitären Ziele Geld braucht. Er fordert drei Millionen. Zahlbar spätestens am Montag. Wenn das nicht geschieht, werde der Terror fortgesetzt. Dann werde die deutsche Autobahn als solche die unsicherste der Welt.“

„Man glaubt es nicht“, murmelte Tim.

„Das haben wir auch gesagt.“

„Und?“

„Es müssen zwei Schützen sein. Daß der eine Willert heißt, Karsten Willert – darauf wette ich meinen Arsch.“

„Gaby hört mit“, sagte Tim.

„Entschuldigung, Gaby! Also: Darauf wette ich meinen Hintern.“

„Und der andere heißt Horst Spelter“, sagte Tim. „Dafür

liefere ich dir nachher den Beweis. Ich meine: Dafür, daß die beiden zusammenarbeiten."

„Wie das?"

„Sie kennen sich von früher. Und Spelter hat Willerts Mutter seine Telefonnummer gegeben, damit sie ihren Sohn damit versorgen kann, sobald – oder falls – der anruft. Er hat angerufen! Darauf wiederum verwette ich meinen..."

„...Po", sagte Gaby vernehmlich.

„Ja, den. Heh, Dennis, hörst du noch? Tu uns jetzt bitte einen Gefallen. Ich mache mir deshalb gerade 'nen Kopp. Also, Spelter darf nicht mit dem Rücken an die Wand geraten. Beweise liegen nicht vor. Verhaftung ist also nicht. Aber wenn er in die Enge getrieben wird wie das sprichwörtliche Tier, dann könnte er untertauchen."

„Verstehe", sagte Dennis. „Dann hätten wir ihn nicht mehr unter Kontrolle. Und er könnte zuschlagen gegen die Glockners, wann immer er will."

„Genau das ist es." Tim biß für einen Moment die Zähne zusammen. „Spelter ahnt nicht, daß wir von seinem Kontakt zu Willert wissen. Das ist unsere Chance."

„Gute Idee, Tim", lobte Dennis. „Wir observieren Spelter. Er führt uns zu Willert – irgendwann. Damit haben wir beide am... äh... Po. Denn dort finden wir die Waffen. Dann wäre das Autobahn-Massaker einschließlich der Erpressung beendet."

„Und der kleine Jörg wird befreit."

„Hoffentlich lebt der Junge noch."

„Dennis! Gaby hört mit!"

„Aber sicher lebt der Kleine noch. Weshalb sollte Willert ihn umbringen?!"

„Drittens", sagte Tim, „geht Spelter zurück in den Knast – für eine vermutlich sehr lange Zeit. Das bedeutet: Gaby und ihre Eltern können aufatmen. Übrigens: Habt ihr das Säure-Päckchen inzwischen untersucht?“

Karl hatte das ‚teuflische Geschenk‘ vormittags ins Präsidium gebracht.

„Gerade wollte ich’s sagen“, erklärte Dennis. „Leider ein negativer Befund, wie zu erwarten war. Keine Fingerabdrücke. Nur Wischspuren. Mit denen läßt sich nichts anfangen. Und jetzt muß ich doch noch was fragen, Tim: Woher weißt du, daß Spelter der Frau Willert seine Rufnummer gegeben hat?“

„Unsere gekonnte Beschattung“, erwiderte Tim – und erzählte.

„Super!“ meinte der Kriminal-Azubi, nachdem Tim alles gesagt hatte. „Ihr Jungs als Privatpersonen habt da doch andere Möglichkeiten. Wir Gesetzeshüter können nicht so unverfroren rangehen.“

Beide erklärten, in Verbindung zu bleiben. Dann legte Tim auf. Klößchen kam aus der Küche und erinnerte daran, daß sie sich um 18 Uhr im Gloria-Palast den Grusel-Shokker ‚Blutiges Wiedersehen‘ ansehen wollten.

Tim und Gaby waren nicht sonderlich versessen darauf, aber auch Karl meinte, eine Abwechslung dieser Art täte allen gut – und auf dem Rückweg könne man ja immer noch bei Spelter vorbeischauen. Ob der dann vielleicht zu Hause sei.

Zur Zeit war er nicht anzutreffen.

Tim, der von Dennis gestern nicht nur die Spelter-Adresse erhalten hatte, sondern auch die Rufnummer, hatte fünfmal vergeblich die 7548808 gewählt. Spelter nahm nicht ab, war offensichtlich ausgeflogen.

Ist ja auch nur zur Kontrolle, dachte der TKKG-Häuptling.

*

DRITTENS, GEHT SPELTER ZURÜCK IN DEN KNAST.

Wahnsinn! dachte Willert. Ich fasse es nicht. Da denke ich, in der Stahlkassette wäre nur etwas Kleinvieh – und was höre ich jetzt! 80000 Piepen! 80000 Mäuse! Ein kleines Vermögen! Jahrelang habe ich Idiot für ihn das verwahrt. Und die letzten sieben Jahre saß Mutter auf dem Kies! Hätte ich das gewußt! Nie hätte *der* 's zurückgekriegt.

Der – das war natürlich Horst Spelter.

Noch vorhin war der Ex-Häftling dem Ausbrecher sehr nützlich gewesen – beim Schützenfest auf der Autobahn.

Aber jetzt kamen andere Gedanken auf als pure Freundschaft und gegenseitige Hilfe.

Übrigens bei beiden. Denn auch Spelter verspürte plötzlich Lust, dem andern die Faust oder den Fuß ins Gekröse zu rammen. Allerdings aus anderem Grund.

Sie befanden sich in dem Bungalow, den Willert geknackt und zu seiner vorübergehenden Behausung ernannt hatte.

Unbemerkt von eventuellen Nachbarn hatten sie sich vorhin hereingeschlichen, nach dem Geballere an der Autobahn.

Die beiden Jagdgewehre, noch nach Kordit riechend, lehnten an der Wand. Im Radio hatten sich die beiden Verbrecher die ersten Nachrichten über den Anschlag angehört.

Jetzt tranken sie Bier. Spelter hatte erzählt, daß und weshalb er die Glockners vernichten wollte. Er zeigte seinem Komplicen ein Zeitungsfoto, auf dem der Kommissar mit Frau und Tochter abgebildet war.

Willert riß die Augen auf – und leitete damit ein, was Spelters heimliche Wut auslöste.

„Mensch, Horst! Die kenne ich, die beiden. Ich werd' nicht wieder! Gibt's das?! Da wird das tote Schwein in der Pfanne verrückt."

„Woher kennst du die?“

Spelters Haltung verspannte sich.

„Das sind die beiden, die ich beinahe auf dem Rastplatz erwischt hätte.“

„Was?“

„Noch nicht erzählt? Also...“

Er berichtete, wobei er seine Rolle stark schönte und den Mißerfolg an doofen Zufällen festmachte und an der Durchtriebenheit der beiden ‚hysterischen Weiber‘.

Dieser A...! dachte Spelter. O nein! So eine Gelegenheit! Und statt richtig hinzulangen, läßt er sich austricksen.

„Du hättest rennen müssen, als das Mädchen den Schlüssel aus der Magnetschachtel nahm.“

„Ja, was denkst du denn, was ich gemacht habe? Gekrochen bin ich nicht. Ich habe alle Rekorde gebrochen. Aber um einen Meter war die Strecke zu lang.“

„Mir wäre das nicht passiert.“

Spelters Zähne bissen der Bierflasche in den Hals.

„Du hättest es auch nicht geschafft.“

„Ich bin anders motiviert. Anders als du. Ich haaaaaasssssse dieses Geschmeiß. Dieses Gesochs! Gesindel! Diese Bullen-Familie! Büßen sollen die! Büüüüüüüßen!“

„Jaja, werden sie ja.“

Willert äugte durchs Halbdunkel zu seinem Komplicen hinüber und begann zu überlegen.

Hah! dachte er. Ich sollte ihn zum Sündenbock machen. Ihn den Bullen ausliefern. Damit die was vorweisen können in ihrer Erfolgsstatistik. Und nicht mehr nach mir suchen – jedenfalls nicht so heftig. Dann wäre ich fein raus. Dann brauchte ich die drei Millionen nicht mit ihm zu teilen. Die 80000 würde ich schon vorher kassieren. Ist ganz wichtig. Denn das ist sicheres Geld. Außerdem könnte man vielleicht denken, er wäre auch für den verschwundenen Ben-

MENSCH, HORST! DIE KENNE ICH, DIE BEIDEN.

gel verantwortlich – wenn man irgendwann beider Skelette in dem ausgetrockneten Brunnen findet. Mann, Karsten! Schlauberger! Das ist 'ne Idee!

„Noch ein Bier?" fragte er scheinheilig.

„Aber immer", nickte Spelter.

„Ich muß dich noch mal um Hilfe bitten."

„Wobei?"

„Sage ich gleich."

Willert holte zwei neue Flaschen Bier aus der Küche.

Draußen sank eine frühe Dämmerung aus dem wolkenverhangenen Himmel. Der Tag hatte sonnig angefangen, aber jetzt sah's nach Regen aus.

In der Stadt gingen die Lichter an, und der Freitagabend holte tief Luft, weil er wußte, was kommen würde – wie immer.

Hier im Bungalow blieb alles dunkel. Spelters Mercedes parkte in einiger Entfernung, fiel nicht auf.

Es hätte eines gewaltigen Zufalls bedurft, um auf sich aufmerksam zu machen. TKKG hätten hier vorbeikommen müssen – oder eingeweihte Polizisten wie Dennis, die über Spelter Bescheid wußten und den Mercedes kannten – vor allem das Kennzeichen.

„Also?" fragte der Ex-Häftling.

„Ich möchte nicht daran schuld sein", log Willert, „daß der Junge verreckt."

„Ich denke, er ist gut aufgehoben in dem Brunnen."

„Machst du Witze? Er könnte sich erkälten, könnte verdursten, könnte umkommen vor Angst. Vielleicht füllt sich der Brunnen mit Wasser, wenn es nachher regnet. Dann würde der Junge ersaufen."

„Hm."

„Ich möchte ihn herholen. Ich kann ihn auch hier verstecken."

Willert log. Er dachte nicht im Traum daran. Aber er brauchte einen Vorwand, um Spelter zu dem Einöd-Hof zu locken.

„Und wenn die Hausbewohner plötzlich zurückkommen."

„Sie kommen nicht. Ich habe eine Notiz gefunden. Die bleiben bis zum 10. September in der Karibik."

„Da will ich auch mal hin."

„Das machen wir zusammen."

Spelter schien zu grinsen. Aber es war inzwischen so dunkel im Zimmer, daß Willert seinen Komplicen nur noch umrißartig sah.

„Also gut! Du willst den Bengel herholen? Wie?"

„Wir fahren hin."

„Mit meinem Wagen?"

„Warum nicht. Wir nehmen ein Seil mit. Hier im Keller ist ein langes Wäscheseil. Einer von uns steigt in den Brunnen runter und holt den Jungen raus."

„*Ich* mache das nicht."

„Verlangt ja keiner."

„Ich hatte schon Platzangst in meiner Zelle. Und das 15 Jahre lang. In dem Brunnen würde ich verrecken."

„Ich steige runter, Horst. Du hältst oben das Seil."

„Also, von mir aus. Kennst du den Weg dorthin?"

„Wir können bis ziemlich in die Nähe fahren."

„Aber nicht heute nacht."

„Wie wäre es mit morgen vormittag", meinte Willert und lehnte sich grinsend zurück. „Auf dem Weg dorthin sieht uns kein Aas."

20. Und noch ein Brunnen

Der Gloria-Palast war etwa zur Hälfte gefüllt. Der Grusel-Shocker ‚Blutiges Wiedersehen' lief seit zehn Minuten.

TKKG saßen in der vorletzten Reihe. Von links nach rechts in der Anordnung: Karl, Klößchen, Gaby, Tim.

Auf der Leinwand löste eine Greueltat die andere ab.

Drei Drehbuchautoren hatten miteinander im Wettstreit gelegen, als es darum ging, sich an ausgedachten Scheußlichkeiten gegenseitig zu überbieten.

Der Regisseur, stellte Tim fest, hatte nicht alle Tassen im Schrank! So ein Blödsinn! O Mann! – dann lieber Kasperltheater. Doch dann wurde Tim nachdenklich.

Seltsam! Wie in dem Krimi letzte Nacht. Da und hier – jedesmal war ein ausgetrockneter, tiefer Brunnen im Spiel.

Im ‚Blutigen Wiedersehen' war's der Brunnen einer bretonischen Burg. Tief unten hauste ein Ungeheuer; und dem Sympathieträger des Films – diesmal einem etwa 12jährigen Jungen – passierte es, daß ihn die Neugier, die ihn aus unerfindlichen Gründen antrieb, dort hinuntersteigen ließ.

Natürlich landete er in den Fängen des Ungeheuers – einer Mixtur aus Krake und Riesenspinne. Aber Kevin hatte sein Taschenmesser mit, das geheimnisvolle Kräfte besaß, und gewann den blutigen Kampf.

Und alles, dachte Tim, spielt unten in einem Brunnen. Himmel, letzte Nacht habe ich schon von einem Brunnen geträumt. Wenn das so weiter geht, leide ich bald an einer Brunnologie – könnte eine neue Art von Allergie sein.

Gaby hatte schon zweimal gegähnt. Und jetzt wieder. Obwohl auf der Leinwand soeben ein neues Blutbad entstand.

Tim hielt die Hand seiner Freundin. Ihm fiel auf, daß Gabys Jeans-Hosenboden den Sitz polierte.

Jetzt drehte sie sich um.

„Hör endlich auf!“ zischte sie nach hinten.

Tim schraubte den Kopf herum.

In der Reihe hinter ihnen, der letzten also, saßen drei Typen: stämmige Figuren in der Übergangsphase vom Jüngling zum Mann.

„Was ist denn?“ fragte Tim.

„Ach, der tritt dauernd auf meinen Sitz“, antwortete Gaby verärgert.

Es waren Klappsitze. Der hintere Rand ragte hervor. Wer dort draufdrückte, erzeugte eine Hebelwirkung. Bei genügendem Kraftaufwand wurde der Sitzende hochgelupft.

Tim wandte sich an den Typ hinter Gaby.

„Nicht noch mal, ja! Zieh dir den Film rein, was dein Spatzengehirn sowieso überfordert. Und laß die Füße am Boden.“

„Schnauze, du Pinscher!“ war die rauhe Antwort.

Gaby legte ihrem Freund die Hand auf den Arm. Ihre Kornblumenaugen blickten beschwörend.

Ihr zuliebe! dachte der TKKG-Häuptling. Ich bin ruhig und gelassen. Ich lasse mich nicht provozieren. Dort vorn auf der Leinwand fließt Blut genug. Dies ist ein Kino. Wir sind alle zum Spaß hier. Der Freitagabend muß endlich zur friedvollen Zeit erhoben werden. Es sei denn – die Provokation wird zum Notfall.

War es soweit?

Die drei Vorstadt-Figuren – weder Punker noch Glatzen, sondern stänkernde Normalos – nervten seit Beginn der Vorstellung.

Erst hatten sie laut schmatzend mitgebrachte Hamburgers vertilgt. Der eine Typ trank Bier aus der Flasche. Der zweite rülpste, der dritte zündete sich eine Zigarette an. Die Lungen-Ätze war seine Sache – aber hier nicht erlaubt.

SCHNAUZE, DU PINSCHER!

„Mach den Spargel aus!“ sagte Tim nach hinten.

„Schnauze!“

Im selben Moment wurde Gaby um mindestens 20 Zentimeter in die Höhe geschnellt – plumpste zurück und hätte sich wehgetan, wäre der Sitz nicht so gut gepolstert gewesen.

Tim legte einen Arm auf Gabys Rückenlehne. Aus derselben Bewegung schlug er mit dem Handrücken zu. Zweimal. Blitzschnell. Beinhart. Der 30-cm-Schlag, den nur wenige Kampfkünstler so perfekt beherrschen.

Nasenbeine knirschten. Der Typ hinter Gaby rutschte stöhnend vom Sitz. Der andere prallte mit dem Hinterkopf an die Wand und war auf der Stelle bewußtlos. Der dritte erstarrte zur Salzsäule. Er kam verdientermaßen glimpflich davon, hatte sich nämlich aufs Rülpsen beschränkt.

„Deine Freunde checken nicht mehr viel“, sagte Tim. „Selber schuld. Kannst ihnen ja nachher erzählen, wie der Film war. Und jetzt mach die Zigarette von dem Nasenbluter aus, sonst werde ich ärgerlich.“

Nummer drei gehorchte. Er sah ziemlich erschreckt aus. Aber vielleicht lag das auch am Film.

Tim wurde von Gaby auf die Wange geküßt. „Eigentlich könnten wir gehen. Dieser Schwachsinn erheitert nicht.“

Karl und Klößchen waren einverstanden. TKKG verließen die Vorstellung, öffneten im Freien die Kabelschlösser von ihren Bikes und saßen auf.

Ein Umweg war angesagt. Tim wollte unbedingt bei Spelter vorbeischauen.

„Ich muß es einfach wissen“, erklärte der TKKG-Häuptling. „Muß wissen, wo dieser Rache-Psycho seinen Schrott-Kadaver rumhängen läßt. Weil das heißt: ihn im Griff haben, unter Kontrolle. Wenn man nicht weiß, wo der Kerl ist, kann er schlimme Sachen anstellen.“

„Wie heute nachmittag an der Autobahn“, meinte Gaby. „Vermutlich.“

„Genau. Aber noch wichtiger als die öffentliche Sicherheit ist mir deine.“

Gaby lächelte. Karl meinte, das wäre keine Einstellung, die man vertreten könne, sondern blanke Selbstsucht in bezug auf die Freundin. Klößchen hatte einen Schoko-Automaten entdeckt und fütterte den Metallschlitz mit Münzen.

Sanfter Regen fiel. Die dicken, warmen Tropfen waren eher angenehm.

Wie verweichlichtes Duschen, dachte Tim. Eiskalt ist allemal besser. Das bringt Adrenalin in den Stromkreis.

Sie erreichten ‚An-der-Schwemme‘.

Tim fuhr auf den Hinterhof.

Bei Spelter war alles dunkel, der Mercedes nicht da.

Wo steckt der Typ? überlegte Tim. Bei seinem Freund Willert? Logo. Und wo steckt der?

Tim beriet sich mit seinen Freunden.

„Das bringt doch nichts“, meinte Karl, „wenn wir bei dieser Frau Willert anrücken. Die wird uns nichts sagen.“

Tim grinste. „Genau davon möchte ich mich überzeugen.“

„Also doch hin und löchern?“

„Probieren wir's.“

Die Mitterrahmer Straße wirkte friedlich und still. Der laue Regen hatte Spaziergänger, Hunde und Katzen vertrieben.

In Nr. 21, dem Reihenmittelhaus, brannte Licht hinter einem Fenster. Martha Willert war also daheim und rauchte vermutlich die 50. Zigarette des Tages.

Vielleicht, dachte Tim, hat der Kummer um den Sohnemann die Frau der Nikotinsucht in die Arme getrieben. Labile Naturen brauchen ja immer was zum dran Festhalten.

Dem einen ist es die Schnapsflasche, dem andern die Zigarette, der dritte frißt. Und auch um Klößchen muß man sich Sorge machen. Seine Schoko-Nascherei kann so nicht weitergehen. Ich werde es bei ihm mal mit Hypnose versuchen. Vielleicht hilft das.

„Die Willert ist zu Hause“, sagte Karl.

„Vielleicht hat sie Besuch“, feixte Klößchen, „zum Beispiel ihren Sohn.“

Tim ging zur Haustür und klingelte.

Es dauerte eine Weile, bis die Tür spaltweit geöffnet wurde. Eine Sicherheitskette klirrte. In der Diele war Licht.

Tim sah von Martha Willert nur das halbe Gesicht. Ihr linkes Auge war trüb, das andere sicherlich auch. Sie roch stark nach ihrem Laster.

„Guten Abend!“ Tim lächelte, als verkünde er einen Millionengewinn. „Habe ich das Vergnügen mit Frau Martha Willert?“

„Ja.“

„Wir kennen uns noch nicht.“ Er strahlte.

„Nein.“

„Meine Freunde und ich“, er wies zur Straße, „volontieren auf der staatlichen Kriminalisten-Nachwuchs-Landes-Akademie. Kennen Sie, ja?“

„Nein.“

Kann sie auch nicht kennen, dachte er, denn sowas gibt's leider noch nicht. Aber er schwindelte weiter.

„Zu unseren Hausaufgaben übers Wochenende gehört ein Nachforschungs-Auftrag, der sich – leider muß ich es sagen – mit Ihrem Sohn befaßt, der ja nun – törichterweise – ausgebrochen ist.“

„Ja. Leider.“

„Das wirkt sich nur scheinbar strafverkürzend aus. Denn wenn er gefaßt wird, verlängert sich sein Einsitzen.“

„Ja. Leider."

Sie bewegte sich etwas, so daß Tim jetzt auch die andere Gesichtshälfte sah. Dort hing die Zigarette im Mundwinkel.

„Wir wollen Sie nicht lange aufhalten", sagte Tim, „sondern lediglich etwas fragen."

„Bitte!"

„Hat sich Ihr Sohn schon bei Ihnen gemeldet?"

„Nein! Hat er nicht! Wird er auch nicht. Weil er weiß: Ich würde die Polizei verständigen."

„Man kann Ihnen nur gratulieren zu dieser gesetzestreuen Einstellung."

„Danke!"

„Uns ist bekannt", fuhrt Tim fort, „daß Ihr Sohn früher mit einem gewissen Horst Spelter befreundet war. Der war ebenfalls im Gefängnis, wurde aber ordnungsgemäß entlassen. Die Freundschaft der beiden liegt zwar lange zurück. Aber sowas kann man ja wieder auffrischen."

„Hm."

„Kennen Sie diesen Spelter, Frau Willert?"

„Nein."

„Dann war er auch nicht hier, um nach Ihrem Sohn zu fragen?"

„Nein. Niemand. Nur die Polizei war hier."

„Vielen Dank, Frau Willert. Mehr wollten wir nicht wissen. Gute Nacht!"

Sie antwortete nicht, sondern schloß lautlos die Tür.

Tim ging zu seinen Freunden.

„Wo kann man sich anmelden für die Kriminalisten-Nachwuchs-Landes-Akademie?" fragte Karl grinsend.

„Kleine Notlügen führen zum Ziel", erwiderte Tim.

„Nämlich?"

„Die Willert lügt", er dämpfte die Stimme. „Das heißt, mit ihr kann man nicht rechnen. Sie ist sicherlich verzwei-

JA, LEIDER.

felt wegen ihres Sohnes, aber sie verpfeift ihn nicht. Das bedeutet in letzter Konsequenz, sie würde ihn auch in ihrem Hause verstecken. Und für uns ist es gut, das zu wissen."

„Du glaubst, der ist hier?" fragte Gaby erstaunt.

„Noch nicht. Aber es könnte dazu kommen." Tim grätschte mit dem linken Bein übers Rad. „So, Gaby. Jetzt machen wir's uns bei dir gemütlich – und ich stelle zur Diskussion, was mich beunruhigt."

„Dich beunruhigt was?"

Er nickte. „Meine Brunnologie."

Seine Freunde sahen ihn verständnislos an.

„Geht dir einer, der Bruno heißt, auf den Keks?" erkundigte sich Klößchen.

„Es geht nicht um einen Bruno. Es geht um Brunnen. Und es ist irgendwie mystisch. Aber das erzähle ich nachher."

21. Brunnologie

Oskar begrüßte TKKG, als wären sie tagelang weggewesen. Gaby hatte ihn vorhin mit seinem Fressen versorgt, und die Schüssel war wie immer blankpoliert. Oskar, verfressen wie es nur Cocker-Spaniel sind, leckte seine Schüssel aus bis zum letzten Krümel.

Alle zogen die nassen Turnschuhe aus. Die Jungs wechselten die Sweatshirts, Gaby zog sich total um und trug bestickte Edeljeans mit dazu passender Bluse, als sie aus ihrem Zimmer zurückkam.

„Gehen wir noch in die Disko?“ fragte Karl lachend.

„Wieso?“ meinte Tims Freundin. „Man kann sich doch auch zu Hause hübsch machen. Ist alles eine Frage des Stils. Den hat man, oder man hat ihn nicht.“

„Ob zu Hause oder draußen“, meinte Tim und rückte dicht neben seine Freundin, „du siehst immer bezaubernd aus. Zum Anbeißen. Zum... ich könnte mich verlieben in dich.“

„Brunnologie!“ erinnerte Karl grinsend.

„Ja“, meinte Klößchen. Er schob sich ein Stück Schoko in den Mund. „Was ist damit?“

Tim lehnte sich zurück, verzog das Gesicht, bleckte die Zähne, schlug die langen Beine übereinander, verschränkte die Arme und verengte die Augen zu Schlitzen.

„Keine Pantomimik!“ sagte Gaby. „Sondern sag bitte, was Sache ist.“

„Tja“, begann der TKKG-Häuptling. „Es könnte sein, ihr haltet mich für übergeschnappt.“

„Das wäre nicht das erste Mal“, meinte Klößchen.

„Ich finde mich ja selbst etwas sonderbar.“

„Sowas ist manchmal“, wußte Karl, „der erste Schritt zur Heilung.“

SOWAS IS
MANCHMA
DER ERSTE
SCHRITT ZUR
HEILUNG.

Alle grinsten.

„Spinne ich nun“, sagte Tim. „Oder gibt uns die Vorsehung ein Zeichen? Die Brunnen häufen sich. Und das ist nicht nur die Einfallslosigkeit der Filmindustrie. Den dritten Brunnen habe ich heute nacht im Traum gesehen. Einen ausgetrockneten, tiefen Brunnen inmitten grüner Landschaft. Und alle, die an den aktuellen Ereignissen, den Events, beteiligt sind, krochen aus diesem Brunnen heraus: Willert, Spelter, Jörg Wichtigmann, den ich überhaupt nicht kenne, Frau Willert, Dennis und sogar dein Vater, Gaby.“

„Verrückt.“ Gaby schüttelte den Kopf.

„Und?“ fragte Klößchen. „Ist das alles?“

„Genügt dir das nicht?“ fragte Tim zurück.

„Wenn ich richtig verstanden habe, hast du von einem Brunnen geträumt. Und in den beiden Filmen, die wir uns unlängst reingezogen haben, letzte Nacht und vorhin, spielten die leeren Wasserschächte eine Rolle.“

„Genau das ist es.“ Tim nickte heftig.

„Nennst du das eine Brunnologie?“

„Ich nenne es eine Anhäufung von Brunnen.“ Tim sah die Skepsis in den Gesichtern seiner Freunde und schaltete auf stur. „Und ich lasse mir nicht ausreden, daß ein Brunnen in irgendeiner Weise für uns wichtig ist. Also werde ich nach einem Brunnen suchen.“

„Vielleicht ist Mineralwasser gemeint“, sagte Karl spöttisch. „Der Brunnentaler Naturbrunnen gilt als gesund. Besonders wenn einer wie du mit schweißtreibenen Sportarten seinen Wasserhaushalt verausgabt.“

„Ihr seid blöd“, erwiderte Tim. „Mit euch kann man nicht reden. Ich ziehe mich jetzt in meinen Schlafsack zurück.“

„Nun ist er gekränkt.“ Gaby strich ihrem Freund über die Haare wie einem Kind.

Tim nahm ihre Hand und biß in den Daumen. „Ich bin nicht gekränkt. Mich nervt eure Phantasielosigkeit. Weiß nicht jedermann, daß es Gedankenverbindungen gibt von X zu Y. Telepathie! Vielleicht ist alles auch nur ein lausiger Zufall. Aber ich weiß es, spüre es, fühle es: Ein Brunnen ist wichtig. Und den finde ich."

Seine Freunde lächelten.

Dann rutschte das Lächeln aus Karls Gesicht, und er riß seine Brille von der Nase.

„Sagtest du, dein Traum hätte dir einen Brunnen inmitten grüner Landschaft gezeigt?"

„Nett, daß du dich erinnerst."

Karl stieß den Atem über die Zähne. „Himmel, das paßt. Der Ruffiedler-Hof von der alten Anna Tewka – der hatte einen Brunnen. Und die Scholle liegt genau in dem Gebiet."

„Was meinst du?" fragte Tim.

„Den Einöd-Hof."

Keiner kannte ihn. Aber Karls Hohlwangen-Gesicht hatte sich gerötet, und er polierte eifrig an seinem Nasenfahrrad.

„Westlich – also südwestlich von der Westtangente – in Richtung Hängelwald, aber eher zu Plessendorf hin – da liegt, ziemlich versteckt liegt er, liegt also der Einöd-Hof. Er wurde vor Jahren schon aufgegeben. Ist 'ne Ruine, Alles verfällt. Als mich mein Vater zu einer Waldlehrpfad-Wanderung mitgeschleppt hat, sind wir da durchgekommen. Voriges Jahr während der Sommerferien. Mein Vater kannte nämlich die Besitzer. Den Bauern Ruffiedler und seine Frau Anna Tewka-Ruffiedler, die von irgendwoher aus dem Osten stammte. Die waren eine der ersten Bio-Bauern. Aber damals war das Gesund-Futtern noch nicht en vogue. Jedermann hat den üblichen Dreck gefuttert. Und deshalb haben die Ruffiedlers Pleite gemacht. Biologischer Anbau ist ja bekanntlich viel kostenaufwendiger als der mit der Giftchemie. Der alte Ruffiedler starb, Anna ging in ihre Heimat zurück. Kinder hatten sie nicht. Und der Hof ist jetzt verfallen und öde. Vor allem der tiefe, schaurige Brunnen. Meinst du den, Tim?“

Der TKKG-Häuptling hob die Schultern. „Keine Ahnung. Aber morgen werden wir's wissen. Du, Karl, führst uns hin.“

Gaby sprang auf, lief hinüber ins Arbeitszimmer ihres Vaters und kam mit einer Wanderkarte zurück.

Sie betraf das weite Umland westlich der Millionenstadt.

TKKG beugten sich darüber, und Karl zeigte, wo – ungefähr – der Einöd-Hof zu suchen sei.

Eingezeichnet war er nicht.

„Irre!“ Tim ballte die Faust. „Hier etwa wurden Gaby und ihre Mutter von Willert überfallen. Hier etwa war das Schützenfest an der Autobahn. Und der Hof liegt auf dem Wege, auf der fußläufigen Verbindung zwischen beiden Stellen. Das kann bedeuten: Willert ist dort vorbeigekommen.“

„Er und der kleine Jörg“, sagte Gaby.

22. Spelter rutscht aus dem Seil

Der Samstagvormittag war heiß. Der Regen hatte gegen 4.00 früh aufgehört.

Jetzt dampften die Lichtungen im Wald. Schwaden hingen zwischen den Sträuchern. Stare und Amseln hüpften auf den Ästen. Meisen setzten mit ihrem Gefieder bunte Tupfer in das vielfältige Grün.

Spelter und Willert hatten den Mercedes an einer nahen Straße zurückgelassen. Er war hinter Büschen geparkt und würde nicht auffallen.

Willert hatte einen Rucksack geschultert. Der enthielt das Wäscheseil. Angeblich sollte damit der Junge hochgezogen und dann gefesselt werden, um ihn zum Wagen zu schleppen.

Sie redeten wenig. Spelter schwitzte. Er war Fußmärsche nicht mehr gewöhnt und fühlte sich ausgelaugt.

Endlich erreichten sie die Lichtung. Sie verharrten. In der Vormittagssonne wirkten die verfallenen Gebäude des Ruffiedler-Hofs malerisch. Wie die Kulisse zu einem bäuerlichen Film – eine Kulisse, die einen Schlußpunkt setzt hinter Generationen aufrechter Landwirte, Mädge und Großknechte – einschließlich edler Gäule und grunzender Schweine.

„Und wo ist der Brunnen?“ fragte Spelter.

Er widerstand dem Puddinggefühl in seinen Knien und dem Wunsch, sich ins feuchte Gras niederzulassen.

„Dort!“ Willert streckte den Arm aus.

Dann standen sie am Rande des ausgetrockneten, 13 Meter tiefen Wasserschachtes.

Willert begann, die abdeckenden Bretter beiseite zu schieben.

Spelter rührte sich nicht.

„Hilf mal!"

„Hat da wer geschrien?"

„Na, wer wohl! Der Bengel, natürlich!" meinte der Ausbrecher ungerührt.

Jetzt drang Jörgs dünnes und vom Rufen heiseres Stimmchen herauf.

„Hilfe! Hilfe! Ich bin hier unten. Helft mir! Ich will raus. Holt mich raus! Oh! Gott sei Dank!"

Willert beugte sich über den Rand und grinste hinunter ins Dunkel. Erkannte ihn der Junge? Er war verstummt.

„Guck mal runter", forderte Willert seinen Komplicen auf.

Auch Spelter beugte sich über den Rand. Willert trat einen Schritt zurück, griff sich ein kurzes Brett und schlug damit zu. Spelter wurde am Hinterkopf getroffen, war augenblicklich bewußtlos und hing schlaff über dem Rand.

„...ist nur wegen deiner 80000 Piepen", murmelte Willert und schlang das Wäscheseil um ihn.

Spelter wurde über den Rand geschoben und baumelte jetzt im Brunnen. Der Bewußtlose wurde Hand über Hand hinuntergelassen.

Der Ex-Häftling hing in einer weiten Schlinge.

Als er etwa ein Drittel der 13 Meter zurückgelegt hatte, wobei sich sein Körper um sich selbst drehte – rutschte er aus dem Seil.

Jörg, der noch nicht begriffen hatte, was da von oben auf ihn zukam, konnte beiseite springen und preßte sich an die Brunnenwand.

Hart schlug der Verbrecher neben ihm auf, ohne aber den Jungen zu berühren.

Jörg schrie. Willert lachte dröhnend, und jetzt erkannte ihn der Junge. Spelter kippte gegen ihn. Jörg stieß den Bewußtlosen weg. Und schrie und schrie und schrie.

Später würde sich herausstellen: Spelters Beine waren beide gebrochen, ebenfalls das rechte Hüftgelenk. Außerdem war der untere Teil seines Rückgrats so erheblich verletzt, daß der Verbrecher den Rest seines Lebens im Rollstuhl verbringen würde.

Willert deckte die Bretter wieder über den Brunnen.

Wie friedvoll die Landschaft war.

Er lief zum Wagen zurück. Den Autoschlüssel und auch den Schlüssel zu Spelters Wohnung hatte er dem ehemaligen Komplicen abgenommen.

Willert fuhr mit dem Mercedes zu seinem Schlupfwinkel.

Als er in die Straße einbog, stockte ihm der Atem.

Vor dem Haus hatten sich Leute versammelt, mindestens ein Dutzend. Sie redeten aufgeregt. Man zeigte zu dem Bungalow. Eben kamen zwei Männer von der Rückfront nach vorn.

Kein Zweifel! Man hatte den Einbruch entdeckt.

Willert biß sich auf die Lippen, fuhr rasch an der Gruppe vorbei und begann wieder zu grinsen.

Na und? Er büßte die Gewehre ein. Sonst nichts. Das nahm ihm zwar die Möglichkeit zu weiteren Anschlägen an der Autobahn. Aber er hatte immer noch die Pistole.

Jetzt würde er sich erst mal die 80000 aus Spelters Bude holen und dann... ja, warum eigentlich nicht!... Es war doch gar nicht so dumm, wenn er sich wenigstens für heute bei seiner Mutter verkroch. Dort hatten die Bullen schon rumgeschüffelt. Diese Adresse war nicht mehr heiß.

23. Im Vollrausch verhaftet

Tim, Karl, Klößchen und Gaby legten die weite Strecke zum Ruffiedler-Einöd-Hof mit den Bikes zurück, trafen also – von Karl geführt – erst am späten Vormittag ein. Für Oskar war die Strecke zu weit. Er mußte zu Hause bleiben, zumal es heute sehr schwül war.

Am Ziel, wo der landwirtschaftliche – und inzwischen mit Gras überwucherte – Weg endete, schoben sie ihre Stahlrosse.

„Idyllisch!" rief Gaby. „Hier könnte ich Picknick machen."

„Geisterhaft", stellte Klößchen fest. „Nachts spuken hier wahrscheinlich die alten Bauern herum."

Tim hatte den Brunnen entdeckt, lehnte sein Bike dagegen und horchte.

Sang der Wind in den Bäumen, in den Ruinen, daß es sich anhörte wie das Weinen eines Kindes?

Nein! Die Luft war windstill.

Gaby stand jetzt neben ihm.

„Da... da weint jemand."

Mit einem Tritt fegte Tim drei der Bretter vom Brunnen.

Jetzt war das Weinen deutlich zuhören. Ein Kind! Unten im Brunnen!

„Halloooooooh!"

Er sah, vorgebeugt, hinunter, konnte die Entdeckung kaum fassen, erkannte schemenhaft, daß dort in finsterer Tiefe jemand war, und erhielt Antwort.

„Ich bin hier. Hier unten. Der Mann ist noch bewußtlos. Tot ist er, glaube ich, nicht. Er atmet. Holt ihr mich raus?"

Auch Tims Freunde hatten sich über den Rand gebeugt.

„Ich glaub' es nicht", flüsterte Karl. „Ab sofort sage ich nichts mehr gegen Tims Brunnologie."

„Ja!" rief der TKKG-Häuptling. „Wir holen dich raus. Bist du Jörg Wichtigmann?"

„Ja. Bin ich. Mein Vater ist der 2. Bürgermeister."

Keine Sorge! dachte Tim. Wir würden dich auch rausholen, wenn dein Vater der Dorftrottel wäre.

„Du mußt noch etwas Geduld haben", rief Tim hinunter. „Wir haben nämlich weder Leiter noch Seil. Meine Freunde bleiben hier und unterhalten sich mit dir. Ich sause zum nächsten Telefon und verständige deine Eltern, die Polizei, den Rettungsdienst und euren Hausarzt. Hast du Hunger?"

„Jaaaaaaaaa!" kam die Antwort.

„Dann kriegst du erst mal Schokolade. Mein Freund wirft dir seine letzte Tafel runter."

„Verdammt!" murmelte Klößchen. „Immer bin ich der Doofe."

*

Jörgs Rettung und Spelters Bergung – es war sensationell. TKKG ließen kein Wort verlauten über Tims Brunnologie, über diesen unerklärlichen Instinkt, angefacht durch die Filme und den Traum. Nein, TKKG umhüllten ihre Entdeckung mit der Erklärung, es handele sich um einen glücklichen Zufall.

Spelter war erledigt, wurde aber – kaum bei Bewußtsein – noch im Krankenhaus verhört und legte ein volles Geständnis ab. Sowohl was das Säure-Attentat auf Gaby betraf wie auch die Wahnsinns-Tat an der Autobahn.

Aber wo war Willert?

Der blaue Mercedes wurde durch die Aufmerksamkeit eines dienstfreien Polizisten in einem Parkhaus entdeckt.

TKKG erfuhren das durch Dennis: und Tim rieb sich die

Hände, denn das Parkhaus war nicht allzu weit entfernt von der Mitterrahmer Straße.

Diesmal verzichtete der TKKG-Häuptling auf einen heldenhaften Alleingang und informierte Dennis statt dessen. Sofort rückte die Kripo an. Der Dreispänner in der Mitterrahmer Straße wurde umstellt. Martha Willert, die nur noch ein zitternder Schatten ihrer selbst war, öffnete den Beamten bereitwillig. Ihr Sohn lag im Bett und schnarchte. Er war so betrunken, daß er von seiner Verhaftung nichts mitbekam. Der Grund für seinen Vollrausch waren die 80 000 DM, die er – wie er später aussagen würde – in Spelters Wohnung gefunden hatte.

„Damit", sagte Tim zu seiner Gaby an diesem Samstagabend, „besteht für dich und deine Eltern keine Gefahr mehr. Auch nicht für die Raser und die Bummler auf der Autobahn. Spelter können wir vergessen, und Willert kriegt vermutlich Sicherheitsverwahrung. Aber das heißt nicht, daß du uns – Karl, Klößchen und mich – gleich vor die Tür setzen mußt. Heute abend feiern wir – und bleiben hier. Denn es gibt ja noch andere böse Typen, die es abgesehen haben auf so bezaubernde Mädchen wie dich."

„Du, zum Beispiel", lächelte Gaby und legte ihm die Arme um den Hals.

ENDE

Der Diamant im Bauch der Kobra

Ein Fall für

TKKG

T wie Tim
K wie Karl
K wie Klößchen
G wie Gaby

Inhalt

1. Flucht im November

Schwarzer Himmel, goldene Blitze – das Sommergewitter entlud sich über der Millionenstadt. Der Regen war duschwarm und wurde wie aus Eimern geschüttet, konnte aber TKKG nichts anhaben. Tim, Karl, Klößchen und Gaby saßen unter wasserdichter Jalousie auf der Terrasse der Vierstein-Villa, becherten ein Fruchtsaft-Gemisch und sahen zu, wie sich Schmetterlinge und Hummeln unter blühenden Büschen in Sicherheit brachten.

Oskar kam aus dem Regen mit tropfnassem Fell, hechelte und schüttelte sich dicht neben Gabys weißen Jeans-Beinen.

„Neiiin!", quietschte sie und zog die Knie hoch bis an die Schultern. „Meine Hose ist neu. Und war eben noch weiß."

Die Jungs grinsten. Oskar ließ sich nieder und legte den Kopf auf die Pfoten. Vorn beim Tor hielt ein grauer Mercedes. Der Fahrer – und einzige Insasse – streckte das Gesicht aus dem Fenster.

„Hallo!", rief er – kehlig, wie nur ein Amerikaner das kann. „Ist dieses Haus die Adresse Lindenhof Allee 27 und bewohnt von Professor Albert Vierstein und seiner Familie?"

Karl fühlte sich angesprochen und hob die Stimme, nachdem er an seiner Nickelbrille gerückt hatte.

„Stimmt. Hier sind Sie richtig."

„Wundervoll!", erklärte der Amerikaner, schloss das Fenster, parkte etwas dichter am Zaun, stieg aus und hielt einen Schirm über sich, als er durch die Pforte herankam.

„Der will offenbar zu uns", stellte Karl fest. „Wie ein US-Kollege meines Herrn Vaters sieht er nicht aus. Außerdem wäre er dann in Paris, wo ja zur Zeit die internationale Professoren-Konferenz ausgesessen wird."

Karls Vater, der bekannte Naturwissenschaftler, war dort. Karls Mutter war nicht mitgereist, sondern jetzt in der Küche, wo sie gerade selbstgemachtes Eis dreierlei Geschmacksrichtungen für die Kids in Portionsbecher abfüllte.

Alle blickten dem Ami entgegen. Tim schätzte ihn ein: Mitte Dreißig, groß und schlank, blond wie ein Weizenfeld, energisches Outdoor-Gesicht – also Golfer oder Tennisspieler – und die typischen Gammelklamotten eines weltreisenden Amis, der allein auf die Macht seiner Dollars vertraut und sich bekleidet mit Schlamper-Jeans, Cowboystiefeln und bedrucktem T-Shirt unter dem teuren Acht-Taschen-Blouson. Dazu ein breites Grinsen.

„Hallo! Ich bin Mike Brigland. Eigentlich heiße ich Michael Schulze-Breitland. Ich bin nämlich deutschstämmig, aber bereits in zweiter Generation amerikanisiert. Ist Professor Vierstein zu Hause?"

Karl sagte, was Sache war, stellte sich vor als Sohn und bot dann, ersatzweise für den Professor, seine Mutter zum Gespräch an. Brigland nickte erfreut und gab sich unbekümmert als gehöre er in diese Runde. Er reichte allen die Hand. Oskar wurde der Kopf getätschelt. In dem Moment kam Elisabeth Vierstein aus dem Haus, beladen mit einem großen Tablett.

Sofort ließ Brigland seinen Schirm fallen, stürmte hinzu und nahm ihr die Last ab.

„Ich bin Mike Brigland, Frau Vierstein. Darf ich?" Und mit einem Blick auf die Eisbecher. „Wundervoll. Die Eiscreme leuchtet in allen Farben. So muss der Blue Truth aussehen. Aber an diesem wundervollen Diamanten würde man sich die Zähne ausbeißen. Hahah!"

Den schwachen Witz verstand offenbar nur er. Doch Karls Mutter lächelte freundlich. Brigland durfte am Tisch Platz nehmen und erhielt auch ein Glas Fruchtsaft.

Bin gespannt, dachte Tim, was der will. Sympathischer Typ. Aber was hat Hausmacher-Gelato mit einem Diamanten zu tun, noch dazu mit einem der ‚Blaue Wahrheit' heißt?

Brigland grinste noch immer. Sein Blick glitt prüfend über die Gesichter.

„Als ich eben den Blue Truth erwähnte", sagte er, „hat niemand von euch reagiert. Ihr wisst nichts von diesem Edelstein?"

Allgemeines Kopfschütteln.

Tim preschte vor. „Sind Sie deswegen hier?"

Brigland nickte. „Aber bitte nennt mich Mike und sagt du! Wir Amerikaner sind nicht gern förmlich. Ja, wegen des Blue Truth bin ich hier – in der Stadt meiner Vorfahren. Denn wie gesagt: Noch vor zwei Generationen hießen wir Schulze-Breitland. Damit ihr mich versteht – verzeihen Sie, Frau Vierstein, wenn ich Sie in meine vertrauliche Anrede einbeziehe – erzähle ich am besten die Geschichte unserer Familie. Dann wird alles klar ohne große Erklärung. Es ist eine tragische Geschichte und sie beginnt im Jahre 1935 – hier in dieser Stadt."

Er trank einen Schluck Saft. TKKG und Karls Mutter löffelten Eis: Schoko, Nuss und Vanille. Es schmeckte vorzüglich. Klößchen hatte bereits seine Bitte-unbedingt-einen-Nachschlag-Miene aufgesetzt.

„Mein Großvater", berichtete Mike, „war der Bankier Baldur Schulze-Breitland. Ihm gehörte die Privatbank Breitland und Schmollner am Heumarkt. Im Jahre 1935 war Opa 50 Jahre alt und immer noch verliebt in seine Frau. Großmutter Sarah, eine geborene Goldenblom, war Jüdin. Und dann geschah es. Am 15. September 1935 trat im damaligen Nazi-Deutschland ein unmenschliches Gesetz in Kraft. Das sogenannte Gesetz zum Schutz des deutschen

MEIN GROSS-
VATER WAR DER
BANKIER BALDUR
CHULZE-BREIT-
LAND

Blutes und der deutschen Ehre. Und damit begann auch das Unglück für unsere Familie."

Tim schob die Brauen zusammen. Davon – dachte er – habe ich schon gehört. Hatten wir neulich im Geschichtsunterricht. Und alle haben sich empört.

„An dieses Gesetz entsinne ich mich", sagte Karls Mutter. „Es war eine Ausgeburt wahnwitziger Rassentheorien."

Mike nickte. „Das Gesetz sollte sogenannte Mischehen zwischen Juden und arischen Menschen verhindern oder auflösen, falls sie schon bestanden. Wer sich weigerte, war grausamster Verfolgung ausgesetzt. Nun – meine Großeltern hätten eher den Tod gewählt, als sich zu trennen. Aber in ihrem Heimatland konnten sie auch nicht mehr bleiben. Also Flucht. Meinem Großvater gelang es, zunächst einen Teil seines Vermögens in die USA zu transferieren, zu überweisen. Doch die offizielle Ausreise aus Deutschland – sozusagen mit Sack und Pack – wurde ihm und seiner Familie verweigert. Man wusste auch, dass Großvater eine überaus wertvolle Schmuck- und Juwelensammlung besaß. Und an solchen Pretiosen waren die damaligen Machthaber sehr interessiert. Eins wussten sie allerdings nicht. Großvater hatte alle Kostbarkeiten heimlich veräußert – denn als Reisegepäck wären die vielen Stücke zu umständlich gewesen. Stattdessen hatte er den größten Teil seines Vermögens in einem einzigen Diamanten angelegt: in dem Blue Truth."

„Nie gehört", sagte Tim.

„Glaube ich dir gern", lächelte Mike. „Er ist auch nur wenigen Experten bekannt. Vom Kohinoor, vom Stern des Südens, vom Großmogul oder vom Hope hat jeder schon mal gehört. Aber der Blue Truth führte mehr ein Schattendasein, obwohl er durchaus in diese Galerie edelster Diamanten gehört. Er wurde 1661 in Indien gefunden, hat – nach dem Schliff, wobei ja immer etwas vom Gewicht verloren geht – hat 112 tiefblaue Karat. Er war im Besitz indischer Fürsten, dann am Zarenhof und gehörte zum Schluss einem levantinischen Juwelenhändler, von dem Großvater ihn – in aller Heimlichkeit – kaufte. Heute hätte der Blue Truth einen Wert von zehn Millionen Dollar. Aber leider ist er verschollen."

„Hier – verschollen?", fragte Gaby.

Mike nickte. „Die Lage hatte sich zugespitzt. Meine Großeltern wurden bedrängt. Zweimal wurde in ihre Villa eingebrochen und alles durchwühlt. Einmal fand eine Hausdurchsuchung statt – unter lächerlichem Vorwand. Meine Großeltern wussten, was die Glocke geschlagen hatte. Aber der Blue Truth war in einem sicheren Versteck. Dann – im November jenes Jahres – überstürzten sich die Ereignisse. Großvaters Widersacher zogen die Schlinge zu. Er und Sarah waren noch hier. Ihr 15jähriger Sohn – mein Vater – befand sich bei Freunden in der Schweiz. Patrick-Norbert. Später nannte er sich Patrick Norman und natürlich nicht mehr Schulze-Breitland, sondern Brigland. Mein Vater ist vor vier Jahren gestorben. Wir hatten ein sehr gutes Verhältnis zueinander. Damals also war seine Flucht von der Schweiz in die USA vorbereitet. Und sie gelang auch ohne Zwischenfall. Meine Großeltern wollten nachkommen. Aber dann – in der Nacht zum 27. November – erfolgte der Anruf eines Freundes. Eine Warnung. Unmittelbare Verhaftung stand bevor. Es ging um Minuten. Flucht, überstürzte Flucht – Hals über Kopf. Sie konnten nichts mitnehmen, gelangten mit dem Wagen zur Grenze und dann auf Schleichwegen in die Schweiz. In Zürich übernachteten sie bei ihren Freunden. Und dort erzählte Großvater auch, dass er den Blue Truth habe zurücklassen müssen. Es war keine Gelegenheit mehr gewesen, ihn aus seinem Versteck zu nehmen. Großvater war völlig niedergeschlagen. Aber Sarah soll ihn sehr liebevoll getröstet haben. Ihr war nur wichtig, dass die beiden sich selbst – sozusagen das nackte Leben – gerettet hatten."

2. Mike sucht den Diamanten

Tolle Geschichte!, dachte Tim. Ich ahne schon, worauf es hinausläuft. „Hat dein Großvater", wandte er sich an Mike, „den schweizer Freunden das Versteck genannt?"

„Nein. Hat er nicht."

„Ist das verbürgt?"

„Absolut. Denn am nächsten Abend – am Abend des 28. November – fand noch ein Telefonat statt: zwischen Großvater und meinem Vater. Mein Vater war schon in Lissabon und im Begriff, an Bord eines Schiffes zu gehen, eines US-Liners. Großvater sagte am Telefon, außer ihm und Sarah wüsste niemand von dem Versteck. Niemand! Keine Menschenseele! Mit dem nächsten Schiff wollten die Großeltern in die USA nachkommen. Fünf Tage später flogen sie dann mit einer kleinen Sportmaschine von Zürich Richtung Lissabon. Aber diese Maschine kam nie an. Absturz – wohl wegen eines technischen Defektes – überm offnen Meer zwischen Marseille und Barcelona. Meine Großeltern und der Pilot fanden den Tod."

Ist zu lange her, um jetzt noch zu kondolieren, dachte Tim und schloss gleich die nächste Frage an.

„Dein Vater war also in den USA und damit in Sicherheit. Aber er wusste nicht, wo der Blue Truth versteckt ist. Hat dein Vater je danach gesucht?"

„Nein. Nie. Er hielt das für aussichtslos. Er war überzeugt, dass irgendjemand den Stein längst entdeckt hat."

„Aber du bist jetzt hier. Und zwar deshalb. Warum?"

Mike grinste. „Gute Frage. Denn inzwischen sind 63 Jahre vergangen. Doch der Blue Truth ging mir nie aus dem Kopf. Freilich – das allein hätte mich nicht auf die Beine gebracht. Nun habe ich aber einen guten, einen sehr guten Freund: Dr. William D. Youngblood."

GUTE
FRAGE

Er blickte so triumphierend umher, als müssten jetzt alle vor Ergriffenheit erschaudern. Stattdessen – Unverständnis.

„Er ist der absolute Juwelen-Experte", erklärte Mike. „Er weiß alles über die wertvollsten Steine. Er kennt jeden – die aus den Museen, die aus Privatbesitz, die aus den Königshäusern. Er hat jedes Funkeln mit eigenen Augen gesehen. Kein Geheimnis von Edelsteinen, das er nicht gelüftet hätte."

„Verstehe!", nickte Tim. „Und Dr. Youngblood ist also überzeugt, dass der Blue Truth immer noch verschollen ist."

„Verschollen! Seit damals. Seit November 1935. Mein Vater war der Letzte, der ihn in der Hand hielt. Seit 63 Jahren schlummert dieses nur pflaumengroße Wertstück irgendwo im Verborgenen – in Großvaters Versteck."

Stille. Alle ließen die Feststellung auf sich wirken. Und jeder schien zu spüren, dass an der Behauptung was dran war.

„Was haben wir damit zu tun?", fragte Karl. „Weshalb kommst du zu uns?"

Mike lächelte mit leichter Verlegenheit und richtete den Blick auf Elisabeth Vierstein.

„Die Villa meiner Großeltern war das sogenannte Fliederschlösschen am Weidenanger Nr. 27. Ich war vorhin dort und habe mich vergewissert: Das Haus existiert noch, scheint sogar unverändert zu sein."

„Alles klar", erwiderte Elisabeth. „Wir haben von 1968 bis Anfang der 80er Jahre dort gewohnt. Bevor wir dieses Grundstück hier kauften. Aber – um es gleich zu sagen, Mike – den Blue Truth haben wir nicht gefunden."

Mike nickte. Für einen Moment war seine Miene mutlos. Dann presste er die Kiefer zusammen und sein Lächeln kehrte zurück.

„Mit Ihrer Familie, Frau Elisabeth, verbinde ich auch nur geringe Hoffnung. Denn vor Ihnen war unsere alte Villa von anderen Leuten bewohnt. Das habe ich schon herausgefunden. Eine Familie wohnte dort von Ende 1935 bis Mitte 1947. Deren Nachfahren sind jetzt in Wien. Danach war eine andere Familie bis 1968 dort zu Hause. Diese Leute und deren Kinder sind dann nach Hamburg gezogen."

„Wenn wir Ihnen irgendwie helfen können, Mike", sagte Karls Mutter, „tun wir das gern. Aber ich wüsste nicht, wie?"

„Ich folge einer waghalsigen Idee. Sie beruht auf den Erzählungen meines Vaters über Großvater Baldur. Der hatte nämlich ein etwas seltsames Hobby. Er sammelte Tierpräparate. Also ausgestopfte Tiere. Was damals noch kein Frevel war, weil der Tierschutz in den Kinderschuhen steckte, weil man Löwen jagte, Tiger, Elefanten, Nashörner und Echsen, weil damals noch Pelzmäntel was Tolles waren und der Mensch ein ziemlich steinzeitliches Verhältnis zu seinen Mitgeschöpfen hatte. Ein ausgestopfter Luchs, ein ausgestopfter Papagei, eine präparierte Klapperschlange – darüber hat damals niemand die Nase gerümpft."

„Vermutest du", fragte Tim sofort, „dass Großvater Baldur ein Tierpräparat als Versteck benutzt hat?"

Mike hob die Schultern, aber das wirkte eher bestätigend. „Er hatte einen ausgestopften Soldaten-Ara. Das heißt, total ausgestopft war dieser Papagei nicht, sondern größtenteils hohl. Im Gefieder war sogar ein Reißverschluss angebracht. Und wenn zu Ostern Eier versteckt wurden – so erzählte mein Vater – dann war mit Sicherheit ein Osterei in dem Ara."

„Als wir das Fliederschlösschen bezogen", sagte Elisabeth, „waren alle Räume leer. Keine Hinterlassenschaft von irgendeinem Vormieter. Allerdings erinnere ich mich, dass auf dem Dachboden zwei Truhen standen. Aber die enthielten nur alte gebündelte Jahrgänge einer Tageszeitung. Ein wertvoller Fund – sicherlich von Ihrem Großvater, Mike, denn es war aus der Zeit von 1918–33. Mein Mann hat es dem städtischen Archiv überlassen. Die Truhen waren schon sehr alt und defekt. Sperrmüll."

„Und keine verstaubten Tierpräparate irgendwo in einer Ecke des Dachbodens?"

„Tut mir leid. Nein."

„Die ersten Mieter – die von 1935, die müssen sie gefunden haben. Dann werde ich mich also um diese Leute kümmern. Ja, ich fahre erst mal nach Wien. Und wenn das nichts bringt, dann nach Hamburg." Er grinste. „Ich bin Professor für amerikanische Literatur an der Northeastern University in Boston. Zur Zeit sind Semesterferien und ich kann wochenlang hierbleiben."

Also doch ein Professor, dachte Tim und war beeindruckt. Dann – um sein Bild von der Familie Schulze-Breitland-Brigland zu vervollständigen – stellte er eine Frage.

„Als Patrick-Norbert, dein Vater, damals allein in die USA kam – wie ging's dann für ihn weiter? Er war ja erst 15."

„Es war anfangs eine schwere Zeit", nickte Mike. „Er hatte seine Eltern verloren und die Heimat. Aber er kam unter bei Freunden in Springfield in Virginia und …"

„Was?", rief Gaby. „Springfield in Virginia? Dort habe ich eine Brieffreundin. Joan Collins. Zu der fahre ich nächste Woche. Und im nächsten Sommer kommt Joan hierher. Ist eine Art privater Schüleraustausch. Tim kommt mit."

„Eine Bereicherung für die deutsch-amerikanische Freundschaft." Mike grinste erfreut. „Wir haben nur bis 1978 in Springfield gewohnt, sind dann nach Boston gezo-

WAS?
SPRINGFIELD IN
VIRGINIA?

gen, wo Vater 1994 starb. Meine Mutter Cathrin lebt noch. Sie stammt aus Springfield. Eine Joan Collins gab's zu meiner Zeit dort noch nicht. Aber an einen Samuel Collins entsinne ich mich. Ich glaube, er war der Bürgermeister. Ansonsten haben wir uns Springfield aus der Seele geschüttelt. Wegen meiner Schwester Eliza. Aber das ist eine andere Geschichte."

Dann bemerkte er die verhaltene Neugier in den Mienen seiner Zuhörer und fügte hinzu: „Eliza wurde nur 18 Jahre alt. Sie kam 1978 ums Leben. Sie war – wie man so sagt – auf die schiefe Bahn gekommen, war von zu Hause durchgebrannt mit einem kriminellen Typ. Der hat sie drogenabhängig gemacht und daran ist sie dann elend gestorben – fernab vom Elternhaus. Ich habe sehr an meiner Schwester gehangen. Sie war ein lieber Mensch, aber leider verführbar."

In diese Familie, dachte Tim, haut's aber rein. Sind wohl irgendwie mit 'nem Fluch belastet. Vielleicht liegt es an dem Blue Truth. Soll ja Unglücksdiamanten geben, die nur Tod und Verderben bringen wie der ebenfalls blaue Hope-Diamant. Ist natürlich nur abergläubischer Blödsinn – es sei denn, man erkennt Habgier als Wurzel für Tod und Verderben. Und wer nach Diamanten dieses Formats giert, der ist nicht frei davon. Aber Mike macht eher einen anderen Eindruck. Er will nur sein Erbe haben – was ihm zusteht aus einer schlimmen Zeit in Deutschland, für die's hoffentlich keine Neuauflage gibt. Großvater Baldur hat ja seine ganze Kohle in diese harte Materie gesteckt – in diesen größtmöglichen Wert auf kleinstmöglichem Raum, in einen Superdiamanten. Hm.

In diesem Moment sagte Karl: „Ich glaube, Mike, ich habe einen mega-heißen Tip für dich. Der Typ heißt Ulrich Mortibodi und ist Tierpräparator. Das Besondere an ihm ist: Er sammelt antiquarische Tierpräparate. Zum Teil hat er welche aus dem vorigen Jahrhundert. Diese ausgestopften Viecher – namentlich die alten – sind auf Holzsockeln angebracht und mit datierter Metallplakette versehen. Ulrich Mortibodi führt den Laden schon in dritter Generation. Vielleicht ist da was Interessantes im Fundus."

„Den Typ kenne ich auch", schaltete Gaby sich ein. „Wenn ich den Namen nur höre, kriege ich Ausschlag, Brechreiz und Bauchweh. Für den Mortibodi ist ein Tier nur eine Sache – nur ein Balg zum Ausweiden und Präparieren."

Karl bestätigte das. „Er soll enge Beziehungen haben zu irgendwelchen Großwildjägern, die überall in der Welt Tiere abschießen – Tiere, die unter Artenschutz stehen. Eine echte Sauerei. Aber man kann's den Typen nicht nachweisen."

Mike hatte aufmerksam zugehört. „Mit Mortibodi würde ich gern reden. Wo finde ich ihn?"

Tim stand auf. „Wir kommen mit. Mich interessiert der Typ auch. Außerdem hat der Regen aufgehört."

3. Bei Mortibodi stinkt's

Oskar hätte gestört. Er blieb bei Karls Mutter zurück und wurde auch gleich mit einem Kalbsknochen abgelenkt. TKKG stiegen zu Mike in den Mercedes, einen Mietwagen, den der junge Professor seit seiner Ankunft am Frankfurter Flughafen benutzte. Auch nach Wien wollte er damit fahren und – falls erforderlich – später nach Hamburg.

„Obtecker Weg", sagte Karl. „Ziemlich am Ende. Das ist noch hinter dem Schlachthof."

Für Mike war das natürlich kein Hinweis, aber die Kids wiesen ihn ein. Die Fahrt dauerte 20 Minuten. Mike fuhr nur einmal falsch, setzte aber zurück – nachdem er rechts mit links verwechselt hatte – und preschte dann rückwärts durch eine Einbahnstraße.

„Dort!" Karl saß vorn und streckte den Zeigefinger.

Tim war noch nicht hier gewesen und sah sich um.

Eine ruhige, langweilige Straße im Weichbild der Millionenstadt. Kleine, unansehnliche Gewerbebetriebe mit umzäunten Grundstücken. Viele Bretterzäune. Dahinter Schuppen und Flachbauten, in denen gearbeitet wurde. Maschinen dröhnten, Holz wurde gesägt, Metall misshandelt, ein Bohrer fraß sich kreischend durch Blech.

Mortibodis Anwesen war das vorletzte auf der rechten Seite und hatte als einziges eine blickdichte Hecke zur Straße hin. Dahinter ragte ein ältliches Haus auf, dem man einen Anbau zugefügt hatte und diesem wiederum eine Doppelgarage, vor der ein asphaltierter Platz sauber gefegt war. Das Gittertor der Einfahrt war geschlossen, die Pforte daneben auch, hing aber schief in den Angeln.

Mike parkte an der Hecke.

„Ich mach mal den Scout, den Späher", sagte Tim. „Sieht nämlich so aus, als wäre Mortibodi nicht da."

„Finde ich auch“, nickte Gaby. „Es ist total still und vor den Fenstern sind die Läden geschlossen.“

Tim stieg aus und betrat durch die Pforte das Grundstück. Zum Nachbarn, dem letzten rechts, grenzte nur ein Drahtzaun ab. Dahinter bemühte sich ein Opa, mit der Luftpumpe das Hinterrad einer alten Tretmühle fahrtauglich zu machen. Jetzt hielt er inne, verschnaufte und fluchte leise.

Hinter Tim klapperte die Pforte.

„Ich muss mir mal die Füße vertreten“, sagte Gaby und pustete gegen ihren Pony. „Jedenfalls habe ich das gesagt.“

Tim nahm seine Freundin an der Hand und sie gingen zum Haus.

„Aber in Wahrheit willst du unter vier Augen mit mir reden.“

Sie nickte. „Was für einen Eindruck hast du von Mike?“

„Der ist okay. Ich glaube ihm jedes Wort. Aber für den Blue Truth hat er schlechte Karten. Zu viel Zeit ist vergangen. Und dass der Experte Youngblood den Klunker auf der Vermissten-Liste hat, bedeutet nicht unbedingt, dass der Blue Truth tatsächlich noch verschollen ist. Denn mit diesen riesigen Diamanten verhält es sich wie mit riesigen Immobilien – mit Schlössern und Burgen, zum Beispiel. Man kann sie nur sehr schwer verkaufen. Weil's nur wenige Leute gibt, die derart in Geld schwimmen, dass sie die Kohle dafür rauswerfen. Deshalb sind kleine, bezahlbare Diamanten die bessere Währung – zumindest für die schnelle Mark.“

„Du meinst, jemand könnte den Blue Truth in 20 kleine, aber immer noch schöne Diamanten zerlegt haben – zerlegt haben lassen von einem Diamantenschleifer?“

„Das ist leider möglich.“

„Das wäre ja, als … würde man ein Kunstwerk zerstören.“

„Genau so."

„Ob Mike das weiß?"

„Bestimmt weiß er das, Gaby. Aber er ist ein Jäger. Er will die Jagd. Ich glaube, die ist ihm wichtiger als der Diamant. Und bei der Jagd geht's auch um seine Stammesgeschichte, um die Wurzeln seiner Familie. Um diese grausige Verfolgung. Vielleicht will er feststellen, wie's im heutigen Deutschland aussieht. Wie hier der Hass gehandhabt wird – Hass auf Ausländer, Randgruppen und alle, die angeblich nicht ins Bild passen."

„Ich mag alle Menschen – nur die Kriminellen nicht."

Gaby blieb stehen und bückte sich, um den Riemen an ihrer Sandale zu richten – links, wo sie auch das goldene Fußgelenk-Kettchen trägt, ein Geschenk von Tim. Ein kleines goldenes Herz ist auch dran. Das blinkte jetzt in der Sonne. Die stand schon tief, denn der Nachmittag neigte sich.

Das Haus wirkte verrammelt und verschlossen – und total privat. Wäre da nicht das Messingschild neben dem Eingang gewesen – Ulrich Mortibodi / Tierpräparator / An- und Verkauf antiquarischer Präparate – wäre die Adresse nur ein Wohnhaus gewesen.

Tim hatte dreimal geklingelt – ohne viel Hoffnung. Und so war's auch. Im Haus regte sich nichts.

„Entweder verstorben, ausgewandert oder im Urlaub, Gaby."

„Oder er will seine Ruhe haben", lachte sie.

Sie gingen zurück. Der Opa nebenan war immer noch mit seinem Drahtesel beschäftigt, aber das Hinterrad sah schon recht stramm aus.

„Hallo!", grüßte Tim lautstark. „Wissen Sie, wo Herr Mortibodi ist?"

Ohne den Kopf zu heben, erwiderte der Alte: „Im Urlaub. In Italien. Kommt erst in zwei Wochen zurück. Gott sei Dank! Dann stinkt's mal nicht aus allen Ritzen nach verwesendem Tierkadaver."

„Ah ja", meinte Tim. „Er ist ja Präparator. Riecht man das?"

„Ich rieche es." Der Opa blickte her. „Er meint zwar, ich bilde mir das nur ein. Aber auf meine Nase ist Verlass."

Die erwies sich beim näheren Hinsehen als gewaltiger Kolben mit vielen roten Äderchen.

„Wäre kein Beruf für mich", sagte Gaby.

„Nee", nickte der Alte, „ich find's auch widerlich – dieses Totenreich der Tiere. Aber Mortibodi arbeitet Tag und Nacht. Möchte nur wissen, wo der seine Kunden herkriegt."

„Was sagt er denn?", forschte Tim.

„Der behauptet, nahezu alle Tierhalter – egal ob sie Hunde, Katzen, Papageien oder Schildkröten haben – wollen sich nicht von ihren Lieblingen trennen, wenn die das Zeitliche segnen, sondern wollen sie weiterhin um sich haben: als ausgestopfte Präparate. Und deshalb blüht bei Mortibodi das Geschäft."

„Diese Behauptung ist doch völliger Blödsinn", ereiferte sich Gaby. „Die wenigsten Tierhalter denken so! Eine verschwindende Minderheit. Man muss einem Tier auch im Tod seine Würde lassen – und nicht ein Möbelstück daraus machen."

Der Opa nickte und brummelte – mit Blick auf seinen Drahtesel: „Verdammt! Jetzt geht die Luft schon wieder raus."

Tim und Gaby kehrten zum Wagen zurück.

Mike war enttäuscht, entschied sich dann, noch heute nach Wien zu reisen – wegen der Nachforschungen bei den Mietern von 1935 bis 1947 – danach nach Hamburg und – falls noch erforderlich – mit Mortibodi nach dessen Rückkehr aus Italien zu sprechen wegen eventueller Präparate aus Großvater Baldurs Besitz.

„Dann sind wir auch wieder zurück“, meinte Tim, „aus Springfield in Virginia. Gaby und ich bleiben nämlich nur eine Woche. Wir haben einen Billigflug – fast umsonst – und amerikanisches Englisch verstehen wir recht gut.“

4. Ungeahnte Beute für Leo

Leo Knakow war tief hinters Lenkrad gerutscht und hatte die Sonnenblende heruntergeklappt. Sein Wagen parkte am Ende des Obtecker Wegs vor einem Bretterzaun, Blickrichtung stadtwärts. Leo fiel nicht auf, man merkte kaum, dass jemand im Wagen saß. Auch der war unauffällig – ein alter VW, für den sich höchstens eine gift-äugige Politesse interessieren würde: ob das Vehikel noch TÜV-mäßig zugelassen war oder etwa illegal fuhr.

Leo war ein mittelgroßer knochiger Typ mit den Bewegungen eines Terriers und einer Frisur auf dem Schädel, die so kurz war wie ein Dreitage-Bart. Leo war 32 und hatte zwei Vorstrafen wegen Einbruchs. Als schwerer Junge galt er nicht. Das hätte er sich auch verbeten, obwohl er inzwischen Profi war, von Einbrüchen lebte und sein Arbeitslosengeld als Ex-Bauarbeiter nur eine Art Alibi war.

Leo hatte den Tip vom Freund eines Freundes bekommen, aber der wusste nichts Genaues, sondern lediglich, dass dieser Mortibodi offenbar klotzig Kohle machte – und zwar mit ungesetzlichem Tun. Bei solchen Typen war ein Fischzug meistens besonders lohnend, wusste Leo, denn sie bunkern ihr Geld oft zu Hause – weil's auf dem Bankkonto auffallen würde. Solche Typen rufen auch nicht die Polizei, wenn sie bestohlen werden. Und außerdem war Mortibodi zur Zeit im Urlaub.

Leo grinste und zündete sich eine Zigarette an. Er musste warten. Noch war die Luft nicht rein.

Eben fuhr der graue Mercedes ab, der an der Hecke geparkt hatte. Fünf Insassen: der Fahrer und vier Kids. Ein großer kräftiger Boy und seine hübsche blonde Freundin hatten vergeblich bei Mortibodi geklingelt und dann mit dem Nachbarn geredet, einem mürrischen Oldie.

Der war jetzt endlich mit seiner Tretmühle fertig, versetzte ihr nämlich einen saftigen Tritt. Die Mühle fiel um. Der Alte stampfte mit der Luftpumpe ins Haus und knallte die Tür hinter sich zu.

Es war später Nachmittag – nicht unbedingt die beste Zeit für Einbrüche, aber auch nicht schlechter als früher Morgen oder Mitternacht.

Leo arbeitete gern bei Tageslicht. Er war Spezialist für Dietrich und Sperrhaken. Er konnte Sicherheitsschlösser aussägen und Alarmanlagen übertölpeln. Spuren hinterließ er fast nie – und sicherlich hatten sich schon Familienmitglieder gegenseitig des Diebstahls bezichtigt, weil sich niemand erklären konnte, wieso etwas fehlte.

Der Mercedes verschwand jetzt am Ende der Straße. Der Alte blieb im Haus. Auf den Grundstücken weiter vorn verstummten die nervenden Arbeitsgeräusche.

Leo stieg aus. Er war einfach, aber nicht schäbig gekleidet. Nicht auffallen! Keinen Verdacht erregen!

Er schlenderte. Dann Hoppla-hopp – schon war er hinterm Mortibodi-Haus an der Hintertür und zog das Besteck aus der Brusttasche.

Büsche und der Anbau schirmten ab. Leo war unbeobachtet und brauchte knapp sieben Minuten zum Knacken des nicht unkomplizierten Schlosses.

Hinein! Tür zu! Stille. Die Luft roch abgestanden und irgendwie ... Lag hier verdorbenes Fleisch rum? Haha! Der Mann war ja Tierpräparator. Logo, dass bei dem Job auch Kadaver anfallen. Jedenfalls stellte sich Leo das so vor. Aber nicht nach Präparaten suchte er, sondern nach Geld oder leicht zu transportierenden Wertsachen.

Er begann im Obergeschoss. Schlafzimmer, Bad, Fernsehraum, Kleiderkammer, Gästezimmer, ein Klo – und alles vom Feinsten, mit teuren Möbeln und Gemälden an der

Wand. Aber die waren alle sehr großformatig und Leo verstand nichts davon.

Er fand drei Paar Manschettenknöpfe und eine Nobel-Armbanduhr, sonst nichts. Hm! Also weiter!

Im Parterre waren Küche, Klo, Speisekammer, Essraum und Wohnzimmer. Ebenfalls fein. Beute – null!

Dieser dämliche Armin!, dachte Leo und meinte den Tip-Geber. Was hat der mir erzählt! Als lägen hier Goldmünzen rum und gebündelte Scheine!

Eine breite Treppe führte in den Keller hinunter. Dann stand Leo in einem großen, gekachelten Raum und hatte keine Bedenken, die Beleuchtung einzuschalten. Neonlicht. Es war die Werkstatt. Auf Tischen lagen Bohrmaschinen, Schrauben, Nägel, Brettchen, Farbdosen und Kartons mit handgefertigten Glasaugen – für verschiedene Tierarten. Von der Decke hingen an Drähten ausgestopfte Fledermäuse. In Regalen ringsum ruhten fast fertige Präparate: ein Luchs auf einem Stück Baumstamm, ein Riesentriel mit geglättetem Gefieder, Schlangen, ein peruanischer Sechura-Fuchs, in dessen Glasaugen eine unendliche Traurigkeit war, ein Falke, ein Merlin und viele Pflaumenkopfsittiche, die zu den kleinen Papageien-Arten gehören.

Ist ja direkt unheimlich!, dachte Leo, und für mich kalter Kaffee. Was soll ich mit dem Gelump?! Himmel, da ist ja sogar ein ausgestopfter Dackel.

Leo zog Schubläden auf, stieß aber nur auf Werkzeug. Auf einem großflächigen Tisch sah er seltsame Maschinen, von denen übler Gestank ausging. Tatsächlich – da waren noch Fleischreste und Fett am scharfen Gerät. Sicherlich wurden damit Häute und Felle bearbeitet.

Er suchte weiter. Beute? Werte? Geld? Nichts!

Und dann stand er vor der Tür im Hintergrund – vor einer Stahltür im ebensolchen Rahmen.

Sie war verschlossen. Und das Metall fühlte sich sehr kalt an – eisig.

Leo werkelte eine Weile mit seinen Nachschlüsseln. Beute erwartete er nicht. Aber seine Neugier war geweckt. Außerdem ... man konnte nie wissen. Er hatte schon mal in einer armseligen Wohnung den sogenannten Sparstrumpf unter der Matratze gefunden – einen Leinenbeutel, vollgestopft mit Geld.

Jetzt öffnete er die Tür – und aus dem Kühlraum wehte ihm eisige Luft entgegen. Außerdem roch es übel, verwest – wie in einer Abdeckerei.

Er fand den Lichtschalter. Neon flammte auf. Und Leo blieb die Spucke weg.

Der weitläufige Raum – mindestens 50 Quadratmeter – enthielt Regale, Tische und einen Aktenschrank.

Für einen Moment fühlte sich der Einbrecher wie in einer Arche Noah. Aber alle Tiere waren tot. Er sah Meeresschildkröten, gefleckte Großkatzen, Elfenbein – nämlich die Stoßzähne von Elefanten, den abgetrennten Kopf eines dieser Dickhäuter, ebenfalls den Schädel eines Nashorns, Störche und Echsen, vermutlich Kaimane. In einer Ecke waren die sterblichen Überreste von drei Sibirischen Tigern aufgeschichtet: die Felle, an denen noch der Schädel war.

Jagdbeute!

Aber jedes dieser erlegten Tiere – das begriff er sofort – unterlag dem Washingtoner Artenschutz-Übereinkommen – stand also unter Schutz, war/ist stark gefährdet in seinem Bestand und muss somit geschützt und gehegt werden.

Der ist ja mindestens so kriminell wie ich!, schoss es ihm durch den Kopf. Der fertigt Präparate an, die das Licht der Öffentlichkeit scheuen müssen. Eingeschmuggelte Kadaver, mitgebracht von ungesetzlicher Meuchel-Jägerei überall auf der Welt. Präparate für abartige Typen, die sich im

kleinen Kreis Gleichgesinnter damit brüsten, einen der letzten Schneeleoparden erlegt zu haben, einen der letzten Sibirischen Tiger, einen Marco-Polo-Widder oder Braunbär.

Leo mochte Tiere. Er las Tierbücher und kannte sich aus auch mit seltenen Exemplaren. Er hielt sich weiße Mäuse und ein Aquarium mit Goldfischen. Was er hier sah, machte ihn wütend. Dieser Mortibodi war ja das Letzte. Der betrieb offensichtlich den Verkauf von verbotenen Tiertrophäen en gros.

Stinkwütend öffnete Leo den Aktenschrank.

Da war eine Kartei. Ein Kasten voll beschrifteter Karten, nach Buchstaben geordnet. Daneben lag eine Kladde. Sie enthielt eine Art Buchführung, aber nicht von der Sorte, die man zur Prüfung vorlegen kann. Leo las, blätterte und begriff. Er war in ein Wespennest gestoßen. Was er hier in der Hand hielt, war ungeheuerlich.

Und sofort formte sich ein Gedanke, eine Absicht, ein Plan. Denn seine – Leos – Beute, die hatte er nun gefunden: Material zum Erpressen. O ja, Mortibodi würde zahlen müssen, dass ihm die Augen tränten. Aber nicht nur er. Noch mehr würde Leo den Drahtzieher hinter allem zur Kasse bitten, den Typ, dessen Name hier stand: Dr. Volker Wiegand.

5. Geier, Leopard und Kobra

Mike hatte sich verabschiedet und seine Reise nach Wien angetreten – sozusagen sofort. Er war wohl, mutmaßte Tim, ein Charakter, der ein Vorhaben nicht auf die lange Bank schiebt, sondern gleich in die Tat umsetzt.

Tim, Karl, Klößchen und Gaby waren einhellig der Meinung, dass der junge Literaturprofessor ein cooler Typ sei, dem man helfen musste. Deshalb war das Treffen in anderthalb Wochen fest verabredet.

Jetzt saßen TKKG wieder auf der Viersteinschen Terrasse, waren von Karls Mutter mit Abendessen versorgt worden und arbeiteten an einem Kanu, einem Canadier für vier Personen. Tim hatte das Boot gebraucht gekauft – sehr günstig. Aber man merkte ihm an, dass es nicht nur fünf Jahre alt war – wie der Vorbesitzer behauptet hatte – sondern sicherlich acht oder zehn.

„Absaufen wollen wir ja nicht“, hatte Tim erklärt.

Also wurde das handgetriebene Wasserfahrzeug überholt und in Stand gesetzt. TKKG dichteten ab, besserten aus, verleimten, teerten und sparten zum Schluss nicht mit knallgelbem Anstrich – natürlich in wasserfester Farbe.

„So, das wär’s. Jetzt muss es trocknen.“ Tim zog seinen blauen Kittel aus, der Karl gehörte, dem TKKG-Häuptling erheblich zu eng war und ziemlich viel Gelb abgekriegt hatte.

Auch Karl trug einen Arbeitskittel, Gaby und Klößchen hatten sich mit Plastikschürzen begnügt.

„Blöde Mücke!“ Gaby klatschte sich auf den nackten Fußknöchel, auf den linken. Im nächsten Moment schien sie zu erstarren. „Himmel, wo ist mein Kettchen?“

„Es hängt dir am Hals“, feixte Klößchen und meinte die dünne Goldkette mit dem blauen Halbedelstein, die Tims Freundin so gern trägt.

„Doch nicht die!“ Gaby wurde blass unter ihrer Sommerbräune. „Mein Fußgelenk-Kettchen ist weg.“

„Hattest du heute gar nicht um“, wusste Klößchen.

„Aber ja, ich hatte es um.“

„Nein, hattest du nicht. Mir ist das zufällig aufgefallen, als du vor Mortibodis Bude wieder in Mikes Mercedes eingestiegen bist. Da bist du mir nämlich so auf den Fuß gestiegen, dass ich runtergeguckt habe – weil ich dachte: Jetzt sind mindestens vier Zehen zerquetscht. Dabei fiel mir auf, dass du dein Knöchelkettchen nicht trägst. Weder rechts noch links.“

Gaby setzte sich auf einen der Gartenstühle und nahm die Schürze ab.

„Ich hatte es um. Weiß ich genau. Noch bei Mortibodi hatte ich's. Da habe ich meine Sandale zugemacht und es war noch da. Wenn ich's dann beim Einsteigen nicht mehr hatte – was ein wertvoller Hinweis ist, Klößchen –, muss ich's bei dem Präparator verloren haben. Beim Haus.“

Tim wischte sich die Hände an einem Tuch ab. „Dann werden wir sofort suchen.“

Wie auf Kommando blickten alle in den Sommerabend hinaus. Es ging auf 22 Uhr, und nur weil Freitag war, konnten die Kids noch so ungeniert den Tag verlängern. Aber die Nacht brach an mit samtblauem Himmel, flimmernden Sternen und einem buttergelben Vollmond. Etliche Sterne über der Millionenstadt blinkten rötlich und bewegten sich vorwärts. Das waren die Lichter von Flugzeugen in großer Höhe.

„Wir brauchten Augen wie Nachteulen“, stellte Karl fest.

„Taschenlampen genügen“, meinte Tim. „Gold schimmert im Licht und das kleine Herz sowieso. Außerdem weiß ich noch genau, wo wir gegangen sind. Auf die Hufe, Amigos!“

Im Hause Vierstein gab es drei Taschenlampen. Eine leuchtete nur noch matt, wurde aber trotzdem mitgenommen. TKKG stiegen auf die Bikes und diesmal durfte Oskar mit.

Bis zum Obtecker Weg dauerte es fast 40 Minuten und abseits der Laternen und Lichtpeitschen war die Nacht jetzt sehr dunkel.

Hoffentlich, dachte Tim, ist das Kettchen noch da. Wenn nicht, kaufe ich Pfote ein neues. Aber am alten hängen ja nun schon Erinnerungen – die müsste ein neues erst anspecken.

Wegen Oskar waren sie langsam gefahren. Wie alle Hunde verträgt er Schwüle nicht gut. Der Regenguss vom Nachmittag wurde immer noch ausgedampft von Gärten und Straßen. Dunst hing zwischen den Bäumen der Parks.

Am Obtecker Weg war es still. Die Arbeit ruhte schon lange. Hier wohnte man nicht – bis auf einige Ausnahmen. Die meisten Gebäude waren dunkel. Auch der Opa mit der Luftpumpe war offenbar schon zu Bett gegangen. Kein Licht hinter den Fenstern seines Hauses.

TKKG stellten ihre Bikes an die Hecke und betraten das Grundstück. Zwei Taschenlampen leuchteten, die von Klößchen funzelte nur. Gaby hielt Oskar an der Leine. Tim ging voran. In seine Erinnerung war jeder Schritt eingeprägt.

Zwei Meter vor dem Hauseingang schnalzte der TKKG-Häuptling lautstark wie ein Peitschenknall, bückte sich und hielt das Knöchelkettchen in der Hand. Es fühlte sich kühl an und war feucht vom Abendtau.

Gaby jubelte. Tim erhielt drei Bussis extra. Oskar ließ sich anstecken von der Freude und stieß Tim im Ansprung die Pfoten in den Bauch.

„Gott sei Dank!“ Gaby schloss die Hand um ihren

Schmuck. „Ich muss den Verschluss überprüfen – ob da was kaputt ist. Aber vielleicht war's auch meine Schuld und ich habe es nicht richtig eingerastet."

Für einen Moment horchten alle, denn irgendwo am Ende der Straße, wo sich Weideland anschließt, rief ein Käuzchen.

Dann wurde Klößchen vermisst.

„Heh, Willi!", rief Tim. „Machst du ein Geländespiel?"

„Jeder muss mal müssen", drang seine Stimme aus der Dunkelheit hinter dem flachen Anbau. „Aber kommt mal her."

„Von uns muss niemand."

„Egal. Hier kann man in die Bude reingucken. Ist echt interessant."

Also folgten sie seiner Aufforderung und stiefelten hinter den Flachbau, der vermutlich Büro oder Geschäftsräume enthielt.

Der Vollmond, der sich eben noch hinter Wolken versteckt hatte, kam hervor und machte die Taschenlampen überflüssig. Auch Klößchen schaltete seine Funzel aus, mit der er in ein Fenster hineingeleuchtet hatte.

Es war das Einzige an der Rückseite des Flachbaus, ein quadratisches Fenster mit kreuzförmigen Holzstreben. Das Mondlicht fiel in den Raum dahinter und TKKG blickten hinein.

Tierpräparate! Die Kobra auf dem Tisch war zum Fenster gewandt, blähte den Hals und schien bereit zum Angriff. Aber sie war schon lange tot, ihr Körper präpariert und ausgestopft und das Glitzern in den Glasaugen wirkte viel bösartiger als im wirklichen Schlangenleben.

Neben der Kobra stand ein ausgestopfter Geier auf einem Sockelfundament, auch er zum Fenster gewandt. Sein Gefieder war staubig. Er sah alt aus.

Aber Geier, dachte Tim, sind ja auch zu Lebzeiten keine Paradiesvögel, sondern zerzauste Aasfresser. Ob die Mundgeruch haben?

Im Schatten neben der Kobra stand eine Raubkatze.

„Das ist ein Leopard", sagte Karl, „ein echter Leopard! Ich glaub's nicht! Der ist tot und ausgestopft."

„Leoparden sind akut bedroht!" Tim bemühte sich, ruhig zu sprechen. „Sind vom Aussterben bedroht! Leoparden und Ozelots, Elefanten und Kaimane, Nashörner und Meeresschildkröten, Papageienvögel, Jaguare und und und!!! Neulich las ich: Auf dem schwarzen Markt bringt ein Panda-Fell 100000 DM. Unsere Mitgeschöpfe werden gejagt, getötet, ausgerottet. Weil man ja unbedingt Pelzmäntel braucht, hahahah!, weil man Schuhe, Gürtel und Handtaschen aus Krokodilleder braucht, weil der Kerzenhalter oder der Aschenbecher aus Elfenbein sein müssen und weil Schildkrötenfleisch ein unverzichtbares Nahrungsmittel ist fürs Überleben der Menschheit. Diese Tiermörder! Man sollte sie behandeln wie ihre gemeuchelten Opfer! Und Mortibodi stellt also Tierpräparate her von streng geschützten Lebewesen. Um den Typ werden wir uns kümmern."

„Der wird sich wundern", Gabys Stimme bebte, „wenn er aus dem Urlaub zurückkommt."

Klößchen drückte die Nase an die Scheibe. „An der Kobra erkennt man nicht, wann die geschlachtet wurde. Den Geier würde ich als Antiquität einschätzen. Aber der Leopard ist kein bisschen räudig. Das Fell glänzt wie ... wie ... fast wie deine Haare, Gaby."

Tim beugte sich vor und bestätigte. „Hast Recht, Willi. Diese wunderschöne Raubkatze ist noch vor nicht allzu langer Zeit durch den Urwald gestreift. Und hat ihren Teil beigetragen zur natürlichen Ökologie. Leoparden-Pelzmäntel sieht man zwar nicht mehr so häufig wie früher, weil auch

die blödeste Schicki-Micki-Tante nicht gern angespuckt wird – wenn sie schon nicht begreift, dass wir unseren Planeten nicht für dämliche Eitelkeiten leerplündern dürfen. Aber trotz dessen und der Tritte in den Hintern der Pelzindustrie seitens der Tierschützer bleibt leider als Tatsache: Gefleckte Großkatzen werden immer noch gnadenlos gejagt. Und hier haben wir ein Beispiel."

„Wie gut, dass ich mal musste", meinte Klößchen. „Jetzt haben wir mehr Durchblick."

„Sobald wir aus Amerika zurück sind", sagte Tim, „und Mike wieder antanzt, nehmen wir uns Mortibodi vor. Erst soll Mike sein Anliegen vorantreiben, aber dann sind wir an der Reihe. Mortibodi wird uns genau erklären müssen, woher er den Leoparden hat. Garantiert wurde der eingeschmuggelt."

„Lebend?", fragte Klößchen.

„Natürlich nicht. Aber Kopf und Fell und Pranken. Holzwolle-Innereien und Glasaugen sind ja dann Mortibodis Job. Dass dieser Kerl sich nicht schämt! Er hätte Anzeige erstatten müssen."

„Der doch nicht!" Gaby lachte auf. „Ich sagte ja schon: Wenn ich seinen Namen nur höre – kriege ich Brechreiz und Bauchweh."

Die Kids wandten sich ab und gingen um die Ecke des Flachbaus nach vorn, wo der Garten jetzt wieder in völliger Dunkelheit lag, denn Wolken verdeckten den Mond.

Auf der Straße rollte ein Wagen heran, langsam – und hielt vor Mortibodis Tor, ein Kleintransporter ohne Fenster am Laderaum. Die Scheinwerfer erloschen. Ein Mann stieg aus.

„Pst!", machte Tim. „Der will hierher?"

Der Mann kam zum Tor und öffnete es, ohne TKKG zu bemerken.

„Ob das Mortibodi ist?“, flüsterte Gaby. „Gesehen habe ich ihn noch nicht.“

„Scheint so.“ Auch Tim flüsterte.

Der Mann stieg wieder in den Wagen, schaltete die Scheinwerfer an und fuhr vor die Garage. Dabei beschrieb das Fahrzeug einen kleinen Bogen und die Lichtstrahlen streiften TKKG und den leise knurrenden Oskar.

Augenblicklich stoppte das Fahrzeug und setzte zurück. Aber nur, um in eine andere Position zu kommen. Denn jetzt wurden TKKG angestrahlt wie Stars auf der Bühne.

Motor aus. Schlag auf. Sohlen hart auf dem Asphalt. Dann eine Stimme wie Stahl.

„Keine Bewegung! Stehenbleiben!“

Für wen hält der uns?, dachte Tim. Und erwiderte: „Nicht aufregen, Mann! Wir sind keine Einbrecher.“

„Das kann jeder behaupten. Ich habe euch überrascht.“

„Überrascht wobei?“, fragte Tim. „Dabei, dass wir hier stehen? Aber das können wir erklären, Herrrr Mortibodi.“

„Ich bin nicht Mortibodi. Und rührt euch nicht, sonst ... sonst ... Ich habe ein Gewehr im Wagen.“

„Der will auf uns schießen“, sagte Karl. „Will er das damit sagen? Ich glaube, der Typ rastet aus.“

„Bevor er ausrastet“, sagte Tim laut, „wird er uns erst mal erklären müssen, wer er ist und was er hier will. Haben Sie verstanden, Mann? Also raus mit der Sprache! Denn vielleicht sind Sie der Einbrecher und sind gleich mit dem LKW gekommen, weil's hier sperrige Beute gibt, nämlich ausgestopfte Tiere.“

„Bist du übergeschnappt!“, schimpfte der Mann aus dem Dunkel hinter dem Scheinwerferlicht.

„Keine Beleidigungen!“, warnte Tim. „Sonst bin ich es, der ausrastet. Und ich brauche kein Gewehr, um meine Ehre zu verteidigen. Also – wer sind Sie?“

Der Typ gab klein bei. „Ich bin Dr. Volker Wiegand und ein guter Freund von Ulrich Mortibodi. Ulrich ist zur Zeit in Italien und ich bin hergekommen, um nach dem Rechten zu sehen. Damit Typen wie ihr hier nicht einbrechen."

„Wir sind keine Einbrecher", erwiderte Tim. „Wir waren heute Nachmittag hier, weil ein Freund von uns – Professor Mike Brigland aus Boston – den Mortibodi sprechen wollte. Dabei hörten wir vom Nachbarn drüben, dass der Tierpräparator nicht da ist. Vorhin stellte meine Freundin dann fest, dass sie vermutlich hier ihr Knöchelkettchen verloren hat. Deshalb sind wir nochmal gekommen – mit drei Taschenlampen. Wir hatten Glück und haben das Kettchen gefunden."

„Hm … ehm … hm", knurrte Wiegand. „Dann will ich's mal glauben."

„Es ist uns völlig egal", sagte Tim, „ob Sie's glauben oder nicht. Wenn Sie noch Fragen haben, können Sie Hauptkommissar Glockner anrufen im Polizeipräsidium. Gaby ist seine Tochter."

„Schon gut, ich glaub' euch ja."

Wiegand schaltete die Scheinwerfer aus und kam heran. Im Mondlicht konnten TKKG ihn erkennen. Er war groß, hager und ungefähr 40. Ein Gesicht mit scharfen, fast verbissenen Zügen, von Wind und Wetter gegerbt. Seine hellen Augen schimmerten im Mondlicht ähnlich wie die Glasaugen der präparierten Tiere.

Aber dieser Typ lebt, dachte Tim, und falls er einen Schreibtischberuf hat, dann verbringt er jede freie Minute in der Pampa. Er riecht förmlich nach Schweiß und Abenteuer. Aber er ist auch der erste Typ, bei dem mir das überhaupt nicht gefällt. Vermutlich ein Jäger. Eine Schweinebacke, die das Töten von Tieren – natürlich von Wildtieren

– zu ihrer Leidenschaft erklärt hat. Ein abartiger Stiefelputzer! Aber Genaues wissen wir ja noch nicht.

„Ich habe euch meinen Namen genannt“, sagte Wiegand. „Und wie heißt ihr?“

Es bestand kein Grund, das zu verheimlichen. TKKG stellten sich vor, aber höfliche Floskeln oder gar ein Händedruck wurden nicht ausgetauscht.

Oskar hatte sich schnüffelnd Wiegands Hosenbeinen genähert, wich aber plötzlich zurück, fast mit gekrauster Hundenase. Er knurrte.

„Netten Hund habt ihr“, meinte Wiegand.

Ich würde wetten, dachte Tim, dass er Hunde nicht mag. Wer mit einem Tierpräparator befreundet ist, dem sind unsere Schöpfungsgenossen am liebsten in ausgestopftem Zustand.

„Was will denn euer amerikanischer Freund von Ulrich?“, fragte Wiegand.

„Keine Ahnung“, antwortete Tim rasch und hatte das Empfinden, die Unwahrheit sei im Moment strategisch sehr angebracht, „ist wohl was Geschäftliches. Mike ist auf Europa-Trip und kommt in zwei Wochen nochmal vorbei. So, für uns wird es jetzt Zeit. Tschüss!“

TKKG samt Oskar trollten sich zu ihren Bikes.

6. Trophäen für Spinner

Wiegand verharrte vor der Garage. Er sah den Kids nach, hörte, wie sie auf ihre Tretmühlen stiegen, leise miteinander redeten, abfuhren. Stimmen und Fahrgeräusche verklangen dann am Anfang der Straße, wo die Einmündung zum Klärbacher-Weg ist, der am Schlachthof vorbeiführt und weiter Richtung Innenstadt.

Wiegand kaute auf der Unterlippe. Er hatte stressige Tage hinter sich, kam eben aus Afrika zurück, hatte gejagt mit seinen dortigen Komplizen, war Wildhütern nur knapp entkommen und hatte dann eine Menge Schmiergelder zahlen müssen an korrupte Einheimische, um seine Jagdbeute außer Landes zu schaffen. Die umfangreiche Ladung – ein luftdichter Stahlbehälter – war falsch etikettiert, nämlich als Diplomatengepäck. Das wird nicht kontrolliert. So kann man nahezu alles schmuggeln – aus jedem Teil der Welt nach Europa. Auch wenn es sich um die ausgeweideten Kadaver von zwei Berggorillas handelt, zwei mächtigen Männchen, zwei Silberrücken.

Dass Gorillas unter strengstem Schutz stehen, ebenso wie Schimpansen, weiß natürlich inzwischen jedermann, selbst jeder Volltrottel überall auf der Welt. Umso höher der Wert als Rarität, als Besonderheit.

Und zum Glück, dachte Wiegand, kenne ich all die sogenannten Großwildjäger, die die Klappe bis zu den Ohren aufreißen, wenn sie von ihren Wahnsinns-Pirschgängen und lebensgefährlichen Safaris berichten. Aber geschossen haben sie nie etwas – allenfalls öfters die Unterhose wechseln müssen, wenn fernab im Busch ein Löwe brüllt. Geld haben sie, diese Pfeifen. Angeben wollen sie – und sei's nur unter gleichgesinnten Freunden.

Darauf hatte er ein Geschäft aufgebaut, zusammen mit

Mortibodi. Ein illegaler Handel von Privat an Privat – und beide verdienten sich eine goldene Nase. Die Gorilla-Kadaver in dem Metallcontainer, der in dem Kleintransporter stand, waren ein Vermögen wert und bereits verkauft. Die Abnehmer – zwei megareiche Sonntagsjäger – würden je 300 000 DM bezahlen für die von Mortibodi präparierten Berggorillas: Präparate in Lebensgröße.

Wiegand vergewisserte sich, dass er unbeobachtet war. Dann zog er den Container durch die Hecktür aus dem Wagen und schleifte ihn ins Haus, zu dem er den Schlüssel hatte, und hinunter in den Keller zum Kühlraum.

Alles war wie sonst.

Leo Knakow, der Einbrecher, hatte keine Spuren hinterlassen. Auch der Aktenschrank im Kühlraum war ordentlich geschlossen. Kartei und Unterlagen – von deren Vorhandensein Wiegand nichts wusste – befanden sich allerdings in Leos Besitz. Denn der Einbrecher hatte viel damit vor.

*

Es war wegen der Brieffreundschaft. Seit zwei Jahren bestand sie zwischen Gaby und Joan Collins. Ihre Ergüsse, versehen mit dem Luftpost-Aufkleber, überquerten den Atlantik: nicht gerade jeden zweiten Tag, aber mindestens einmal im Monat. Gaby schrieb englisch, Joan deutsch – und dass man sich sympathisch war, wurde ersichtlich trotz Stilblüten und grammatikalischer Schnitzer.

Joan lebte in Springfield, Virginia, und war vor Freude ganz happy, als Gaby ihren Besuch ankündigte. Über Tim wusste Joan bereits mehr als er selbst von sich. Erkannt hätte sie nicht nur ihn, sondern auch die restlichen TKKG-Mitglieder, denn gelegentlich schickte Gaby Fotos mit. Karl und Klößchen waren allerdings nicht mitgekommen. Die erste Woche der Sommerferien mussten sie ihren Eltern widmen.

Hitze flimmerte über einer Ebene mit endlosen Kornfeldern, als das Pärchen aus dem Jumbo-Jet kletterte. Ein langer Flug lag hinter ihnen. Sie hatten die Sonne verfolgt, was den Tag bekanntlich verlängert. Hier machte sich der Nachmittag breit. Daheim in Europa war längst die Nacht angebrochen.

„Bin kein bisschen müde", sagte Gaby. „Das macht die Aufregung. Joan erwartet uns. Sie ist bestimmt in der Ankunfthalle."

Dort war sie tatsächlich, eine braun-blonde fast 16Jährige mit Sommersprossen und Stupsnase. Sie hatte sich gekleidet wie ein Cowgirl, roch aber nach Pfefferminz und nicht nach Rinderstall. Gaby stellte das fest, als sie von Joan umarmt und fast erdrückt wurde.

„Willkommen! Ich freue mich. Fantastisch! Wie war die Reise?", sprudelte Joan hervor – in lupenreinem Deutsch. „Aber warum wohnt ihr im Hotel? Warum seid ihr nicht meine Gäste?"

„Das gehört zu dem super-günstigen Pauschal-Angebot unseres Reisebüros", erklärte Tim. „Flug und eine Woche im Hotel ist preiswerter als hätten wir anderweitig nur den Flug gebucht. Im Übrigen hängt ihr beide ja zusammen rund um die Uhr."

„Und du darfst dich dranhängen", lachte Gaby.

Die Formalitäten waren erledigt. Tim hatte sich das Gepäck geangelt und schleppte mit beiden Händen. Die Mädchen, vertraut wie beste Freundinnen, gingen schnatternd voran. Im Flughafen war es angenehm kühl. Draußen schlug die Hitze wie mit Keulen zu. Kein Wölkchen war am Himmel, Joan steuerte auf einen Pritschenwagen zu, mit

GENERAL STORE

dem sie gekommen war: ihr Eigentum. Natürlich hatte sie eine Fahrerlaubnis, und die Reifen besaßen noch genügend Profil.

Das Gepäck kam auf die Ladefläche. In der Fahrerkabine rückten die drei zusammen.

„Es sind zehn Meilen bis Springfield", sagte Joan. „Der Airport hier versorgt die ganze Umgebung. Springfield ist ja nur eine Kleinstadt, was aber nicht heißt, dass wir von sozialen Problemen verschont bleiben. Auch hier gibt es Armut und Hilfsbedürftige. Ich helfe, wo ich kann. Zur Zeit kümmere ich mich um Sheila und Bill. Ihr werdet sie kennenlernen."

„Uns interessiert alles", behauptete Gaby und tauschte mit Tim einen Blick. Mit den Problemen, die Mike Brigland betrafen, wollten sie nicht gleich ins Haus fallen.

Fängt ja gut an, dachte Tim. Soviel wusste er: Joan engagierte sich sehr, wenn es darum ging, Pennern, Haftentlassenen und Entwurzelten das Dasein zu erleichtern. Kein Brief an Gaby, in dem nicht davon die Rede war. In der karierten Cowgirl-Bluse schlug offensichtlich ein gutes Herz.

Sie erreichten Springfield.

Die Kleinstadt döste in der Hitze. Die Männer trugen Stetsons (*Cowboy-Hut*). Ein Teil der Häuser war im Kolonialstil erbaut – mit Holzveranden und weißem Anstrich. Andere Straßenzüge sahen aus wie Kulissen eines Westernfilms.

Sie fuhren an der Bank of America vorbei. Das Geldinstitut protzte mit moderner Fassade. Die Western-Bank in einer Nebenstraße sah mehr wie eine Baracke aus. Vor dem Springfield-Plaza parkten chromglänzende Straßenkreuzer. Joan stellte ihren Pritschenwagen dazu.

„Erst müsst ihr ja mal die Zimmer belegen. Und duschen. Und ... Wann soll ich euch abholen? Wollen wir bei mir essen? Wir können machen, was wir wollen. Meine Eltern sind bis Sonntag verreist. Hochzeitstag haben sie. Das ganze Haus hätten wir für uns. Wirklich dumm, dass ihr hier wohnt. Aber der Plaza-Luxus ist nicht zu verachten. Ich mache Steaks mit Maiskolben, ja? Und dann fahren wir zu Sheila und Bill."

„Abgemacht", nickte Gaby. „Also in einer halben Stunde."

*

Sie erhielten nebeneinander liegende Zimmer im zweiten Stock des Seitentraktes, den man wohl erst dieses Jahr angebaut hatte. Er roch noch so neu.

Die Zimmer lagen rückseitig, wo das Plaza U-förmig einen Park umschloss. Er sollte Urwald vortäuschen und das gelang ihm.

Gaby beugte sich aus dem Fenster, atmete blütenschwere Luft und sah zur Terrasse, auf der sich einige Ladies ihren Eistee reinzogen. Unter dem Fenster war die Hauswand nicht glatt, sondern knollig wie die berühmte Warzen-Wand in den Schweizer Alpen. Der Architekt hatte Natursteine eingelassen, um den Anblick zu beleben.

Hübsch, dachte Gaby. Und so praktisch wie eine Leiter.

Sie packte aus, ging unter die Dusche, spülte eingebildeten Reisestaub von sich und bekam allmählich Appetit auf Maiskolben. Steaks sind ja nicht ihr Bier. Engagierte Tierschützer haben zum Glück ein gestörtes Verhältnis zu fleischlicher Nahrung.

Gaby war noch nicht angezogen, als es klopfte. Gleich darauf wurde die Tür geöffnet. Sie hatte schon ihre Sandale gegriffen, um sie Tim an den Kopf zu werfen. Aber es war Joan, die freudestrahlend hereintanzte.

„Wir müssen uns beeilen. Die Steaks sind auf dem Grill. Für dich habe ich Tomaten, Kartoffeln und Maiskolben."

Fünf Minuten später hielt Joan ihren Pritschenwagen vor einem hübschen Einfamilienhaus an, und die drei stiegen aus. Im Garten drehten sich Rasensprenger. Eine Katze huschte in die Ginsterbüsche. Ein Nachbar, der den Rasen mähte, winkte herüber. Und im Collins-Haus duftete die Diele nach Abendessen.

Gaby überreichte ihr Gastgeschenk, einen Bildband der Heimatstadt. Joan freute sich sehr, zumal verabredet war, dass sie Gaby im nächsten Jahr besuchte. Das Buch lieferte einen Vorgeschmack. Tim ging den verlockenden Düften nach und entdeckte, dass der Grill auf der Terrasse stand. Joan hatte den Gartentisch gedeckt.

Der Nachmittag neigte sich. Die Schatten wurden länger.

Seit seiner Ankunft hatte Tim noch kein amerikanisches Wort geredet – und Gaby nur wenige. Aber Joan wollte ihr Deutsch verbessern, das in der Schule ihre zweite Fremdsprache war – nach Spanisch.

„Wie gesagt, meine Eltern kommen erst Sonntag zurück", meinte sie. „Aber meinen Opa lernt ihr morgen kennen. Er ist hier geboren und war lange Jahre Bürgermeister. Jetzt ist er ein bisschen altmodisch. Mich verwöhnt er, wo er nur kann. Zu meinem 16. Geburtstag in zwei Wochen durfte ich mir ein Schmuckstück wünschen: eine goldene Kette, die er extra anfertigen lässt. Hinterher habe ich erfahren, dass sie 3000 Dollar kosten wird. Ich war starr vor Schreck. Aber Opa Samuel kratzt das nicht. Er ist vermögend. Fahren wir jetzt zu Sheila und Bill?"

Die beiden Weltreisenden hatten nichts einzuwenden. Und Tim dachte: Aha! Das ist besagter Opa, der die Briglands gekannt hat. Den werden wir fragen. Aber das hat noch Zeit.

7. Ein Gangster kehrt zurück

Die Sonne sank bereits, als sich Webster dem Ort näherte. Springfield – las er auf einem vorbeihuschenden Straßenschild. Verschwommene Erinnerungen stiegen in ihm auf. Es lag lange zurück. Vor 20 Jahren war er mal hier gewesen. Damals hatte die Sache mit der 18jährigen Eliza Brigland viel Staub aufgewirbelt. Aber daran würde sich niemand mehr erinnern. Außerdem blieb er nur für eine Nacht.

Die Straßen waren leer um diese Zeit. In einigen Kneipen ging es hoch her. Ansonsten wirkte Springfield abendstill und verschlafen. Wie damals, soweit er sich entsann. Aber damals hatte es den Industrie-Betrieb mit seinen 300 Angestellten noch nicht gegeben.

Für die war morgen Zahltag. Deshalb kam in aller Frühe ein schwerbewachter Geldtransporter zu der Filiale der Western-Bank. Und brachte das Geld: etwa 800 000 Dollar.

Den Transporter zu überfallen, wäre für einen Einzelgänger Irrsinn gewesen. Aber in der Bank gab es nur zwei Angestellte, und die Sicherheitsvorkehrungen waren von gestern. Das hatte Twain ausbaldowert. Der Bursche verhökerte Tips. Webster hatte den Tip gekauft. Wusste er doch: Auf Twain war Verlass.

Er fuhr an der Western-Bank vorbei, hielt in einer Querstraße, ging zurück und umrundete das Gebäude. Wie eine Baracke sah's aus. Als könnten die sich nichts Besseres erlauben. Na, schön! Das war das eine, das andere waren die 800 000!

Webster erkundete alles genau: eine Selbstverständlichkeit für einen Profi wie ihn.

Als er zur anderen Seite des Ortes fuhr, kam er an der Brigland-Villa vorbei. Er sah hinüber, und in seiner Erinnerung tauchte Elizas Engelsgesicht auf.

Sam's
Bar

20 Jahre war sie nun schon tot. Ihr qualvolles Siechtum, an dessen Ende der Tod stand, hatte ihn damals so wenig wie heute berührt. Eigentlich hatte er in all den Jahren nicht mehr an sie gedacht. Aber jetzt …

Die Villa wirkte verkommen. Braune Schatten umflossen das Haus. Hinter zwei Fenstern brannte Licht.

Er überlegte, ob wohl Elizas Eltern noch lebten. Auch an Mike, den jüngeren Bruder, entsann er sich. An den Vater, den er nur einmal gesehen hatte, konnte er sich nicht mehr erinnern. Die Mutter war eine glutäugige Schönheit gewesen.

Nachdenklich fuhr er weiter. Er machte einen Bogen durch die Stadt. An einer Kreuzung kam ihm ein Pritschenwagen entgegen, in dem Jugendliche alberten: zwei Mädchen und ein Junge. Eins der Mädchen fuhr.

Das Motel, zu dem er wollte, lag außerhalb.

Er trug sich als Hyram F. Spinkle ein, aß zu Abend, überprüfte im Zimmer seine Pistole und ging zeitig ins Bett.

*

„Sheila und Bill sind jung, leben aber schon lange als Herumtreiber. Sie sind total verwahrlost. Manchmal benehmen sie sich sehr eklig." Joan seufzte. „Daran dürft ihr euch nicht stören. Auch in der heutigen Welt ist eben nicht jeder auf Rosen gebettet – wie wir."

„Sind sie von hier?", fragte Tim.

„Nein. Sie ziehen durchs Land. Ich habe sie aufgetan, als sie beim Golfplatz ins Clubhaus einbrechen wollten. Erst dache ich, Bill macht mich kalt. Aber dann konnte ich ihn überzeugen, dass ich's gut meine." Sie lächelte, während der Pritschenwagen die Straße hinunter rollte. „In die Brigland-Villa habe ich sie einquartiert. Hihihih!"

Wieder tauschten Tim und Gaby einen Blick.

„Was ist daran komisch?“, wollte Gaby wissen.

„Die Brigland-Villa gilt als eine Art Spukhaus. Springfielder gehen da nicht hin. Wegen der tragischen Familiengeschichte. Es ist, als laste ein Fluch auf dem Grundstück. Ich kenne alles nur aus Erzählungen. Eliza Brigland ist damals 18 und das hübscheste Mädchen der ganzen Gegend gewesen. Aber sie war von Hochmut befallen – kein Junge ihr gut genug als Freund. Ein Fremder musste kommen, um ihr den Kopf zu verdrehen. Wie sich später herausstellte, war das ein Gangster. Der hat es fertig gekriegt, sie in kurzer Zeit rauschgiftsüchtig zu machen. Gemerkt hat das freilich niemand. Dieser Webster war geschickt. Sein wahres Gesicht blieb verborgen. Eliza ging mit ihm weg. Bei Nacht und Nebel. Die Spur verlor sich, obwohl die Briglands Himmel und Hölle in Bewegung setzten, um Eliza zu finden. Monate später wurde sie in der Nähe von New Orleans aufgefunden. Sie war sterbenskrank. Webster hatte sie verlassen, war ihrer überdrüssig. Eliza schaffte es nicht mehr, ihre Heimat noch einmal zu sehen. Sie starb in New Orleans. Drogen hatten ihre Gesundheit zerstört. Aber kurz vor ihrem Tode konnte sie noch sagen, wie alles gekommen war. Dieser Webster wurde in späteren Jahren überall gesucht. Er machte von sich reden als Bankräuber. Aber gefasst haben sie ihn nie, glaube ich.“

„Davon haben wir gehört“, sagte Tim. „Und zwar aus erster Quelle. Nämlich von ihrem Bruder Mike, der jetzt Literaturprofessor in Boston ist. Zur Zeit bereist er Europa. Er war auch in unserer Stadt – und dabei haben wir ihn kennengelernt. Er ist auf der Suche nach dem Familienschatz. Aber das erzählen wir dir später – nämlich in Ruhe.“

Joan staunte. Aber für Fragen blieb keine Zeit mehr,

ICH GLAUBE AN DAS GUTE IM MENSCHEN

denn sie erreichten die Brigland-Villa, ein tatsächlich gespenstisches Haus mit gerümpel-vollem Garten und flackerndem Licht hinter verhängten Parterre-Fenstern.

„Hoffentlich kiffen sie nicht", murmelte Joan.

Gaby machte große Augen. „Herumtreiber sind's. Einbrechen wollten sie. Bill hätte dich beinahe kaltgemacht. Eklig sind sie auch. Und Haschisch gehört wohl zum Abendprogramm? Was für Läuse, um Himmels willen!, hast du dir in den Pelz gesetzt, Joan?"

Die Brieffreundin lächelte gequält. „Ich glaube an das Gute im Menschen. Auch wenn man manchmal sehr lange danach suchen muss. Jeder kann zurückgeführt werden – auf den rechten Weg."

„Hoffentlich!", meinte Tim.

Sie waren ausgestiegen und gingen zum Eingang, einer morschen Tür, die schief in den Angeln hing und nicht mehr schloss. Im Wind hätte sie geknarrt wie das Portal eines Schweinestalles. Aber zur Zeit herrschte Flaute in der Gegend von Springfield. Lediglich Gaby blies die Backen auf, als sie hinter Joan in die Schutt-Behausung trat. Hier also hatten die deutschstämmigen Briglands vormals gelebt! Es roch nach Abfällen. In der Eingangshalle häufte sich Gerümpel. Eine Freitreppe führte ins obere Stockwerk hinauf. Schon vor langer Zeit hatten Heimwerker oder Vagabunden die Türen geklaut – die einen, um Neues daraus zu tischlern, die andern, um Lagerfeuer anzuheizen. Jedenfalls konnte man in den erleuchteten Raum sehen. Eine Petroleumlampe blakte. Der Lichtschein zitterte über die Wände. Möbelreste standen herum, darunter zwei Feldbetten.

„Ich bin's", rief Joan. „Halloooohhh ..."

Sheila fläzte sich auf einem Feldbett. Sie kiffte nicht. Heute war ihr Bier-Tag. Fünf leere Flaschen lagen auf dem Boden.

„Sheila, das sind meine Freunde aus Deutschland", erklärte Joan in ihrer Muttersprache. „Gaby und Tim."

Sheila richtete sich auf und ließ die Beine vom Bett hängen. Sie war älter, als Tim und Gaby erwartet hatten: etwa 23.

Sheila rülpste, was am Bier lag, starrte Gaby an, dann Tim. Ihm schenkte sie ein Lächeln, aber das löste keinen Jubel aus.

Himmel!, dachte er. Ist das eine Schlampe!

Sieht die immer so aus?, überlegte Gaby.

Sheilas Rock reichte bis zu den Knöcheln. Wann sie die nackten Füße das letzte Mal gewaschen hatte, wussten die Zehen bestimmt nicht mehr. Sie trug einen Militärpullover, der genug Löcher hatte, um Entlüftung zu gewährleisten. Ihr Haar war hüftlang und fettig. Damit ihr niemand vorwerfen konnte, sie vernachlässige ihr Äußeres, hatte sie sich geschminkt. Aber wie! Als hätte eine Dreijährige in Mamas Schminktöpfe gegriffen.

„Tim und Gaby", sagte sie undeutlich. „Aus Germany? Hah! Alle Deutschen sind Kriegsverbrecher."

Ist das ernst gemeint?, überlegte Tim. Offenbar. Aber sollte man antworten auf so eine Blödheit?

Wegen Joan entschied sich Gaby zu einer Erwiderung.

„Bei uns", sagte sie auf Englisch, „gibt es soviel Übeltäter wie überall. Nicht mehr und nicht weniger. Eine Nation von Kriegsverbrechern sind wir bestimmt nicht. Jeder vernünftige Mensch, ausgenommen die Rüstungsfabrikanten, will Frieden, ständigen Frieden, totalen Frieden. Also lass dir keinen Floh ins Ohr setzen, Sheila, wenn irgendwelche Spinner Lügen verbreiten."

„Hah!" Sheila griff nach einer Flasche, in der noch ein Rest Bier schwappte. Sie trank erstmal, wischte sich dann über den Mund. Das verteilte den Lippenstift bis zu den

Ohren. „Ihr seid vielleicht keine“, nuschelte sie. „Aber eure Alten …“

„Auch die nicht“, sagte Tim in scharfem Ton. „Aber lassen wir das Thema. Deine Sachkenntnis hat noch mehr Löcher als dein Pullover. Jedenfalls – hübsch habt ihr’s hier. Wir wollten nur mal hereinschauen. Wo ist denn der männliche Teil?“, wandte er sich an Joan, die eine Miene machte wie ein Fußabstreifer: betreten.

„Ja“, griff sie die Frage auf. „Wo ist Bill, Sheila?“

„Weg.“

„Was meinst du? Abgehauen?“

„Neiiin! Er kann ohne mich nicht leben. Er ist weggegangen. Er bummelt. Er ist ein freier amerikanischer Bürger und kann um diese Zeit einen Stadtbummel machen.“

„Natürlich. Ist doch klar! Habt ihr genug zu essen?“

„Hm. Was du gestern gebracht hast, schmeckte nach Seife.“

„Nach Seife?“, fragte Joan verwirrt. „Das ist unmöglich.“

„Ich sag dir, es schmeckte nach Seife“, beharrte Sheila.

„Um Gottes willen! Es war ein Stück Seife dabei. Aber das ist doch zum Waschen.“

Sheila glotzte. „Seife? Warum sagst du das nicht. Es sah aus wie Rindertalg. Ich glaube, Bill hat’s in die Pfanne getan.“

Auf dem Tisch stand ein Spirituskocher, daneben eine Pfanne.

„Himmel!“, sagte Gaby. „Wie betrunken muss man sein, um sowas fertigzukriegen? Aber gebt Joan nicht die Schuld, verdammt nochmal! Seid lieber froh, dass sie sich um euch kümmert.“

„Aha!“, schnappte Sheila. „Froh sein sollen wir? In Deutschland kämen wir wohl gleich hinter Gitter? Wegen der Seife. Aber hier …“

FROH SEIN SOLLEN WIR?

„In Deutschland“, wurde sie von Tim unterbrochen, „gibt es genauso viel Freiheit wie hier. Hinter Gitter kämt ihr nur, wenn ihr einbrecht, was mit Rauschgift am Hut habt oder andere Straftaten begeht. Das wär's. Good-bye, Miss!“

Die Mädchen folgten ihm hinaus.

Als sie im Wagen saßen, sagte Gaby: „Wie hältst du das aus, Joan?“

„Ich bin ehrgeizig. Wenn ich mich um Gestrauchelte kümmere, dann richtig. Ich setze eben alles daran, um ihnen zu helfen. Kann ich sie bessern, ist das für mich ein Erfolgserlebnis. Später mache ich einen Job als Sozialarbeiterin.“

„Schön und gut“, meinte Tim. „Aber diese Sheila ist eher was für den Staatsanwalt. Ich will dir deine Illusion lassen. Aber dass du für diese Schlampe den Weg begradigst, führt zu nichts.“

Joan schwieg bedrückt.

Sie fuhren zur Hauptstraße, stellten den Wagen ab und bummelten. Auf Bill, der ebenfalls bummelte, trafen sie nicht.

„Wahrscheinlich sitzt er in irgendeiner Imbissbude und stopft sich voll“, meinte Joan. „Er leidet nämlich ständig unter Hunger. Sein Magen knurrt so laut, dass du denkst, er versteckt einen Puma unterm Hemd. Dabei ist er dürr wie Stacheldraht.“

„Wenn er seiner Gefährtin ähnelt“, sagte Gaby, „kann ich meine Neugier auf ihn beherrschen.“

„Naja“, lächelte Joan. „Er kann noch ekliger sein. Aber das wird anders, wenn er erstmal merkt, dass es auch Liebe gibt unter den Menschen. Ich meine: selbstlose Güte.“

„Bill … und wie heißt er sonst noch?“, fragte Tim.

„Twain. Sheila heißt Finn. Ich nehme an, dass die Namen stimmen.“

„Und wenn nicht", lachte Tim, „liegt es bestimmt an den deutschen Kriegsverbrechern."

In einem Eis-Salon entdeckte Joan Schulfreunde. Tim und Gaby mussten ein Dutzend Hände schütteln. Es waren nette Typen, und damit begann der lustige Teil des Abends.

Als Joan die beiden dann zum Plaza fuhr, war die Nacht angebrochen. Ein runder Mond schien auf Springfield und die weite Ebene hinab. Vor vielen Häusern saßen die Menschen auf Bänken, und aus der Dunkelheit drangen leise Gespräche.

Als sie sich verabschiedeten, fragte Tim, wo er Reiseschecks einlösen könne, gleich morgen früh. Joan empfahl ihm die Western-Bank.

In der Hotelhalle war dämmriges Licht. Tim und Gaby holten die Zimmerschlüssel von der Rezeption und liefen die Treppe hinauf.

8. Der Hoteldieb entkommt

Gaby fühlte noch Tims Gute-Nacht-Bussi auf der Wange, als sie ihr Zimmer aufschloss. Sie drückte auf den Lichtschalter, aber kein Licht flammte auf.

Im selben Moment hörte sie das Geräusch: ein Schaben oder Kratzen beim Fenster.

Es war geöffnet. Mondlicht übergoss den Park. Baumkronen ragten hoch auf und dämpften die Beleuchtung des Nachtgestirns.

Dennoch sah sie den Schatten, der sich soeben hinausschwang: eine dunkle Gestalt. Sie verschwand hinter der Brüstung. Jetzt tauchte der Kopf weg.

Einbrecher!

„Halt!", rief sie, obwohl sie ‚Hau ab!' meinte, denn was hätte sie ausrichten können gegen einen Fassadenkletterer und Einsteigdieb!

Heftig betätigte sie den Lichtschalter, erfolglos natürlich. Dann lief sie zum Fenster.

Kostbare Sekunden hatten ihm Vorsprung verschafft. Als sie sich hinausbeugte, war er fast unten. Affenartig turnte er an den herausragenden Steinen hinunter. Aber das war wirklich kein Kunststück, sondern bequem wie auf einer Leiter.

„Halt! Nein! Stop!"

Ihr fiel ein, dass sie nicht zu Hause war und der Kerl vermutlich kein Deutsch verstand.

Er sprang auf den Boden, wirbelte herum und verschwand in der Finsternis zwischen den Büschen, die unter den Bäumen wuchsen.

Sowas!, dachte sie empört. Gibt's also hier auch. Friedliches Springfield. Sheila und Bill sind nicht genug. Im Plaza wird geklaut. O weh! Ich dumme Pute! Ist ja meine Schuld!

Letzteres war die Erkenntnis aus einem Blick, der erst nach rechts, dann nach links wanderte: Über die Rückfront des U-förmigen Hotelbaus.

Alle unbeleuchteten Fenster waren geschlossen, die erhellten nur dann geöffnet, wenn ein kräftiger Mann zur Verfügung stand, beziehungsweise das Zimmer belegt hatte.

„Heh, Gaby", sagte Tim aus seinem Fenster. „Bei dir also auch, ja? Mein Zimmer ist durchwühlt. Ich hatte das Fenster offen gelassen. Weshalb hast du gerufen?"

„Bei mir war er noch, als ich reinkam. Wie King Kong hat er sich abgeseilt. Ich sah, wie er floh."

Tim kam zu ihr rüber und schraubte die Glühbirne in der Stehlampe fest. Das war die Lichtquelle, die vom Türschalter betätigt wurde. Eine Deckenleuchte fehlte. Auch bei Tim drüben hatte der Einbrecher, offenbar ein Profi, die Birne locker geschraubt: ein Trick, um notfalls im Dunkeln entkommen zu können. Was ihm ja bei Gaby gelungen war, sogar unerkannt.

„Ich meine, es war ein Mann", sagte sie und blickte ratlos umher.

Fächer und Schubläden waren durchwühlt. Der Inhalt lag verstreut auf dem Boden.

„Mir hat er zwei Hemden geklaut", wunderte sich Tim. „Die Brieftasche – mit allem was wichtig ist – hatte ich ja bei mir. Ein Glück! Was vermisst du?"

„Woher soll ich das wissen! Ich habe noch gar keinen Überblick."

„Dann überblicke mal! Ich verständige den Manager."

Aufgebracht räumte sie ihre Sachen in den Schrank. Der blaue Jeansrock war weg. Unglaublich! Auch nach ihren Ohrclips suchte sie vergeblich. Offenbar war er kein Schmuckkenner, der Dieb. Die Clips sahen zwar aus wie Gold, hatten aber nur 12,50 DM gekostet.

Tim kam mit dem Manager, der ärgerlich war wegen des Vorfalls, jedoch die Ruhe behielt.

„Don't touch anything until the police arrive (*nichts anrühren bevor die Polizei kommt*)", sagte er.

„Zu spät", meinte Gaby. „Ich bin schon mit dem Einräumen fertig."

Im selben Moment bemerkte sie den Schuh.

Es war ein blauer Jogging-Schuh, absatz-schief wie nach 25 Marathon-Läufen und staubig. Er lag unterm Fenster. Das Schnürband war zerrissen.

„Den hat er verloren!", rief sie. „In der Eile. Läuft er also jetzt mit einem Schuh durch Springfield. Tolle Spur."

Tim besichtigte ihn aus der Nähe, hielt sich aber an das ‚Don't touch!' (*Nicht berühren*).

„Ein Schuh der Marke LET'S GO, abgelatscht und voller Löcher. Der Dieb braucht dringend neue. Wie soll er sonst seinen Job ausüben?"

„Wenn ich so mit meinen Guckerchen schätze", sagte sie, „meine ich, er hat die gleiche Schuhgröße wie du. Aber deine Ersatz-Turnschuhe sind ja noch da. Oder?"

Tim blickte auf seine Füße, die in Laufschuhen aus ultraleichtem Nylon steckten – und sich dort wohlfühlten. Er hatte ein zweites Paar mit, trägt er doch in der warmen Jahreszeit kaum was anderes als Turnschuhe.

„Verdammt!", murmelte er. „An die zweiten habe ich gar nicht mehr gedacht. Die sind also auch weg. Der kann was erleben, wenn ich ihn erwische."

„Ziemlich aussichtslos, Tim. Hier sind wir in der Fremde. Aber vielleicht überlässt dir die Polizei den LET'S GO. Es ist der linke. Wenn du dann noch den rechten findest, ist der Schaden fast behoben."

Zusammen mit dem Manager warteten sie auf die Polizei, auf zwei Polizei-Detektive, die dann an der Bagatellsache nicht viel Interesse zeigten, aber die beiden Globetrotter ermahnten, Tür und Fenster bei Abwesenheit verschlossen zu halten.

So endete also der erste Tag mit einem Missklang. Trotzdem schliefen beide sehr gut.

*

Der nächste Morgen war sonnig. Das Pärchen frühstückte bestens gelaunt. Der Manager kam und teilte mit, die Polizei hätte leider noch keine Spur. Im Übrigen hafte die Versicherung für den Verlust.

„Wie hoch können wir den beziffern?“, überlegte Tim, als sie wieder allein waren. „Die Turnschuhe waren neu. Da weiß ich's. Aber getragene Hemden? Und dein strapazierter Jeansrock? Was den betrifft, würde ich den ideellen Wert ins Feld führen. Er stand dir wirklich sehr gut, besonders um die Knie.“

„Verschluck dich nicht an deinem Rührei. Mein Rock war gut erhalten! Was sagst du in der Bank?“

„Can I cash this cheque (*Kann ich diesen Scheck einlösen*)?“

„Sehr gut! Und nun hurtig! Joan wird schon auf uns warten.“

Sie beendeten ihr Frühstück und tippelten los. Es war nicht weit bis zur Western-Bank. Unterwegs beäugten sie Schaufenster. Außerdem trafen sie Gus und Biggie, zwei der Nettesten aus der gestrigen Eis-Salon-Clique.

Als sie vor dem Baracken-Bau der Western-Bank ankamen, war die Straße still. Die Bank hatte geöffnet. Vor ihnen trat ein älterer Mann in die Schalterhalle. Er hatte silbriges Haar und ein Gesicht wie aus Sattelleder. Ein dünner Goldrahmen fasste die Brillengläser. Dass er die beiden anlächelte, war sicherlich Zufall – dachten sie. Denn woher sollte er sie kennen?

Zwei Angestellte, Männer, waren hinter dem Schalter. Das Pärchen trat zu einem Schreibpult, weil Tim das Durcheinander in seiner Brieftasche erst mal ordnen musste. Nahe dem Schreibpult war eine spaltweit geöffnete Tür, die werweiß-wohin führte, vielleicht zu den Toiletten. Oder zum Tresor?

Tim stand so, dass er den nächsten Kunden bemerkte. Der trat in diesem Moment ein: ein knochiger Typ mit eckigem Gesicht. Die Stirnglatze war braungebrannt. Er hatte Augen wie Stahlkugeln.

Er kam also rein und zog die Hand unter der Jacke hervor.

Morgensonne schimmerte auf dem Metall der Pistole.

Ein Bankräuber!, fuhr es Tim durch den Kopf. Himmel! Passiert es denn immer, wenn wir da sind?!

Ohne die beiden Jugendlichen zu beachten, sprang der Kerl zum Schalter.

Tim handelte mit der Schnelligkeit eines geölten Computers, warf einen Arm um Gaby, riss sie mit, stieß die Werweiß-wohin-Tür ganz auf und hechtete mit seiner Freundin hinein. Indem er herumwirbelte, wobei er Gaby losließ, schmetterte er sie zu. Der Schlüssel steckte innen.

Geschafft!

„Überfall!“, brüllte draußen der Bankräuber.

„Tim!“, flüsterte Gaby. „Das war einzigartig! Heldenhaft! O Gott! Bleibt man denn hier von gar nichts verschont?“

Im selben Moment krachten Schüsse.

WESTERN BANK

9. Geiselnahme in der Western-Bank

Diese Idioten! Waren die lebensmüde?

Alles ging schief.

Dass die beiden Jugendlichen verschwanden – wie der Blitz – hinter der Tür, störte Webster nicht. Die waren nicht interessant. Außerdem wusste er, dass dort nur die Toiletten waren, aber kein Ausgang und keine unvergitterten Fenster. Mochten sie abschließen, eine Falle blieb es trotzdem.

Aber der Kassierer und der zweite Typ! Wie die sich benahmen! Wo blieb der Respekt vor einer geladenen Pistole?

Statt die Hände zu heben und vor Schreck zu erstarren, sprangen sie hinter eine Glaswand. Sie stand im Hintergrund, war groß wie ein Kleiderschrank und absolut kugelfest.

Webster riss die Waffe hoch und feuerte. Wirkungslos prallte die Kugel ab, auch die zweite.

Er wollte über den Schalter flanken, nachsetzen, hinter den Schutz aus Panzerglas laufen und …

Zu spät!

Die Panzerglas-Wand schirmte die Hintertür ab, den Ausgang. Die beiden stürmten hinaus, und sie hätten noch Zeit gehabt, ihm die Zunge zu zeigen – oder einen Vogel.

… KACHRANGGGGG …!

Das Zuschmettern der Stahltür klang in seinen Ohren wie das CLIC-CLANC der Gefängnisgitter.

… WIIINNNNN …

Die Alarmanlage heulte los. Von draußen also hatten diese Kerle sie betätigt.

„Leg dich auf den Boden!“, brüllte Webster den silberhaarigen Mann an.

Der Alte gehorchte. Bäuchlings lag er jetzt dicht vor dem Schalter.

Webster sprang zum Fenster.

Auf der anderen Straßenseite öffnete sich die Tür eines Waffengeschäftes. Zwei Männer standen dort, hielten Gewehre in den Händen und blickten herüber.

„Rühr dich nicht, Alter!"

Webster flankte über den Tresen, rannte zu einem der rückseitigen Fenster und biss sich vor Wut auf die Lippen.

Werde ich alt? Verdammt! So schiefgegangen ist es noch nie!

Das Fenster war vergittert.

Er öffnete die Hintertür einen Spalt und lugte hinaus.

Mit kreischenden Reifen hielt ein Wagen hinter dem Gebäude.

Polizei! Offenbar war der Streifenwagen in der Nähe gewesen. Offenbar hinter der nächsten Ecke ... Und da sage noch einer, die Bullen sind lahm! Verdammt! Verdammt!

Er sah, wie zwei Uniformierte hinter dem Fahrzeug in Deckung gingen. Rasch schloss er die Tür.

Aus! Er saß in der Falle. Fluchend sprang er über den Schaltertisch zurück.

„Wenn du überleben willst, Alter, dann machst du, was ich sage!"

Jedenfalls habe ich drei Geiseln, dachte er. Den Alten und die beiden Kids. Damit kaufe ich mich frei.

Er ging zur Toilettentür und trat dagegen.

„Kommt raus. Sonst zerschieße ich das Schloss."

„Versuch's!", antwortete Tim. „Durch die Wand kannst du nicht schießen. Und hinter der stehe ich. Wenn du rein und um die Ecke kommst, bist du Brei."

Verdammt! Webster musterte die Tür. Sie war schmal

und stabil. Das Schloss zerschießen – war leicht. Aber wenn er dann eindrang, konnte sonstwas passieren. Nur flüchtig hatte er den Bengel gesehen. Doch der Eindruck genügte. Der Boy konnte sicherlich zuschlagen wie ein chinesischer Drachentöter.

Aber er hatte ja den Alten.

Webster sah ihn genauer an.

Der Opa mochte Ende Sechzig sein, hatte helle Augen und starke Knochen. Er lag ziemlich ruhig. Nur die Finger der linken Hand bewegten sich.

Webster blieb neben einem Fenster im Schutz der Wand und beobachtete, wie sich auf der anderen Straßenseite Leute drängten. Polizisten waren jetzt haufenweise da und versuchten, die Gaffer zurückzuhalten. Uniformierte hatten das Bankgebäude eingekreist.

Mit seiner Pistole zerschlug er die Scheibe.

„Ich habe einen alten Mann als Geisel“, brüllte er hinaus. „Wenn ihr näher kommt, lege ich ihn um.“

Für einen Moment herrschte Stille. Dann dröhnte eine Stimme durchs Megaphon, den Lautsprecher.

„Hier spricht der Chef der Polizei. Werfen Sie Ihre Waffe weg! Kommen Sie raus mit erhobenen Händen. Es ist Ihre einzige Chance zu überleben. Wir ...“

„Hast du nicht verstanden, du Bastard“, schrie Webster dazwischen. „Ich habe eine Geisel. Wollt ihr den Mann opfern?“

Sie berieten sich. Jedenfalls dauerte es eine Weile, bis sich der Polizeichef abermals vernehmen ließ.

„Wie heißt Ihre Geisel?“

„Wie du heißt, Alter?“, zischte Webster.

„Ich bin Patrick Norman Brigland“, antwortete der Opa.

Webster wandte den Kopf und starrte ihn an.

Brigland hatte sich auf den Rücken gedreht und die

ICH HABE EINEN ALTEN MANN ALS GEISEL!

Hände aufgestützt. Ein spöttischer Ausdruck stand auf dem Ledergesicht.

„Brigland?“ Websters Stimme klang heiser.

„Ich bin Elizas Vater“, nickte der Alte. „Und ich habe dich erkannt, Jeff Webster. Du bist 20 Jahre älter geworden. Aber wie könnte ich deine gemeine Visage vergessen? Tag und Nacht habe ich an dich gedacht – und dich verflucht. Du hast mein Kind verführt, meine einzige Tochter. Drogenabhängig hast du sie gemacht und damit abhängig von dir – bis sie gefügig war, bis sie mit dir durchbrannte. Du hast sie umgebracht. Aber jetzt erfült sich meine Rache.“

„Quatsch nicht!“, fuhr Webster ihn an. „Ich werde dich im Wagen mitnehmen, bis wir ein paar hundert Meilen hinter uns haben. Dann …“

Brigland schüttelte den Kopf. „Du hast keine Geisel, Webster! Mein Leben ist ohnehin schon lange vorbei. Ich will nur noch, dass du gefasst wirst. Wenn wir die Bank verlassen, werde ich um mich schlagen und fliehen. Du wirst mich erschießen. Ich weiß. Aber dann werden dich die Kugeln der Polizisten zersieben. Du hast keine Chance. Du hast nur noch die Wahl zwischen sicherem Tod und lebenslänglicher Zuchthausstrafe. Die erwartet dich, wenn du aufgibst.“

Websters Gesicht hatte sich verzerrt. Dass sich der Alte opfern würde für seine Rache – daran war nicht zu zweifeln.

Unschlüssig wanderte sein Blick zur Toilettentür. Hatte da nicht eben Glas geklirrt? Als zerbreche eine Fensterscheibe? Jetzt wieder.

Er trat zu der Tür. Wenn der Alte nicht mitmachte, musste er die beiden Kids als Geisel nehmen.

„Kommt raus!“, befahl er. „Ich mache Ernst.“

Tims Lachen antwortete. „Jetzt geht nichts mehr, Webster. Eben haben uns die Polizisten eine Pistole hereingereicht. Durchs Fenster. Ich kann damit umgehen. Wenn du uns auf den Pelz rückst, schieße ich dich in Stücke."

Zwei Minuten später gab Webster auf.

Mit erhobenen Händen verließ er die Bank, waffenlos.

Der Opa klopfte an die Toilettentür.

„Ihr könnt rauskommen. Es ist vorbei."

Tim öffnete die Tür und trat über die Schwelle. Gaby war etwas blass um die Nase. Verblüfft musterten beide den Oldie. Mikes Vater war doch vor vier Jahren gestorben. Oder stimmte das nicht?

„Wo habt ihr denn die Pistole?", forschte Brigland.

„Das war nur ein Trick", erklärte Tim, „um Webster abzuschrecken. Niemand hat uns eine Waffe gegeben. Leider mussten wir eine Scheibe zerschlagen."

„Guter Trick! Darauf muss man kommen. Und Pech für Webster. Die Situation war gegen ihn. Oder vielmehr: Er war den Beteiligten nicht gewachsen. Kommt mit!"

Sie gingen hinaus. Und die beiden Amerika-Reisenden waren mächtig gespannt.

Polizisten umringten Webster. Er trug Handschellen. Sein Gesicht hatte sich grau gefärbt.

Der Polizei-Chef, ein Hüne, musterte Tim und Gaby voller Neugier, wandte sich aber erst an den Opa.

„Ich befürchtete schon, er würde Sie tatsächlich als Geisel nehmen, Mr. Collins."

„Collins?", schnappte Webster. „Wieso Collins? Das ist Patrick Norman Brigland."

„Was?", staunte der Polizei-Chef. „Wie kommst du auf die Idee, Mann?"

Der Opa grinste. Zu Webster sagte er: „Ich heiße Samuel Collins. Früher war ich hier der Bürgermeister. Ich kannte die Familie Brigland sehr gut. Und das Bild auf deinem Steckbrief – das habe ich mir damals oft genug angesehen."

Sekundenlang herrschte Stille. Dann begann der Polizei-Chef zu lachen. Die andern fielen ein.

Joans Opa!, dachte Tim. Respekt! Der hat ja Nerven wie Drahtseile. Und Mike wird es umhauen, wenn er nächste Woche von uns erfährt, was hier gelaufen ist. Endlich, nach 20 Jahren, kriegt dieser Verbrecher seine Strafe – auch für das, was er Eliza angetan hat.

Collins lächelte die beiden an. „Du bist Gaby Glockner, nicht wahr? Und du bist Tim. Joan hat mir erzählt von euch. Als ihr in die Bank kamt, wollte ich euch begrüßen. Aber dann passierte es schon. Das müssen Sie hören, Chief“, wandte er sich an den Polizei-Chef, „wie die beiden Webster ausgetrickst haben.“

DAS MÜSSEN SIE HÖREN, CHIEF, WIE DIE BEIDEN WEBSTER AUSGETRICKST HABEN

10. Schlampe mit Herrenhemd

Joans Opa war der Held des Tages. Beinahe hätten ihn die Springfielder auf den Schultern durch den Ort getragen.

Allmählich beruhigte sich die Szene. Die Polizisten verfrachteten Webster ins Stadtgefängnis. Die Menge zerstreute sich. Die beiden Bankangestellten kehrten hinter die Schalter zurück. Wer gemeint hatte, für heute sei Feierabend im Geldinstitut, irrte sich.

Im Gegenteil! Samuel Collins konnte endlich die 3000 Dollar abheben, die er so dringend benötigte. Tim und Gaby lösten ihre Reiseschecks ein.

Während sie das erledigten, kam ein Typ in die Bank.

Gaby erschrak bei dem Anblick. Um Himmels willen!, dachte sie. Nicht schon wieder! Wenn der jetzt eine Pistole zieht, würde ich mich nicht wundern.

Aber das tat der Typ nicht. Vielmehr stellte er sich hinter Samuel Collins, dem soeben die 3000 Dollar ausgezahlt wurden.

Mit verzücktem Gesicht blätterte der Kassierer sie hin. Er sagte dann noch, die Western-Bank wäre Mr. Collins sehr verpflichtet.

Collins lachte. „Wenn ihr euch erkenntlich zeigen wollt, ihr Finanz-Haie, dann erhöht die Zinsen für mein Sparkonto.“

Alle lachten. Auch der Typ grinste, was seine Bartstoppeln aufrichtete. Er mochte Mitte Zwanzig sein, lief barfuß und steckte in einem Overall, der sicherlich nicht nur von ihm bewohnt wurde. Verfilztes Haar. Er wirkte verschlagen.

Jetzt war er an der Reihe. Einen Zehn-Dollar-Schein wollte er wechseln. Das wurde ihm gewährt. Aber der Kassierer prüfte genau, ob die Banknote vielleicht selbstgemacht war.

Collins trat zu den beiden Besuchern aus Deutschland.

„Ich nehme euch mit zu Joan. Sie ahnt ja nicht, was wir inzwischen erlebt haben.“

Draußen waberte die Luft. Unbarmherzig brannte die Sonne.

Joan stand vor dem Haus und hielt Ausschau. Die Nachricht vom Banküberfall war wie ein Lauffeuer durch Springfield geeilt und auch zu ihr gedrungen.

Opa Collins blieb nicht lange, klopfte vielsagend auf seine pralle Brieftasche und erklärte augenzwinkernd, er hätte noch was zu erledigen.

Als er gegangen war, sagte Joan: „Er beschenkt mich so gern. Nachher kauft er die Goldkette. Er ist der beste Opa der Welt. Aber nicht wegen der Geschenke, sondern wegen seiner Güte. Habt ihr bemerkt, wie altmodisch er ist? Statt dem Juwelier einen Scheck zu geben, holt er das Geld von der Bank. Er bezahlt immer in bar, benutzt niemals Kreditkarten. Am liebsten würde er sein Geld unterm Kopfkissen aufbewahren – wie vor 100 Jahren. Wie es damals üblich war, meine ich. Ihr müsstet mal hören, was für Geschichten über ihn als Bürgermeister im Umlauf sind. Von Protokollen hielt er nichts. Er hatte alles im Kopf und wurde wütend, wenn seine Mitarbeiter wichtige Einzelheiten erst irgendwo nachschlagen mussten.“

„Vor allem bewundere ich seinen Mut“, sagte Gaby. „Wie er den Webster reingelegt hat, das hätte auch schiefgehen können.“

Tim nickte. „Dazu gehört Kaltblütigkeit. Der Gangster hatte schon zweimal geschossen. Wäre der durchgedreht, hätte es deinen Opa das Leben gekostet. Aber jetzt haben wir noch eine Neuigkeit. Gestern Abend, Joan, hat uns ein Hoteldieb beklaut.“

Während er berichtete, hielten sie sich im Garten auf, im

Schatten unter dem Blätterdach eines Ahornbaums. Der stand hinter dem Haus. Aber man konnte zur Straße sehen. Dort kam der Gammeltyp, der in der Bank den Geldschein gewechselt hatte.

Gaby bemerkte ihn, als er barfüßig durch die Einfahrt latschte.

„Da kommt Bill", sagte Joan. Und dann: „Hallo, Bill!"

Der nickte und zeigte gelbliche Zähne.

„Hallo! Ah, die Deutschen. Sheila sagte mir, dass ihr keine Kriegsverbrecher seid. Hahahah! Aber die Seife, Joan, sah wirklich wie Fett aus – roch auch so. Dicker Hammer, dass ich das verwechselt habe, was? Ist vielleicht, weil ich Seife nicht mehr gewöhnt bin. Hahahah! Aber Sheila mag mich wie ich bin. Wie ist es? Lieferst du heute Verpflegung an? Oder müssen wir hungern?"

„Pleite ist er nicht", sagte Gaby zu Joan. „In der Bank hat er zehn Dollar gewechselt. Ich glaube, Joan, die nutzen dich aus."

„Hör sich das einer an!", zischte der Kerl. „Stimmt's also doch, was Sheila über euch sagt. An eurer Stelle wäre ich vorsichtig. Für Fremde kann hier leicht was ins Auge gehen."

„Ist das eine Drohung?", erkundigte sich Tim.

„Ach, hört doch auf!", rief Joan. „Wozu Streit, wenn doch Verständnis viel schöner ist! Nachher bringe ich euch Essen, Bill. Aber sag Sheila, sie soll nicht soviel Bier trinken. Sich hängen lassen, kiffen und trinken – das ist der Anfang vom Ende."

Der Penner bleckte seine Gelbzähne.

„Der Anfang vom Ende", äffte er sie nach. „Aha! Für diesen Webster ist es bestimmt das Ende. Aber dein Opa genießt die Bewunderung. So kriegt jeder, was ihm zukommt."

DER AN-
FANG VOM
ENDE

Er vollführte eine Geste, als ziehe er den Hut, und latschte dann ab auf schwieligen Sohlen.

„Geht der immer barfuß?“, fragte Gaby.

„So sehe ich ihn zum ersten Mal.“ Joan krauste die Stirn. „Ich habe ihm Geld gegeben, damit er sich Kleidung kaufen kann. Das Geld hat er genommen. Aber er läuft immer noch rum wie ’ne Vogelscheuche. Schrecklich!“

„Was sagen eigentlich deine Freunde zu deinem … hm … Sozialtick?“, wollte Tim wissen.

„Sie denken das Gleiche wie ihr.“ Joan lächelte. „Aber der wahre Samariter, der Helfer in Not, lässt sich nicht beirren.“

*

Ein Dutzendmal hatte das Telefon geklingelt. Freunde und Bekannte beglückwünschten ihn. Jetzt hatte Opa Collins genug. Keine weiteren Belästingungen!, dachte er. Ich melde mich nicht mehr. Ich bin nicht zu Hause. Schluss! Aus!

Er wohnte am Rande von Springfield, sehr entlegen. Eine halbe Sichtweite trennte ihn vom Nachbarn. Unmittelbare Nachbarschaft gab es nicht. Und seit er Witwer war, hielt er Haus und Garten selbst in Stand – sieht man ab von der Zugehfrau, die für Sauberkeit und frische Wäsche sorgte, seine Vorräte einkaufte und an seine Medikamente dachte. Aber für den Garten war er verantwortlich. Und der Garten sah aus wie ein Dschungel.

Die Aufregung in der Bank hatte Collins durstig gemacht. Er holte ein Bier aus dem Eisschrank und ging ins Terrassenzimmer.

Als er sich in seinen Schaukelstuhl setzte, drückte ihn die Brieftasche. Die 3000 Dollar hatten den Umfang mehr als verdoppelt. Also legte er sie auf den Schreibsekretär. Dann entschied er sich, das Bier im Garten zu trinken.

Eine verwitterte Markise überspannte die Terrasse. Auch dort, im Schatten, wartete ein Schaukelstuhl.

Joans Opa labte sich. In seinen Gedanken zogen die Ereignisse vorbei. Wie er den Verbrecher geblufft hatte! Er lachte auf. Dann schloss er die Augen hinter seiner goldgefassten Brille und döste.

Am Rande der Terrasse wucherten Büsche. Zwar führten Pfade hindurch, denn der Garten war groß, aber auch die Pfade wuchsen allmählich zu.

Bienen summten. Der Sommerwind spielte mit den Blättern und lieferte Hintergrundmusik zu der friedvollen Vormittagsstille.

Krachend zerbrach ein Zweig.

Collins richtete sich auf. Als er beide Füße auf den Boden stellte, endete das Schaukeln. Gespannt spähte er in die grüne Wildnis seines Grundstücks.

Sonne spiegelte sich auf den Blättern. Das Licht flirrte. Nichts Verdächtiges war zu sehen. Aber wieso war der Zweig zerbrochen? Trieb sich jemand im Garten rum? Kinder?

Er horchte. Nichts störte die Stille. Aber er hatte ein ungutes Gefühl. Wurde er beobachtet?

Einbildung!, dachte er. Werd nicht albern, alter Junge!

Wieder schloss er die Augen. Schläfrigkeit überkam ihn. Als dann am Hauseingang die Türklingel schrillte, wusste er nicht, wieviel Zeit vergangen war. Augenblicke? Minuten? Er ging nach vorn und öffnete. Vor der Tür stand eine junge Frau. Sie wirkte ungepflegt. Bekleidet war sie mit blauem Jeansrock und lindgrünem Herrenhemd, in das sie zweimal gepasst hätte. Auf der Brusttasche war das Monogramm PC eingestickt.

„Guten Tag, Sir."

„Tag, Miss. Ja, bitte?“

„Ich heiße Pamela Lawrence, Sir, und wollte fragen, ob Sie … ich suche Arbeit, Sir.“

„Arbeit? Wie kommen Sie da auf mich?“

„In der Stadt sagte man mir, Sie seien Witwer. Vielleicht brauchen Sie jemanden, der das Haus putzt. Ich kann auch kochen und …“

„Tut mir leid, Miss“, unterbrach er sie. „Aber ich bin bestens versorgt.“

„Und für Gartenarbeit?“

„Die erledige ich selbst … in dem Maße, wie ich's für nötig halte.“

Sie seufzte. Dass sie den Kopf zur Seite neigte, gab ihr den Ausdruck, als lausche sie auf irgendwas.

„Also nichts, Sir?“

„Ich kann leider nichts für Sie tun.“

„Vielleicht wissen Sie eine Adresse, wo es Aussicht hat, wenn ich frage.“

Er überlegte. Ihm fiel niemand ein. Auch Chuck Finley, mit dem er seit Jahren verfeindet war, brauchte niemanden. Aber der ärgerte sich über jede Belästigung. Und eine Belästigung war es bestimmt, wenn diese unappetitliche Person bei ihm aufkreuzte. Warum also nicht? Collins unterdrückte ein Grinsen, als er ihr die Adresse nannte. Die Frau bedankte sich. Für einen Moment sah er ihr nach, als sie ortseinwärts schlurfte. Sie trug LET'S GO-Turnschuhe. An den nackten Beinen klebten Schlammspritzer. Kaum glaublich, diese Einfalt! Wer so auf Jobsuche ging, würde wenig Erfolg haben.

Er schloss die Tür. Als er durchs Terrassenzimmer ging, war irgendwas verändert. Horchend blieb er stehen. Sein Blick wanderte umher. Die Terrassentür stand offen und das Bier neben dem Schaukelstuhl.

PC

Dann sah er, was sich verändert hatte.

Seine dollar-pralle Brieftasche, die er auf den Schreibsekretär gelegt hatte, war verschwunden.

11. Verräterisches Foto

Gaby wusste, dass Joan mit Leidenschaft fotografierte. Aber sie hatte nicht geahnt, was damit auf sie und Tim zukam.

Inzwischen waren sie beim zehnten oder elften Foto-Album angelangt. Sie hatten alles bewundert: Familienfotos, Tierfotos, Landschaftsfotos, Schnappschüsse von Sportveranstaltungen, Schulfesten und Partys. Aber Joan schleppte neue Alben heran und dann einen Karton mit den jüngsten Lichtbildern.

„Ich knipse, was mir vor die Kamera kommt", lachte sie. „Ihr seid auch bald dran. Hier!" Sie reichte Gaby ein postkartengroßes Farbfoto. „Die beiden kennt ihr ja."

Das Bild zeigte Shella und Bill, beide im Penner-Look. Sheila lächelte schief. Bill fletschte die Zähne.

Schade um das Zelluloid, dachte Gaby und wollte das Bild am Tim weitergeben. Aber sie zog die Hand wieder zurück und starrte auf Bills Füße.

Das Penner-Pärchen war aus nächster Nähe abgelichtet. Gaby erkannte Einzelheiten – sozusagen den Schmutz unter den Fingernägeln. Beide trugen ruinenartige LET'S GO-Turnschuhe. Sheila hatte rote, Bill blaue.

„Spinne ich?" Sie hielt Tim das Foto hin. „Sieh dir seine Turnschuhe an! Der linke kommt mir bekannt vor. So wie da die Löcher verteilt sind – das Muster finden wir kein zweites Mal."

Tims Blick wurde starr. „Du hast Recht! Dieser Mistkerl! Dann ist er unser Einsteigdieb."

Joan wurde blass wie Sauermilch. „Um Himmels willen! Meint ihr wirklich? Aber wenn ihr euch täuscht? Penner sind nicht zwangsläufig Diebe. Andererseits ... wollten sie ins Clubhaus einbrechen. O weh! Für mich wäre es eine große Enttäuschung, wenn mein Bemühen so wenig Früchte trägt."

„Das wird dir nicht erspart bleiben." Tim stand auf. „Girlies, zur Brigland-Villa!"

Joan lenkte ihren Pritschenwagen durch den Ort. Als sie vor der alten Villa hielten, bemerkte Tim eine Bewegung hinter einem Parterre-Fenster.

„Sie scheinen da zu sein. Bleibt immer einen Schritt hinter mir. Ist sicherer für euch, falls der Bursche rabiat wird."

Sie stiegen aus. Die Straße war leer, weit und breit niemand zu sehen. Es ging auf Mittag. Die Luft war heiß und schwer. Kein Vogel sang, obwohl der Garten voller Bäume war. Die Sonne malte kurze Schatten auf den Boden.

Tim trat als Erster durch den Eingang.

Sie waren beide da. Aber sie wären nicht mehr lange geblieben. Offenbar stand ihnen der Sinn nach einem Ortswechsel. Wahrscheinlich wurde hier der Boden zu heiß unter ihren weitgewanderten Füßen. Jedenfalls packten die beiden ihre Klamotten zusammen, schnürten rucksackähnliche Bündel und schienen es eilig zu haben.

Jetzt hielten sie inne.

Feindselige Mienen wandten sich Tim, Gaby und Joan entgegen.

„Oh!" Tim blieb die Spucke weg.

„Ich glaube", flüsterte Gaby, „mich rammt ein Schmetterling. Habe ich eine Sinnestäuschung, Tim? Oder sehe ich richtig?"

„Du siehst richtig", antwortete er dumpf.

Beide starrten Sheila an. Sie war neu eingekleidet. Keine Spur mehr von dem speckigen Rock und dem löcherigen Militär-Pulli. Nein! Jetzt trug sie Gabys Jeansrock und – Tims Hemd.

Denn das Brusttaschen-Monogramm PC an jenem bedeutet nichts anderes als Peter Carsten, wie Tim offiziell heißt.

*

Polizei-Chef Law saß hinter seinem Schreibtisch, paffte eine Zwei-Dollar-Zigarre und war zufrieden mit sich. Das erste Verhör überließ er immer seinen Leuten. Webster würde auspacken, was noch ungeklärt war. Zum Beispiel, ob er Helfershelfer hatte. Und woher er wusste, dass ausgerechnet heute soviel Geld in der kleinen Bankfiliale auf Auszahlung wartete.

Law hatte seine Zigarre erst zur Hälfte geraucht, als ein Detektiv-Sergeant eintrat.

„Wir haben eine Neuigkeit, Chief. Der Coup wurde ausbaldowert. Aber nicht von Webster, sondern von einem gewissen Bill Twain. Ist ein Penner. Seit einiger Zeit hält er sich hier auf. Durch Zufall hat er gehört, wie das bei der Western-Bank läuft. Er hat Einzelheiten ausgespäht und dann unseren Freund Webster verständigt. Hat ihm sozusagen den Tip verkauft. Webster ist total fertig. Dass er sich von Collins so aufs Kreuz legen ließ, hat ihm den letzten Schneid abgekauft. Außerdem ist er gehässig. Dem macht es Spaß, Twain in die Pfanne zu hauen."

„Und der hält sich hier auf. Wo?"

„Das weiß Webster nicht. Aber Twain wäre immer in Begleitung einer jungen Schlampe."

Der Polizei-Chef beugte sich vor. „Moment mal! Die kleine Collins hat doch ein Penner-Pärchen in der Brigland-Villa einquartiert. Ob die das ... sind?"

Das letzte Wort kam verzögert, denn das Schrillen des Telefons hatte ihn abgelenkt. Er meldete sich.

„Hallo, Mr. Collins." Er lauschte. „Wie bitte? Ja, erzählen Sie!"

Als Joans Opa geendet hatte, sagte Law: „Ich schicke sofort einen Wagen zu Ihnen. Und ... ja, ich komme selbst. Bis gleich."

Er legte auf und wandte sich an seinen Kollegen. „Collins wurde bestohlen. Der Dieb hat sich im Garten versteckt und ist durch die geöffnete Terrassentür eingedrungen, während Collins an der Haustür war. Seine Brieftasche ist weg. Mit 3000 Dollar. Dummerweise hat er uns nicht gleich angerufen, sondern erst selbst nach dem Dieb gesucht. Im Garten! Er meint, die Frau, die bei ihm geklingelt hat, sei möglicherweise beteiligt. Indem sie ihn ablenkte. Angeblich hat sie Arbeit gesucht."

Law stützte die Hände auf die Sessellehne und stemmte sich hoch. „Erst fahren wir zu Collins, dann gleich weiter zur Brigland-Villa. Seek und McQue sollen mitkommen."

12. Opa hat was

Feindseligkeit lag in der Luft, wahrnehmbar wie Gestank. Alle spürten das. Aber die Penner Sheila und Bill konnten sich nicht erklären, womit sie sich verraten hatten. Denn Bill hatte – wie sich später herausstellte – die Hotelzimmer nur oberflächlich gefilzt, ohne dabei festzustellen, wen er beklaute. Also wusste er auch nicht, dass seine verlauste Gefährtin Gabys Rock und Tims Hemd trug.

Tim lächelte wölfisch.

„Wo ist denn dein rechter Latschen, Bill? Den linken hast du in Gabys Hotelzimmer verloren. Jetzt ist er allerdings bei der Polizei. Die wird sich freuen, dass der Hoteldieb entlarvt ist. Fühlst du dich wohl in meinem Hemd?", wandte er sich an Sheila. „Und Gabys Rock passt wie nach Maß, was?"

Sheilas Kopf ruckte zu Bill rum. „Verdammter Blödmann!", zischte sie ihren Weggefährten an. „Ausgerechnet ..."

Aber Bill hielt sich nicht mit Gerede auf. Abstand gewinnen! Hier rauskommen! Sich den Ausgang frei kämpfen! Ohne Rücksicht auf Menschenblut versuchte er das. Griff er doch in seinen Overall. Und plötzlich blitzte ein Messer in seiner Faust.

Joan quiekte vor Entsetzen, als er auf Tim losging.

„Angriff mit einer gefährlichen Waffe", stellte der fest. „Ich befinde mich im Zustand der Notwehr. Also ..."

Sheila begann hysterisch zu schreien, als ihr ‚Blödmann' unter einem der Feldbetten verschwand: wie ein Geschoss. Aber das merkte Bill nicht mehr. Er war so groggy wie 70 Kilo Hackfleisch. Sein Messer klirrte auf den Boden. Und aus dem Overall-Brustlatz fiel mit dumpfem Platsch eine Brieftasche.

Schweinsledergelb lag sie auf dem Boden, prallvoll. Dollarscheine schoben ihre Kanten heraus.

„Hah!“, machte Joan, als der Schreck nachließ und ihre Zunge wieder beweglich war. „Das ... das ... sieht ja aus ... Mein Opa hat so eine Brieftasche.“

Tim hob sie auf. Außer dem Geldbündel steckten Ausweispapiere darin.

„Wenn dein Opa zufällig Samuel Collins heißt“, meinte er grinsend, „dann dürfte es sich um seine Brieftasche handeln. Nicht zu fassen! Freund Bill klaut, was ihm unter die Finger kommt. Und in der Bank – jetzt entsinne ich mich – sah er natürlich, wie dein Opa das Geld abhob. Wie und wo haben sie ihn bestohlen?“

Sheila begann zu plärren.

In diesem Moment hielt ein Polizeiwagen vor der Einfahrt.

Der Polizei-Chef und einige seiner Leute stiegen aus.

*

Es war ein Abwasch. Im Handumdrehen wurden geklärt: der Hoteldiebstahl, der Diebstahl der Brieftasche und Bills Beteiligung an Websters Banküberfall. Sheila war zwar nicht aktiv gewesen, aber als Mitwisserin keinen Deut besser.

Große Enttäuschung natürlich für Joan, deren selbstlose Fürsorge diesmal wenig bewirkt hatte.

Tim und Gaby fanden nun Gelegenheit, die baufällige Brigland-Villa gründlich zu besichtigen, denn nach allem, was ihnen Mike über sich und seine Herkunft erzählt hatte, war das Interesse riesengroß.

An diesem Nachmittag nahmen sich die drei dafür Zeit.

„Früher“, erklärte Joan, „war dies eine gute Gegend. Die

PC

WENN DEIN OPA ZUFÄLLIG SAMUEL COLLINS HEISST..

wohlhabenden Leute wohnten hier. Aber im Wandel der Zeiten hat sich auch unser Stadtbild verändert. Wegen der Industrie-Betriebe, die sich dort hinter den Siedlungen breit gemacht haben, ist diese Gegend hier verkommen. Ihr seht ja, wie ringsum alles verfällt. Als die Briglands 1978 wegzogen“, das wusste sie inzwischen von ihren deutschen Freunden, „sah’s hier noch nobel aus. Aber danach bald nicht mehr.“

„Schade um das ehemals schöne Haus.“ Gaby blickte an der zweistöckigen Fassade empor. „Jetzt war es Sheila und Bill angemessen.“

Tim grinste. „Angemessen für die beiden ist ’ne Behausung mit Gitterstäben vor den Fenstern.“

Joan war mittlerweile total informiert – was Mike Brigland betraf, das tragische Schicksal seiner Großeltern und die aktuelle Suche nach dem Blue Truth, dem Superdiamanten. Vor allem Letzteres fand sie toll – und wünschte Mike Glück bei seinem Vorhaben. Aber sie war auch skeptisch und teilte die Auffassung ihrer Freunde, dass es den Diamanten vermutlich nicht mehr gab, dass er in kleine Stücke zerlegt war oder – im günstigsten Fall – inzwischen im Besitz eines nahöstlichen Neureichs, eventuell eines Ölscheichs, gelandet war, wo er den Bauchnabel seiner Lieblingsfrau zierte – oder den einer festangestellten Bauchtänzerin.

Die Villa hatte zwölf Räume, aber an die Briglands erinnerte nichts mehr.

Als macht es sich die Zeit zur Aufgabe, dachte Tim, alle Spuren dieser Familie zu verwischen. Hoffentlich heiratet Mike und legt mit ’ner Familie einen neuen Grundstein.

Abends lud Samuel Collins die Kids zu sich ein. Ein Essen zu viert in seinem gemütlichen Haus. Auch dem Opa wurde alles berichtet und er revanchierte sich mit Infos über Patrick Norman Brigland, Mikes Vater, der ja von Ende 1935 bis 1978 hier gelebt hatte.

„Schon mit 19", erzählte Collins schmunzelnd, „hat sich Norman in Cathrin Fitzgerald verliebt. Sie war fünf Jahre jünger. Auf dem College haben die beiden geheiratet. Norman wurde Anwalt – und zwar ein guter. Cathrin war Lehrerin, aber nur kurze Zeit. 1960 wurde Eliza geboren, deren tragisches Schicksal euch ja bekannt ist, und drei Jahre später kam Mike zur Welt."

„War hier vom Blue Truth nie die Rede?", fragte Tim.

„Nie. Als Bürgermeister ist mir damals alles zu Ohren gekommen. Springfield ist nicht New York. Hier kennt jeder jeden und auch dessen Sünden. Das sind die Nachteile", er grinste, „der Provinz."

„Ist bei uns nicht anders."

Collins schien nachzudenken, während er den Kids zum fünften Mal die Gläser mit Cola light füllte.

„Mit Norman", sagte er, „habe ich mich oft unterhalten. Er erzählte gern von seiner Jugend in eurer Stadt. Auch von seinen Eltern, die er sehr geliebt hat. Auch die Tierpräparate seines Vaters hat er erwähnt. Es muss eine umfangreiche Sammlung gewesen sein. Ich erinnere mich, dass er mir in dem Zusammenhang die Kobra geschenkt hat. Die verrückte Idee, dass in einem Tierpräparat der Edelstein versteckt sein könnte, ist aber wohl nur in Mikes Kopf entstanden. Norman wäre nie auf die Idee gekommen. Er war ein nüchterner, klar denkender Jurist – ohne romantische Anwandlungen."

„Er hat dir eine Kobra geschenkt?", fragte Joan erstaunt – und kam damit den Fragen ihrer Freunde zuvor.

Collins nickte. „Aber keine lebende. Ein Präparat."

Wohl sowas wie wir in Mortibodis Anbau entdeckt haben, dachte Tim.

„Die habe ich ja nie gesehen, Opa!“ Joan war entrüstet.

Er lachte. „Wozu auch? Zum Spielen für meine kleine Enkelin war das nichts. Puppen und Teddybären habe ich dir geschenkt.“

„Die habe ich noch immer.“

„Diese Kobra“, lenkte Tim aufs Thema zurück, „ist also ein Präparat. Woher hatte Mikes Vater das Ding?“

„Keine Ahnung.“

„Vielleicht mitgebracht aus Deutschland – aus der Sammlung seines verstorbenen Vaters?“

„Das glaube ich nicht. Solche Präparate gibt’s hier massenhaft in Souvenir-Läden. Ausgestopfte Kleintierre und Klapperschlangen.“

„Die Klapperschlange“, sagte Tim, „ist nordamerikanisch. Aber die Kobra ist hauptsächlich in Indien beheimatet.“

„Stimmt. Trotzdem kannst du hier auch Kobras kaufen. Vermutlich weil sie attraktiver sind mit ihrem geblähten Hals.“

„Und wo hast du sie jetzt?“, fragte Joan.

„Ja – wo?“ Ihr Opa überlegte. „Ich muss sie noch haben. Im Keller oder auf dem Speicher. Ich habe das Geschenk damals angenommen – ich glaube, Norman hielt’s für einen Ulk –, aber hingerissen war ich nicht. Ich mag Tiere lieber, wenn sie leben – sogar Schlangen.“

„Ist genau unsere Meinung“, nickte Gaby. „Und dafür gehen wir notfalls auf die Barrikaden.“

Tim ließ nicht locker. „Trotzdem würde ich mir diese mumifizierte Schlange gern ansehen. Man kann ja nicht wissen – vielleicht befand sie sich bei Patrick Norbert im Handgepäck, als der in jenem Schicksalsjahr hier ankam. Vielleicht wusste sein Vater Baldur gar nicht, dass der Sohn sie eingepackt hatte – als Erinnerungsstück an die alte Heimat.

DIE HABE ICH JA NIE GESEHEN, OPA.

Und vielleicht wurde ihr, der Schlange, jener Super-Brilli einverleibt. Denn ein Versteck hinter Giftzähnen würde ich als sehr sicher einstufen."

Alle lachten. Gaby sagte was von der blühenden Phantasie ihres Freundes. Und Collins brachte das Problem auf den Punkt.

„Also, ich suche das Vieh. Wenn ich's finde, gehört die Kobra euch. Doch, doch, keine Widerrede! Ihr könnt sie dann untersuchen, ausschlachten oder mitnehmen für Mike. Beteiligung am Finderlohn, falls sie den Diamanten verschluckt hat, beanspruche ich nicht."

13. Zurück zu den Freunden

Es wurden noch tolle Tage für Tim, Gaby und Joan. Die Woche verging viel zu schnell. Dann kam der Tag der Rückreise – mit Umarmungen in der Abflughalle des Airports und sogar Tränen in den Augen der Mädchen. Joans Opa war dabei. Er schüttelte Tim die Hand, als wollte er ihn – und auch Gaby – hier behalten. Dann überreichte er endlich das längliche Paket, das er sich die ganze Zeit untern Arm geklemmt hatte.

„Die Kobra?", fragte Tim – und hätte fast erleichtert geseufzt, denn nach jenem Abend hatte Collins sie nicht mehr erwähnt.

„Um die geht's dir doch."

„Im Interesse der Schatzsuche."

Beide grinsten.

„Was machen wir denn", meinte Gaby, „wenn uns der Zoll bei den Ohren nimmt – weil die denken, wir hätten ein unzulässiges Souvenir eingekauft, hätten schwer verstoßen gegen das Washingtoner Artenschutz-Übereinkommen?!"

Collins lächelte. „Da braucht ihr keine Sorge zu haben. Lissy – so habe ich das Giftreptil getauft – ist offensichtlich uralt, nämlich als Präparat. Als Lissy mumifiziert wurde – wie Tim sagen würde –, hatte man noch keine Vorstellung davon, dass eines Tages die Tier- und auch Pflanzenarten auf unserem Planeten vor der totalen Ausrottung stehen. Jetzt sterben die Arten ja leider schneller aus als Eintagsfliegen. Der Mensch in seinem Wahn kriegt alles kaputt."

„Der Mensch in seiner Gier", setzte Tim hinzu. „Die Geschäftemacher sind's. Skrupellos wird gemetzelt, was sich tot und ausgewertet verkaufen lässt. Ob als Fell, als Trophäe, als sogenanntes Naturprodukt oder für die Feinschmecker-Dumpfbacken, die unbedingt Pottwal-Filet auf der Speisekarte haben müssen."

„Du wirst ihnen einheizen", sagte Joans Opa und schlug ihm auf die Schulter.

„Ich", nickte Tim, „Gaby und unsere Freunde Karl und Klößchen, zu denen wir jetzt zurückfliegen."

„Nächstes Jahr", sagte Joan und wischte sich über die Augen, „lerne ich auch die kennen. Und euch sehe ich wieder. Wie ich mich darauf freue!"

*

Tim und Gaby ließen Lissy in ihrer Verpackung, bezähmten also ihre Neugier und hatten Glück auf allen Flughäfen. Kein Zollbeamter interessierte sich für das Paket aus braunem Papier.

Nach nur siebenstündigem Flug – die Maschine hatte Rückenwind – landeten sie spätabends auf heimatlichem Airport.

Gabys Mutter, Karl und Klößchen warteten in der Ankunfthalle. Großes Hallo. Gaby wurde von Frau Glockner geknuddelt. Karl und Klößchen sahen nicht aus, als hätten sie sich gelangweilt. Draußen rauschte mitteleuropäischer Sommerregen aus dunklen Wolken – aber das war nach der Hitze in Springfield geradezu wohltuend.

Von den Abenteuern hatten die Glockners bereits fernmündlich erfahren – und jetzt waren alle gespannt auf die Kobra.

Bei den Glockners im Wohnzimmer wurde ausgepackt. Der Kommissar war allerdings nicht dabei. Nachtdienst hielt ihn im Präsidium fest, doch Gaby rief sofort an und ihr geliebter Papi erfuhr aufatmend von der gesunden Rückkehr der Kids.

Die Souvenirs mussten warten – Original Rodeo-Jeans für alle und sogar in den richtigen Größen –, stattdessen schlitzte Tim vorsichtig Lissys Umhüllung auf.

Ein länglicher Karton kam zum Vorschein. Er enthielt das Präparat, nämlich die Hälfte – vielleicht auch nur ein Drittel – einer gewaltigen Kobra: Kopf mit Glasaugen, geöffnetes Maul mit verfärbten Giftzähnen und etwa 60 Zentimeter vom schuppigen Leib. Dort, wo er durchtrennt war, hatte ihn der Präparator auf einem schmalen Holzsockel befestigt.

Sieht aus, dachte Tim, als wächst die Schlange aus dem Holz.

„Das muss ja mal ein Monster gewesen sein", sagte Klößchen.

„Nicht zu vergleichen mit den Blindschleichen und Ringelnattern unserer Breitengrade", grinste Karl.

„Wir können nur bewundern, was die Natur alles hervorbringt", meinte Gabys Mutter. „Bewundern, achten und schützen. Auch diese giftigen Reptile haben ihren Platz in der Ordnung, in der Schöpfung. Das müssen wir respektieren."

„Es gibt keine Entschuldigung", sagte Gaby, „für Accessoires, für modischen Zubehör aus Schlangenleder. Nicht für Taschen, Gürtel, Schuhe und auch nicht für diese Trophäe."

Tim befühlte den Schlangenleib. Er war hart, würde aber brechen unter Druck. Die untere Seite war heller als der Rücken. Für die steil aufgerichtete Haltung hatte der Präparator offenbar einen stabilen Draht in den Schlangenleib gezogen.

Und so, dachte Tim, könnte man auch einen Diamanten hineinschieben. Aber fühlen kann ich nichts.

„So wie sie ist, übergeben wir sie Mike", schlug er vor.

„Der soll dann entscheiden, was damit wird – und wie er sie untersuchen will. Ist ja immerhin eine Erinnerung an seinen Vater. Kann also durchaus sein, dass Mike Unversehrtheit anstrebt und sich mit einer Röntgen-Untersuchung begnügt."

Klößchen grinste. „Wie erklärt man das, wenn man eine präparierte Schlange zum Röntgen bringt?"

Margot Glockner sagte: „Am besten mit der Wahrheit."

„Das setzt aber voraus, Mami", kicherte Gaby, „dass der Röntgenologe ehrlich ist. Andernfalls sagt er, es wäre nichts drin, aber die Schlange könnte man doch bitte da lassen."

Karl feixte. „Röntgenologen sind immer ehrlich, Gaby. Das liegt daran, dass sie Durchblick haben – und somit die Wahrheit als Erste erfahren."

„Schrecklicher Beruf!" Tim lachte. „Also – verbleiben wir so?"

Die andern waren total seiner Meinung und Lissy wurde wieder in den Karton gelegt.

Die Jungs verabschiedeten sich.

Da Ferien waren, behausten Tim und Klößchen – die Internatsschüler – zur Zeit nicht ihre Bude ‚Adlernest'. Klößchen war natürlich bei seinen Eltern; Tim wohnte als Gast bei den Viersteins – wie schon so oft. Denn Tims Mutter war noch immer in New York bei ihrem künftigen Mann, in dem Tim bereits seinen Stiefvater sah, obwohl er ihn noch nicht kannte.

Jetzt traten die Jungs auf die nachtdunkle Straße. Tim buckelte seinen Reisekoffer, an dem noch die Etiketten der Lufthansa hingen.

„Wir waren inzwischen nicht faul", sagte Karl. „Haben ein bisschen unsere Schnüffelnasen in den Wind gehalten und auch rausgekriegt, wer dieser Wiegand ist – Dr. Volker Wiegand. Tim, du weißt, wen ich meine: Der Typ, der nachts mit dem Kleintransporter auf Mortibodis Grundstück fuhr, sich als des Präparators Freund ausgegeben und uns angemotzt hat."

„Mann, Karl!", sagte Tim. „Ich bin stolz auf mein Gedächtnis und meine Merkfähigkeit. Ich weiß tatsächlich noch, wen du meinst. Ist ja keine zwei Wochen her."

Karl grinste. „Aber Gaby und du haben inzwischen 'ne Menge erlebt."

„Trotzdem weiß ich noch, was vor zwei Wochen war. Also?"

„Der Typ ist der letzte Dreck", schaltete Klößchen sich ein.

„Den Eindruck hatten wir ja gleich."

„Aber jetzt liegt der Beweis vor", erklärte Karl. „Wiegand hat Zahnarzt gelernt. Hatte auch 'ne chice Praxis in der Innenstadt. Lebte auf riesengroßem Fuß. Sozusagen auf 'ner Schuhgröße von mehr als anderthalb Millionen Jahres-Einkommen. Gebohrt in der Karies-Fäulnis hat er allerdings nicht allzu viel. Er war lieber als Großwildjäger in Afrika unterwegs. Oder in Indien. Und so sind ihm dann die Krankenkassen auf die Schliche gekommen. Wiegand hat nämlich betrogen, dass die Schwarte knackte. Er hat zahnärztliche Leistungen zur Abrechnung eingereicht, die er niemals vollbracht hat. Also ein schwerkrimineller Betrüger. Die Approbation, die Zulassung als Zahnarzt, wurde ihm entzogen. Er musste Riesensummen zurückzahlen und wäre auch beinahe ins Kittchen gewandert. Und natürlich Berufsverbot."

„Interessant!" Tim beobachtete eine ältere Frau, die ihren Dackel Gassi führte. Seit fünf Minuten beschnupperte Waldi einen Laternenpfahl. „Wovon lebt Wiegand jetzt?"

„Das konnten wir nicht feststellen. Immerhin bewohnt

DER TYP IST DER LETZTE DRECK.

er einen hübschen Bungalow am Reitpfad-Weg. Das ist draußen in Gimpelstelzen. Eine teure Gegend. Offenbar wohnt er dort allein. Als Single. Vielleicht ist er geschieden. Kinder hat er jedenfalls nicht – das wusste ein Mädchen aus seiner Nachbarschaft."

„Ihr wart wirklich fleißig."

„Mortibodi ist heute Abend aus Italien zurückgekommen", sagte Klößchen. „Wir haben ihn gesehen. Aber nur von weitem."

„Und für morgen hat sich Mike angekündigt", ergänzte Karl. „Er rief nachmittags an."

14. Der Erpresser ruft an

Mortibodi hatte eine Riesenstrecke mit seinem zwölf Jahre alten Ferrari runtergebrettert, war von Neapel bis nach Hause durchgefahren – sozusagen auf einen Sitz, allerdings mit zweimal Tanken und Espresso-Pause.

Jetzt stand seine rote Rennsemmel in der Doppelgarage, der Abend war fortgeschritten und die vierte Flasche Bier wurde soeben geöffnet. Ulrich Mortibodi saß auf dem kleinen Balkon an der Schmalseite seines Hauses und horchte wie der Regen, der gerade aufgehört hatte, von den Blättern der Bäume tropfte.

In der Diele hatte er eine Notiz von Volker vorgefunden, Volker Wiegand, seinem Freund.

Willkommen zu Hause! Guck nach im Kühlraum! – Volker

Klar, Volker war schon seit zwei Wochen aus Afrika zurück und hatte, wie geplant, die sterblichen Überreste zweier Berggorillas mitgebracht. Unter seiner, Mortibodis, fachkundiger Hand würden die in neuer Gestalt erstehen: so lebensecht als träten sie gerade aus dem Schatten tropischer Bäume hervor. Meisterwerke sollten es werden – das Stück für 300000 DM. Da durfte der Kunde was erwarten. Zusätzlich erhielt der von ihm und von Volker die Versicherung, dass die Wahrheit über den Abschuss des ‚Silberrücken' ganz in der Hand des Kunden liege. Denn der – und auch der zweite Abnehmer – waren lächerliche Sonntagsjäger. Mit Trophäen wie diesen – der eine hatte bereits einen Sibirischen Tiger erstanden, der andere ein Krokodil und einen Jaguar – polierten sie an ihrem Ansehen herum, hätten am liebsten noch mit abgestochenen Kampfstieren aus der Arena geprotzt. Freilich – den Torrero würde ihnen niemand abnehmen, aber der Tiermord mit großkalibrigem Präzisionsgewehr – das war denkbar.

Mortibodi grinste, trank von seinem Bier und dachte darüber nach, wie gut sich doch aus der Eitelkeit der Menschen und aus deren Geltungssucht Geld und Gewinn schlagen ließ. Gibt es doch so viele, die es zwar zu Geld gebracht haben, aber nicht zu Ansehen. Die sind dann allemal Opfer, denn sie kaufen akademische Titel, gefälschte Stammbäume und – sichtbare Beweise ihres vermeintlichen Muts, ihrer Kraft, ihrer Abenteuerlust, ihrer Männlichkeit. Gefährliche Raubtiere erlegen – was für eine Feder am Hut des kläglichen Angebers!

Mortibodi stand auf, um sich noch ein Bier zu holen.

Er war 44, unverheiratet und hatte nur selten eine Freundin gehabt. Seine Arbeit missfiel ihnen. Der Geruch hing ihm an. Und seine Einstellung zum Tier. Da musste eine Frau schon sehr abgebrüht sein, um einen Typ wie Mortibodi in Kauf zu nehmen.

Er machte äußerlich wenig her. Knapp mittelgroß, dicklich, wenig Haare, Brille mit dicken Gläsern vor den blassblauen Augen. Er leckte sich häufig die Lippen und hatte sich ein übertriebenes Naserümpfen angewöhnt – aber nur, um die rutschende Brille auf seinem Gesichtserker hochzuschieben. Das sah unglaublich blöd aus. Eigentlich wollte er sich's abgewöhnen, aber die Geste war eingefleischt.

Das Telefon klingelte. Vermutlich Volker.

„Ja?!“ Mortibodi meldete sich nie anders.

„Dort bei Mortibodi?“

Es war nicht Volker, sondern eine Stimme, die wie Stockschnupfen klang. Hielt sich der Anrufer die Nase zu? Oder sprach er durch einen Verzerrer?

„Ja, richtig.“

„Sind Sie's selbst?“

„Bin's selbst. Wer spricht dort?“

„Hähäh! Das werde ich dir nicht sagen, Mann!“

„Soll ich auflegen?“

„Wenn dir die Polizei lieber ist, Mann?“

Mortibodi leckte sich die Lippen und schob naserümpfend die Brille hoch.

„Wer sind Sie? Was wollen Sie?“

„Warst du schon in deinem Kühlraum?“

„Was?“ Ruhig bleiben!, befahl er sich.

„Ob du schon in deinem Kühlraum warst, Mortibodi?“

„Was ... äh ... wissen Sie von meinem Kühlraum?“

„Alles. Ich bin Einbrecher. Vor zwei Wochen war ich in deinem Haus. In deiner Werkstatt. Und im Kühlraum.“

„Ja und?“

„Du denkst jetzt sicherlich: Wenn der mir an den Karren fahren will, lasse ich alles, was im Kühlraum ist, kurzerhand verschwinden. Dann kann mir keiner was wollen. Das denkst du doch, nicht wahr?“

„Ich denke überhaupt nichts. Ich höre nur zu.“

„Aber gleich wirst du ins Grübeln kommen, Mortibodi. Denn ich habe die Unterlagen aus deinem Aktenschrank mitgenommen.“

Der Präparator schnappte nach Luft. O verdammt! Die Kundenkartei, die Listen, die handschriftlichen Eintragungen: über die Präparate von ausnahmslos streng geschützten Raubtieren und ebensolchem Großwild, über die Phantasie-Preise, die dafür gezahlt worden waren – von den Kunden, den Abnehmern, den mega-reichen geltungssüchtigen Spinnern. Dieser Kundenstamm war die Grundlage seiner – Mortibodis – Existenz. Und Volker hing genauso davon ab. Denn Kunden wie diese – reich, verrückt, großkotzig, waidmännisch – findet man nicht per Zeitungsinserat.

„Ähhh ... ja“, sagte Mortibodi. „Und was nun?“

„Ihr seid vielleicht zwei Aasgeier! Du und dieser Wiegand.“

„Na und?“

„Aasgeier! An die 300 streng geschützte Tiere habt ihr gemeuchelt. Attraktive Tiere natürlich. Sogar etliche Schneeleoparden für das Innenfutter von Damenmänteln sind dabei. Außen ein chicer Stoff von Diosace, wie? Innen die ach so seltene Großkatze. Da freut sich die Freundin von irgendso einem Neureich-Idioten! Aber nein – nicht von irgendeinem! Die Liste habe ich ja. Man glaubt nicht, wer unter deinen Abnehmern ist: Politiker, die sonst für den Tierschutz das Maul aufreißen, sogar zwei Staatsanwälte, die es besser wissen müssten.“

„Was haben Sie vor?“

„Wird eine peinliche Sache, wenn ich die Unterlagen an eine Boulevard-Zeitung gebe. Und/oder einen privaten TV-Sender, der solche Zustände gern aufdeckt.“

„Wenn Sie das vorhätten“, sagte Mortibodi, „würden Sie mich nicht anrufen.“

„Na, wer sagt's denn!“

„Wieviel?“

Der Anrufer lachte durch seinen Verzerrer – oder womit er die Stimme unkenntlich machte. „Ich habe mal zusammengerechnet. Ihr beide habt etliche Millionen verdient. Und natürlich am Finanzamt vorbeigeschleust – wie das so ist mit illegaler Kohle. Keine Mark habt ihr versteuert.“

„Wieviel?“

In diesem Moment hörte Mortibodi etwas Seltsames. Im Hintergrund des Anrufers begann ein Vogel zu kreischen. Zweifellos ein Papagei. O ja, Mortibodi kannte sich aus. Nicht nur das verendete Tier war sein Ding – auch den lebenden galt sein Interesse. Freilich nicht aus Hinwendung, aus Tierliebe – sondern aus beruflichem Zwang.

Von seinen Tierpräparaten erwartete der Käufer, dass sie durch und durch echt wirkten. Haltung, typische Bewe-

WIEVIEL?

gung, Neigung des Kopfes, Ausdruck der Augen – das alles wollte studiert sein. Deshalb sah Mortibodi sich auch die lebenden Tiere an. Und wusste jetzt sofort, was für ein Papagei das war: ein sogenannter Hellroter Ara.

Nur kurz hatte der Vogel gekreischt. Jetzt begann er zu pfeifen. Aber nicht irgendwas, sondern, äußerst musikalisch, eine Filmmusik – nämlich den Marsch aus ‚Die Brücke am Kwai', also den River-Kwai-Marsch, als der er in die Geschichte der Unterhaltungsmusik eingegangen ist.

„Das muss ich mir noch überlegen", erwiderte der erpresserische Anrufer. „Aber billig wird's nicht. Du und dein Komplize – ihr solltet schon mal die geheimen Sparkonten plündern und die Kohle zusammenschmeißen. Ich melde mich wieder."

Er legte auf.

15. Verfeindete Brüder

Wegen Tims Koffer und dem Bordcase nahmen sich die Jungs ein Taxi, das erst zur Eichen-Allee fuhr, wo Klößchen abgesetzt wurde, und dann – nach diesem kostspieligen Umweg – zu Karls Elternhaus.

Der Fahrer war ein älterer Mann und froh, dass er sich mit seiner aufgeweckten Fuhre nicht unterhalten musste. Tim und Karl saßen hinten. Der TKKG-Häuptling erzählte dieses und jenes.

„Vom Jetlag spüre ich überhaupt nichts", meinte er. „Verstehe gar nicht, warum Fernreisende immer Probleme haben mit der Zeitumstellung. Wenn es dunkel wird, schaltet meine Biologie auf Nacht, wenn es hell wird, werde ich munter."

„Geht mir auch so", nickte Karl.

Dann hielt der Wagen an der Ampel bei der Kreuzung Blickenröder-Hauptstraße/Neptunien-Allee, also nahe beim Kaufhaus ‚Superklotz'.

Wegen später Stunde war die Innenstadt leer. Der Regen hatte noch bis eben angedauert und morgen sollte es schwül werden.

Das Taxi hielt auf der rechten Spur, um dann abzubiegen Richtung Lindenhof-Allee. Aber noch ließ sich die Ampel Zeit.

Jetzt rollte ein Elch-Test-Mercedes links auf gleiche Höhe – um bei Grün geradeaus zu fahren.

Tim blickte hinüber.

Nur der Fahrer war drin. Tim erkannte ihn sofort.

Dr. Volker Wiegand schien nervös zu sein. Beide Hände trommelten aufs Lenkrad. Die Unterlippe wurde heftig bekaut, als schmecke sie nach Mango-Eis oder wenigstens nach Scampi. Und Wiegand schwitzte. Jedenfalls benutzte er jetzt den Ärmel seines hellen Sommerjacketts, um sich über die Stirn zu wischen.

„Karl, guck mal!"

Der Computer-Experte beugte sich vor und sah an Tim vorbei.

„Huih! Der ehemalige Zahnklempner! Wohin will der denn?"

„Geradeaus und einige Windungen – dann kommt er zum Obtecker Weg."

„Klar doch! Der Ausstopfer ist ja zurück. Da muss man ein fröhliches Wiedersehen feiern."

„Sehr fröhlich sieht der hier nicht aus."

„Nee, überhaupt nicht."

Wiegand, der um einen halben Meter weiter vorgerückt war als das Taxi, schien die Blicke zu spüren und wandte den Kopf.

Eiskalte Augen!, dachte Tim. Wenn die Augen wirklich die Fenster zur Seele sind, wie es so heißt, dann hat der 'ne gemütsmäßige Inneneinrichtung zum Wegwerfen. Logo! Gleich und Gleich gesellt sich gern. Und Mortibodi ist ganz sicher kein Tierfreund.

In Wiegands Blick lag zuerst kein Erkennen. Aber dann dämmerte es ihm und das harte Gesicht spannte sich.

Tim rang sich ein Zwei-Zentimeter-Nicken ab, doch Wiegand wandte den Kopf nach vorn und jetzt sprang auch die Ampel auf Grün.

... ziiiiischschsch ...

Der Elch-Test-Mercedes sauste los, als hätte er nie Probleme gehabt. Der Taxifahrer ging es gemütlich an, bog rechts ab und brachte die Jungs zur Lindenhof-Allee.

*

MANN!

Mortibodi wartete an der Haustür. Wiegand hatte seinen Wagen vor dem Tor geparkt und stürmte heran.

„So ein verdammter Mist!“

„Komm erst mal rein!“

„Wieso hast du alles aufgeschrieben?! Das ist wie ein schriftliches Geständnis!“

„Volker! Etwas Schriftliches muss sein!“ Mortibodi schloss die Haustür. „Unsere vielen Geschäfte! Hast du alle Kunden im Kopf? Weißt du, wem wir was angedreht haben? Welche Preise haben wir gefordert? Wer steht auf der Warteliste? Welche Viecher sind gefragt? Die Elfenbeinschnitzer greifen zur Zeit auf uralte Mammutzähne zurück. Sibirische! Die werden importiert aus Russland und sind saubillig. Allerdings auch schwarzmarmoriert als säße der Kariesteufel drin.“

„Aber du hast alle meine Abschüsse aufgelistet. Das war brutale Artenschutz-Wilderei. Ich bin vorbestraft. Diesmal würden sie mich einlochen.“

„Was sollte ich denn sonst aufschreiben? Dass den Elefanten der Herzschlag traf, als er dich sah.“

„Mann!“ Wiegand packte den viel kleineren Mortibodi bei den Schultern, verzichtete aber aufs Schütteln. „Hast du dir dein eigenes Gehirn ausgestopft? Wir sitzen in der Tinte! Der Erpresser kann mit uns machen was er will.“

„Kann er nicht.“ Mortibodi grinste.

„Was?“

„Er wird um Gnade winseln, wenn wir ihn in die Mangel nehmen.“

„Du meinst, wir schnappen ihn uns bei der ersten Geldübergabe? Ulrich, sei nicht naiv! Der wird sehr vorsichtig sein und sich was einfallen lassen.“

„Ist völlig egal. Denn ich weiß, wer er ist.“

Wiegand starrte ihn an. „Du weißt ... Warum sagst du das

erst jetzt? Mir tropft der Angstschweiß aus jeder Pore. Am Telefon hast du gesagt, der Kerl hätte die Stimme verstellt."

„Hat er auch."

Sie waren ins Wohnzimmer gegangen. Licht brannte. Die Tür zur Terrasse stand offen. Eine Motte flog herein. Mortibodi schlug nach ihr, traf und zertrat dann, was noch übrig war. Eine Motte war eben nur eine Motte und nicht geeignet zum Verkauf.

Er schloss die Terrassentür. Sie setzten sich. Zwei Flaschen Bier standen bereit.

Wiegand blickte gespannt.

„Ja, er hat seine Stimme verstellt", sagte Mortibodi. „Aber nicht die seines Papageis. Der hat im Hintergrund ein Konzert veranstaltet, nämlich den River-Kwai-Marsch gepfiffen. Sehr gut sogar – sofern ich das beurteilen kann, der ich ja nicht musikalisch bin. Tja, Volker, und es gibt meines Wissens nur einen Papagei, der das kann. Den Vogel kenne ich – und natürlich auch seinen Besitzer."

„Ich … glaub's nicht."

Mortibodi nickte heftig. „Ist aber wahr. Der Papagei heißt Hugo."

„Und der Besitzer?! Mach's nicht so spannend."

„Kevin von Jangelwitz."

Das schlug ein wie eine Bombe. Wiegand presste die Kiefer aufeinander.

„Wenn ich richtig informiert bin, Ulrich, ist das der Bruder von unserem Ingolf von Jangelwitz."

Mortibodi nickte. „Aber die beiden sind seit Jahren verfeindet. Die hassen sich wie die Pest. Das heißt, Ingolf hasst. Kevin ist eher ein sanfter Typ. Man möchte es nicht glauben, wie verschieden Brüder sein können. Doch die sind verschieden wie Tag und Nacht. Ingolf, der Schicki-Micki-Angeber, der Sonntagsjäger, der Schönheitschirurg, der seinen Patientinnen – oder sollte man sagen: Kundinnen – die Falten und Fettpolster wegsäbelt. Und Kevin, der Landwirt. Er liebt das einfache Leben. Züchtet Pferde. Außerdem Schafe. Aber da wird nie eins geschlachtet. Und er hat einen Hellroten Ara, der Hugo heißt."

Ingolf kriegt einen der Berggorillas, dachte Wiegand. Und hat schon 80000 angezahlt. Aber sein Bruder Kevin weiß doch von nichts. Der war immer außen vor.

„Zweierlei, Ulrich, kriege ich nicht auf die Reihe? Kevin von Jangelwitz ist garantiert kein Einbrecher. Wieso kommt er in den Besitz deiner Unterlagen? Und zweitens: Wenn der so ein argloser Typ ist – dann hat er doch niemals den Mut zum Erpresser."

„Hm." Mortibodi überlegte. „Ich stelle mir vor, Ingolf quatscht zuviel. Der ist trophäengeil. Es hat sich was rumgesprochen – bis zu Brüderlein Kevin. Der kann zwar keine Ameise zertreten, aber wenn's gegen seinen Bruder geht, entdeckt er trotzdem ungeahnte Abgründe in sich. Er heuert einen Einbrecher an – vielleicht seinen Pferdeknecht – und mir wird ein Besuch abgestattet."

„Also … ich weiß nicht, ob mich das überzeugt."

„Ich versichere dir, Volker: Ich habe Hugo erkannt. Und Kevin ist eben doch nicht so nett, wie er tut. Oder er will uns bestrafen, indem er uns fertig macht. Denn bei unsereins könnte man ja vermuten, dass wir gute Beziehungen haben auch zur Justiz – und im Falle von Aufdeckung und Anklage mit 'nem blauen Auge davonkommen. Also übt Kevin erst mal Selbstjustiz und presst uns aus, damit wir garantiert keinen mehr schmieren können. Und hernach übergibt er das Material dann doch – anonym – der Polizei. Dann wären wir übel dran und sein Bruder genauso. Und der Pferde-Fuzzi reibt sich die Hände. Außerdem hätte er Kohle für besten Hafer."

Wiegand nickte. „So könnte es tatsächlich sein. Wo liegt seine Ranch?“

„In Dranshofen. Wir können mit der S-Bahn rausfahren. Aber er hat auch ’ne Stadtwohnung.“

Wiegand grinste. „Morgen besuchen wir ihn. Aber nicht mit der S-Bahn.“

16. Lissys Ende

Mike staunte, stellte Fragen über Fragen, wollte alles zweimal hören und konnte trotzdem nicht fassen, dass soviel passiert war, während der einen Woche in Springfield, Virginia.

„Webster hinter Gittern! Späte Sühne. Viel eher hätte man diesen Verbrecher fassen müssen. Ich muss nachher gleich meine Mutter anrufen und ihr alles mitteilen."

„Samuel Collins wollte es schon machen", sagte Tim. „Aber wir hatten ja eure Bostoner Adresse nicht. Natürlich hätten wir die ermitteln können, aber dann sagten wir uns: Es ist besser, wir überlassen alles dir."

Mike Brigland fand das richtig. Er war in Wien gewesen, hatte aber wegen der europäischen Ferienzeit die Nachfahren der Fliederschlösschen-Bewohner nicht angetroffen, war dann in Hamburg gewesen, auch ohne Erfolg. Denn die Hausbewohner ab 1947 hatten vom Mobilar der Familie Schulze-Breitland nichts mehr vorgefunden.

Mike war dann abermals nach Wien gereist, denn die Familie Riemerwirth war inzwischen vom Griechenland-Urlaub zurück. Und diesmal hatte Mike Glück gehabt.

„Es gibt da noch einen Opa in der Familie, Jahrgang 1920, also jetzt 78 Jahre alt – so alt wie mein Vater heute wäre. Hartmut Riemerwirth war fast 16, als er in unser Fliederschlösschen einzog. Und er kann sich noch genau an die vielen Tierpräparate erinnern. Weder er noch seine Eltern mochten sie und seine kleine Schwester schon gar nicht. Die Riemerwirths hatten unser – enteignetes – Grundstück erstanden mit allem Inventar, also auch mit den Präparaten. Die ausgestopften Tiere wurden also verkauft. Hartmut weiß noch, dass es sich um ein Fachgeschäft handelte mit dem passenden Namen Einhorn."

„Einhorn?“, sagte Karl rasch. „Es gab mal in der Burggraben-Straße eine Waffenhandlung gleichen Namens. Da wurde alles geboten für die Jägerei, für den Angler – und sie hatten auch Tierpräparate. Aber das Geschäft wurde dann aufgegeben. Vor zwei Jahren, glaube ich. Aus Altersgründen und weil der Eigentümer keine Nachfolger hat. Im Räumungsverkauf haben sich meine Eltern wetterfeste Wanderkleidung gekauft. Für mich auch. Aber die Jacke war undicht.“

Gaby nickte. „Ich weiß, welches Geschäft du meinst. Heute ist da eine Sparkassen-Filiale drin.“

„Das sind aber bestimmt nicht die Einhorns von 1935“, sagte Klößchen. „Sind mindestens die Kids, wenn nicht gar die Enkel.“

Für einen Moment herrschte Stille. Alle spürten: Auch diese Spur versprach wenig.

Wenn irgendwer, dachte Tim, den Blue Truth inzwischen entdeckt hat – in den 63 Jahren – dann wird er den Teufel tun, aber nie zugeben, dass er den Brilli hat. Bleibt also nur die winzige Hoffnung, dass der immer noch in Baldurs Versteck ist. In einem Tierpräparat? Und wenn ja, wo ist das gelandet?

„Die Einhorns werden ja trotz ihrer Altersgründe hoffentlich noch am Leben sein“, sagte er. „Also fragen wir sie. Außerdem rücken wir nochmal bei Mortibodi an. Drittens, Mike, überreichen wir dir hiermit feierlich die Kobra, die Samuel Collins damals von deinem Vater als Geschenk erhielt.“

Das Gespräch spielte sich ab in Mikes Hotelzimmer – er wohnte im PRINZENHOF am Ausritt-Platz. TKKG hatten die original-verpackte Lissy mitgebracht. Mike nahm sie entgegen. Zu fünft betrachteten sie dann die mumifizierte und vermutlich gedrittelte Giftschlange.

WIEVIEL MÄUSE UND RATTEN DIE WOHL ZU LEBZEITEN VERTILGT HAT.

„Wie viele Mäuse und Ratten die wohl zu Lebzeiten vertilgt hat“, sinnierte Klößchen. „Vielleicht hat sie auch jemanden aus der menschlichen Gattung durch Giftbiss erledigt. Wir werden es nie erfahren. Aber wie sieht es jetzt in ihr aus?“

Stille. Dann sagte Mike: „Ich will’s wissen. Und ich bin nicht sentimental. Wir brechen die Schlange auf.“

„Täte ich genauso“, sagte Tim und zückte sein schweres Taschenmesser, an dem er die große Klinge aufklappte.

Einige Zeit später räumten sie den Schlangenmüll in eine große Plastiktüte: die zerfetzte knacktrockne Haut, das Holzwolle-Innenleben, den zerlegten Kopf und den mehrfach zusammen gebogenen Stützdraht. Sonst hatte das Präparat nichts enthalten. Fehlanzeige!

Gaby lachte etwas gezwungen. „War ja nicht anders zu erwarten, nicht wahr?“

Mike hob die Schultern. „Vielleicht habe ich mich in die Idee verrannt. Aber ich bin nach wie vor überzeugt: Großvater hat den Blue Truth in einem seiner ausgestopften Tiere versteckt. Es muss so sein. Er war so von diesem seltsamen Hobby gefangen, dass er gar nicht anders gekonnt hat.“

Tim blätterte bereits in dem dicken ersten Teil des zweibändigen Telefonbuchs, das er in Mikes Nachttisch entdeckt hatte.

„Einhorn – ouuuh! Da gibt es etliche. Karl, wie heißt der Ex-Waffenhändler mit Vornamen?“

„Frag mich was Leichteres. Ich weiß nur noch, dass meine Regenjacke undicht war.“

„Ewald-Johannes“, sagte Gaby. „Hihih! Aber so heißt der wirklich. Es stand groß über dem Geschäftseingang. Ich hab’ damals schon gelacht.“

Tim hob die Nase aus dem Telefonbuch. „Einen Ewald-

Johannes Einhorn gibt es, 76565411 und 'ne Handy-Nummer, tststs! Gibt das Geschäft auf und will noch über Handy erreichbar sein. – Mike, soll ich mal? Ich mache 'ne Story."

„Ich habe vollstes Vertrauen zur dir", grinste Mike.

Tim grinste zurück und wählte.

Eine Frauenstimme meldete sich. „Einhorn!" Es klang, als halte sie ihr Einhorn stoßbereit, um den Anrufer aufzuspießen.

„Guten Tag, Frau Einhorn", grüßte Tim artig. „Mein Name ist Peter Carsten. Ich gehöre zur europäischen Sektion der US-Welcome-and-Farewell-Association, die ja dem Weißen Haus angegliedert ist und direkt dem Präsidenten untersteht. Zur Zeit weilt ein prominentes Mitglied in unserer Stadt – nämlich Professor Mike Brigland von der Northeastern University in Boston. Professor Brigland ist deutschstämmig und wandelt hier auf den Spuren seiner Vorfahren, die noch 1935 zu den angesehendsten Bürgern unserer Stadt gehörten."

Er machte eine Pause und ließ das erst mal wirken.

„Ah ... ja", sagte Frau Einhorn, aber immer noch mit schneidender Stimme.

„Weshalb ich Sie deshalb anrufe, werden Sie sich fragen. Nun, in diese hochpolitische Beziehung deutsch-amerikanischer Freundschaft spielt auch eine private Geschichte hinein – eine Nachforschung, von der wir nicht hoffen wollen, dass sie zu außenpolitischer Bedeutung wird. Jedenfalls ist unser Auswärtiges Amt im Moment noch nicht damit befasst."

„Ah ... ja", Frau Einhorns Stimme klang etwas demütiger.

Gaby, Mike, Karl und Klößchen hatten hochrote Köpfe. Jeden Moment würden sie losprusten.

Tim wandte sich ab, um den gewichtigen Ernst in seiner Stimme zu erhalten.

„Frau Einhorn, es geht um Tierpräparate. Um Jagdtrophäen.“

„Ah … ja.“ Sie schluckte. „Tierpräparate hatten wir in unserem Geschäft. Das meinen Sie doch? Aber das Geschäft haben wir aufgegeben – schon vor zwei Jahren. Ja, im April 96.“

„Das ist uns bekannt.“

Er machte eine Pause, die sich anhörte als würde er sagen: Sie stehen unter Beobachtung.

Dann: „Es geht um Nachforschung, Frau Einhorn. Und zwar um dies: 1935 ließ der Bankier Schulze-Breitland – als er mit seiner Familie in die USA emigrierte, auswanderte – ließ er in seiner Villa Fliederschlösschen am Weidenanger eine Vielzahl ungewöhnlicher Tierpräparate zurück. Diese wurden dann von einer Familie Riemerwirth an das Fachgeschäft Einhorn veräußert.“

„Mein Gott!“, sagte die Einhorn mit fast sanfter Stimme. „Das müssen die Eltern meines Mannes gewesen sein. Die leben jetzt in Ascona. Wir haben das Geschäft 1966 übernommen. Und zusammen geführt. Mein Mann war für Waffen und Angelzubehör zuständig, ich für Textilien und auch für Trophäen. Von den Schulze-Breitland-Präparaten hatten wir noch sehr viele. Die meisten waren ja auf Sockelfundament, mit Besitzer-Schild versehen und auch mit Datum. Ewald-Johannes – das ist mein Mann – hat die Sammlung vervollständigt. Verkauft haben wir nichts. Denn die Präparate hatten ja schon antiquarischen Wert und wurden von Jahr zu Jahr wertvoller.“

Tims Puls wurde schneller, aber seine Stimme blieb ruhig. „Sie haben die Präparate noch?“

„Nein. Als wir das Geschäft aufgaben, haben wir uns davon getrennt. Ewald-Johannes meinte, einmal muss Schluss sein. Auch damit. Denn jetzt sind wir ins Dachgeschoss gezogen und haben nicht mehr viel Platz. Außerdem sammelt mein Mann Briefmarken. Das geht auch in einer kleineren Wohnung."

„Sehr richtig. Sie haben die Präparate veräußert?"

„Ja, natürlich. Jemand, zu dem wir eine geschäftliche Beziehung unterhielten, hat sie insgesamt aufgekauft."

„Mit dem würden wir uns gern in Verbindung setzen."

„Moment! Ich hol' die Adresse."

Es dauerte nur einen Augenblick.

Dann: „Also, das ist hier in der Stadt. Die Firma Ulrich Mortibodi am Obtecker Weg Nummer 36. Telefon 66535762, Fax 66535701."

Na, also!, dachte der TKKG-Häuptling. So schließt sich der Kreis.

„Besten Dank, Frau Einhorn!", schnurrte er. „Die Europa-Sektion der US-Welcome-and-Farewell-Association, die ja dem Weißen Haus direkt untersteht, wird sich Ihrer erinnern. Auf Wiederhören."

17. Wozu das Gewehr?

Als Mikes Mercedes in den Obtecker Weg einbog, sagte Tim: „Stop! Fahr rechts ran, Mike! Und Köpfe einziehen, Amigos!“

Tim saß vorn und sah durch die Windschutzscheibe zu Mortibodis Anwesen.

Dort parkte ein neues Mercedes-Modell an der Hecke und soeben trat Dr. Volker Wiegand auf die Straße, dem geöffneten Tor zugewandt. Durch das rollte ein roter Ferrari auf die Fahrbahn. Wiegand schloss das Tor und stieg ein auf der Beifahrerseite.

Tim kniff die Augen zusammen.

„Mortibodi am Lenkrad“, sagte Karl und beugte sich zwischen den Sitzen nach vorn. „Klößchen und ich haben ihn gesehen, als er gestern zurückkam. Fährt ’nen Ferrari. Die Dinger sind nicht billig.“

„Neu kosten sie 300 000 Dollar“, sagte Mike. „Könnte ich mir nie erlauben. Aber sowas muss auch nicht sein. Ich fahre einen Landrover. Meine Freundin Cindy hat ein kleines Coupé.“

„Der andere ist dieser Wiegand“, sagte Tim. Auch über den war Mike informiert. „Sie kommen her. Besser ist, sie sehen uns nicht! “

Alle gingen auf Tauchstation. Für die beiden im Ferrari, die ohnehin sehr tief saßen, entstand der Eindruck, Mikes Fahrzeug sei leer.

Der Ferrari fuhr vorbei.

„Ich dachte“, sagte Klößchen, „wir wollen mit dem Tierausstopfer reden.“

„Dachte ich auch“, echote Karl.

„Richtig!“, nickte Tim. „Aber jetzt sagt mir mein Instinkt, dass es mehr bringt, wenn wir die beiden beobachten.“

„Finde ich auch“, pflichtete Gaby ihm bei. „Wiegands Haltung war irgendwie aggressiv. Und hektisch. Als hätte er was vor – was Gemeines.“

Mike hatte bereits den Wagen gewendet. Alle saßen wieder aufrecht.

„Auf den Rücksitzen“, sagte Karl, „war was Längliches, das in einem Futteral steckte.“

„Angelruten werden so transportiert“, feixte Klößchen.

„Aber uns hat Wiegand mit einem Gewehr bedroht“, erinnerte sich Gaby. „Hat’s zwar nicht hervorgeholt. Aber es sei im Wagen, hat er gesagt.“

„War das, als ihr Gabys Kettchen gesucht habt?“, fragte Mike.

Tim nickte. „Wir hatten bisher nur die eine Begegnung mit Wiegand. Was für ein schräger Vogel das ist, haben Karl und Klößchen dann ermittelt.“

Mike bog ein in den Klärbacher-Weg. Weit voraus sahen sie den Ferrari.

„Mal sehen, ob ich’s noch kann“, sagte Mike. „Ich meine: Beschatten. Während meiner Studienzeit habe ich nämlich nebenbei für eine Detektiv-Agentur gejobbt. In Boston. Da kam es häufig vor, dass ich jemanden mit dem Wagen verfolgen musste. Aber der Betreffende durfte nichts merken.“

„Das war sicherlich wahnsinnig aufregend?“, fragte Gaby mit leuchtenden Augen. „Ging’s um schwere Verbrechen?“

„Überhaupt nicht.“ Mike lachte. „Es waren immer nur Beziehungsgeschichten. Sie wollte wissen, ob er ihr treu ist. Und umgekehrt. Und wenn Untreue vorlag – was meistens der Fall war –, dann verlangte der Auftraggeber Informationen, bzw. Beweise für die Untreue.“

„Toll!“, meinte Gaby. „Solche Fälle, wo Liebe und Leidenschaft im Spiel ist, sind ja viel aufregender als simple Kriminalität. Wie ist denn die Statistik?"

„Was meinst du?"

„Wer neigt nach deinen Erfahrungen mehr zur Untreue: er oder sie?"

„Halbe-halbe – würde ich sagen. Zumindest bei uns in den USA haben die Frauen gewaltig aufgeholt und stehen den Männern nichts nach."

„Und da man in Europa alles übernimmt, was von drüben kommt", feixte Tim. „Vom Fitness-Trend, über Film, Mode, Musik, Fast-Food bis High-Tech – so wird auch das amerikanische Untreue-Verhalten bei uns bald üblich sein, wenn's nicht schon so ist."

„Anwesende ausgeschlossen", kicherte Gaby. „Und das gilt auch für dich."

„Jedenfalls habe ich gelernt", meinte Mike, „wie man den richtigen Abstand hält. Unbemerkt bleiben, trotzdem das Objekt nicht aus dem Auge verlieren!"

„Dabei hilft uns", sagte Klößchen, „dass Ferraris ziemlich selten sind. Und rot ist der wirklich. Allerdings auch ziemlich dreckig. Wurde wohl noch nicht durch die Waschstraße gerollt nach dem Italien-Urlaub."

Tim stellte fest, dass sich Mike sehr geschickt verhielt. Im dichteren Verkehr rückte er auf, bei guter Übersicht hielt er beträchtlichen Abstand.

Mortibodi und Wiegand fuhren nicht in die Innenstadt, sondern nur einen Bogen zur sogenannten Ost-Tangente, die schlankweg zur Autobahn führt. Allerdings nicht nur dorthin. Landstraßen zerpflügen das Umland. Auf der B soundso drehte der Ferrari auf. Mit 120 std/km zischte er in Richtung Dranshofen.

„Jetzt mache ich mich strafbar", sagte Mike und fuhr das gleiche Tempo.

„Ob die zur Jagd wollen?“, überlegte Karl. „In der Gegend dort steht viel Rehwild. Und von Mitte Mai bis Oktober dürfen Böcke bejagt werden. Ricken“, setzte er hinzu, „also die weiblichen Rehe – werden nur im Winter geschossen.“

„Widerwärtig!“, urteilte Gaby. „Was für ein Miststück muss jemand sein, wenn er das Töten dieser schönen und harmlosen Tiere zu seinem Hobby macht, zu seiner sogenannten Passion.“

„Sieh dir die Typen aus der Nähe an“, sagte Tim, „dann hast du die Erklärung. Im Übrigen glaube ich nicht, Karl, dass die beiden zur Jagd wollen. Wiegand ist angezogen wie ein Lacko-Schniegel, der sich auf die Gartenparty freut. Und Mortibodi trägt auch was Helles. Der deutsche Waidmann aber kleidet sich grün. Vom Hütchen bis zum Geländestiefel ist er zunftgerecht in Schale – und sei's, dass er nur 200 Meter vom Wagen bis zum Hochsitz tapert.“

„Wozu dann das Gewehr?“, fragte Karl. „Denn was anderes kann nicht in dem Futteral sein.“

„Ja, wozu?“, nickte Tim.

„Scheibenschießen“, schlug Klößchen vor. „Vielleicht wollen sie zu 'nem Schützenfest.“

Aber das war nicht ernst gemeint.

„Oder“, sagte Gaby, „es geht um Bedrohung. Wiegand scheint der Typ zu sein, der dazu eine Schusswaffe braucht.“

Sie fuhren jetzt durch hügeliges Gelände. Wiesen, Weiden und Äcker zu beiden Seiten.

5 km bis Dranshofen.

Weit vorn bog der Ferrari rechts ab, folgte einem Feldweg, wurde unsichtbar in einer Senke, tauchte wenig später auf der anderen Seite wieder auf und steuerte ein Waldstück an, in dem er verschwand.

„Ja, hallo!“, meinte Gaby. „Dort geht's doch zum Jangelwitz-Gestüt.“

„Pferde?", fragte Klößchen für die Jungs, die von keinem Jangelwitz wussten.

„Bei einem Gestüt", erwiderte Gaby, „handelt es sich sozusagen immer um Pferde. Kevin von Jangelwitz züchtet sie. Einmal wurde ihm ein Hengst gestohlen – weggeklaut von der Weide. Das waren damals organisierte Pferdediebe und mein Papi war mit dem Fall betraut. Bei der Gelegenheit habe ich Herrn von Jangelwitz kennengelernt. Ist ein sehr netter Mensch. Und ganz anders als sein Bruder. Der – er heißt Ingolf und ist Schönheitschirurg – interessiert sich zwar auch für Tiere. Aber er züchtet sie nicht, sondern er meuchelt sie. Er ist Jäger. Und protzt damit, dass er als Großwildjäger irre Geldsummen ausgibt, um in Alaska Grizzlys zu jagen oder Flusspferde in Afrika. Unser Tierschutzverein hatte mehrfach Ärger mit ihm. Aber das ficht den nicht an."

„Hm!", machte Tim. „Dann sind die beiden aber dort hinten an der falschen Adresse. Offenbar verwechseln sie die Brüder."

„Ich fahre hinterher", sagte Mike und meinte das halb als Frage.

„Klar!", nickte der TKKG-Häuptling. „Wollen doch mal sehen, was die vorhaben."

Der Feldweg war geröllig, aber der Mercedes wurde damit fertig. Unter den Bäumen fuhr Mike langsam. Hier waren Kurven und man wusste nicht, hinter welcher der Ferrari vielleicht parkte.

Verlieren konnten sie die beiden Typen nicht mehr, denn das Jangelwitz-Gestüt – auf das an der Abzweigung ein Wegweiser hinwies – war das Ende einer ländlichen Sackgasse.

Tim hatte das Fenster geöffnet und horchte hinaus.

Vogelstimmen, ein Sportflugzeug am wolkenlosen Himmel, weit entfernt Kirchenglocken.

Der Ferrari war nicht zu hören.

Dann schimmerte roter Lack durch die Bäume. Mike hielt auch schon und schaltete den Motor aus.

„Soweit ich mich erinnere“, sagte Gaby, „ist der Wald gleich zu Ende.“

Tim war bereits ausgestiegen und sagte, er werde nachsehen.

„Pass auf, dass sie nicht auf dich schießen!“, flachste Karl.

Tim pirschte um die Kurve.

Der Ferrari parkte unter den letzten Bäumen. Er war leer. Der Weg führte noch etwa 100 Meter weiter zu einem kleinen, aber schmucken Bauernhof – mit Wohnhaus, Ställen und Scheune. Dahinter war eine offenbar große Weide umzäunt. Auf der bewegten sich zwei Dutzend kräftiger, jedoch nicht sonderlich großer Pferde. Tim hielt sie für Przewalski-Pferde oder zurückgezüchtete Tarpane – denn im Original ist diese Wildpferdeart ja leider nicht mehr vorhanden, sondern ausgerottet.

Mortibodi – ein ziemlich kleiner, dicklicher Typ – und Wiegand schritten zum Wohnhaus, vor dem ein Landrover parkte. Wiegand trug ein Jagdgewehr auf der Schulter, mit dem Lauf nach hinten, mit der rechten Hand an Kolben und Abzug. Der Typ sah ein bisschen nach Westernheld aus, der damit rechnet, dass in der Ranch Indianer lauern oder mindestens Viehdiebe.

Für einen Moment verharrten die beiden Typen vor der geöffneten Haustür, dann traten sie ein – offenbar ohne Ankündigung.

Tim rannte zu seinen Leuten zurück.

18. Kohlköpfe und Radieschen

Kevin von Jangelwitz war 46 und damit zwei Jahre älter als sein Bruder, war hochgewachsen und Diplom-Landwirt. Dichtes graublondes Haar, sanfte braune Augen, rauher Drei-Tage-Bart. Kürzlich hatte sich Kevin das Rauchen abgewöhnt – nach langem Drängen seiner Lebensgefährtin, die in der TKKG-Stadt an einer Grundschule Lehrerin war – war aber noch nicht ganz überm Berg und hielt zur Zeit ständig eine kalte Shag-Pfeife zwischen den Zähnen.

Er züchtete Wildpferde – aus Leidenschaft. Außerdem baute er Bio-Gemüse an. Seine Abnehmer waren Bio-Läden und der bescheidene Erlös reichte ihm für den Unterhalt.

Momentan stapelten sich Holzkisten in seiner weiträumigen Diele. Salatköpfe, Radieschen und Rettiche füllten die Behältnisse.

Kevin trank gerade einen Schluck Sauerkrautsaft, als die beiden hereinkamen.

Diesseits der Haustür blieben sie stehen.

Wiegand, den Kevin nicht kannte, richtete die Mündung seiner Jagdbüchse zu Boden. Dem Tierpräparator war Kevin schon begegnet. Mortibodi war hier gewesen und hatte ihm ein geradezu ungeheuerliches Angebot gemacht. Hatte nämlich 5000 Mark für Hugo geboten, für Kevins Hellroten Ara. Aber nicht, um den Papagei bei sich zu halten, sondern um ein Präparat daraus zu machen: tot und ausgestopft.

Kevin hatte den Kerl aus dem Haus gewiesen – und schob jetzt die Brauen zusammen.

„Hallo!“ Mortibodi grinste.

Wiegand starrte nur mit vorgeschobenem Kinn.

„Haben Sie vergessen, dass ich Sie rausgeworfen habe“, sagte Kevin. „Sie haben hier Hausverbot, Mortibodi. Das gilt für alle Zeiten.“

„Interessiert uns aber einen Dreck“, erwiderte der andere und richtete das Gewehr auf eine Kiste mit Kohlköpfen. „Diesmal geht’s nämlich nicht um ein Angebot, sondern um eine nachdrückliche Forderung. Übrigens – ich bin Dr. Wiegand. Aber das haben Sie sicherlich schon erraten.“

„Wieso sollte ich das erraten?“ Kevin stellte sein Glas auf den langen Holztisch, auf dem er sein Gemüse sortierte. „Und was meinen Sie mit Forderung?“

Wiegand änderte die Tonart. „Spiel nicht den Unschuldigen, du schmieriger Erpresser! Dies wird kein Spaß für dich. Wir wissen genau, dass du’s bist. Du hast dich verraten, du Idiot! Dein Hugo hat dich verraten. Also?“

„Was? Was ist los?“ Kevin war echt erstaunt. Außerdem hatte er in diesem Moment einen Schatten bemerkt, der hinter den beiden – vor der geöffneten Haustür – vorbei huschte. Eine Taube im Tiefflug? Oder waren die beiden nicht allein?

„Wir wollen die Unterlagen!“, sagte Mortibodi. „Alles, was du mir aus dem Aktenschrank geklaut hast – oder hast klauen lassen. Die Unterlagen über unsere Abschüsse, über unsere Kunden und so weiter. Das, womit du uns erpressen willst.“

Kevin starrte sie an und seine Verblüffung war so echt wie der Kohinoor-Diamant in der englischen Königskrone.

„Ich verstehe kein Wort.“

„Also gut“, meinte Wiegand. „Du willst es nicht anders. Ich werde jetzt eins deiner Viecher abschießen, deiner Wildpferde. Vielleicht kommst du dann zur Vernunft. Und wenn nicht, dann fällt das zweite im Schuss. Zu den Bullen kannst du ja nicht. Denn wenn du dich an die wendest, hängst du als Erpresser genauso drin wie wir. Kapiert?“

„Nein!“ Kevin zerrte seine Shag-Pfeife aus der Hosentasche hervor und fuchtelte damit. „Ich verstehe kein Wort.

ABER ICH!

Ich habe niemanden erpresst. Ich weiß nichts von irgendwelchen Unterlagen. Und wenn Sie auf meine Pferde schießen, dann … dann …“ Er wusste nicht weiter.

„Was dann?“, höhnte Wiegand. „Du kannst zusehen, du Spinner. Verhindern kannst du's nicht.“

„Aber ich“, sagte Tim und trat über die Schwelle.

19. Folgenschwerer Irrtum

Tim hatte sich angeschlichen, hatte an der Tür gelauscht und mitgehört – fast von Anbeginn.

Donnerwetter! Da lief eine rattenscharfe Randale ab. Aber er sah noch nicht durch.

Auch seine Freunde und Mike waren heran gepirscht und verfolgten das Gespräch.

„Völliger Blödsinn!“, wisperte Gaby in Tims rechtes Ohr. „Sowas würde Kevin Jangelwitz nie machen. Sein Bruder sicherlich.“

„Also doch 'ne Verwechslung“, hauchte er zurück.

Schließlich verstieg sich Wiegand zu seiner brutalen Drohung und bei Tim schmorten die Sicherungen durch.

Wiegand fuhr herum, als er die Stimme hinter sich hörte, und beinahe wäre es ihm gelungen, seine Waffe auf Tim zu richten.

Aber dann wurde dem Tiermörder mit einem Tritt wie vom amtierenden Karate-Weltmeister das Gewehr aus den Händen gewirbelt. Es flog gegen die gekalkte Wand, ohne dass sich ein Schuss löste, und polterte auf die Radieschen-Kisten.

Wiegand, der ehemalige Zahnarzt, war ein harter Brocken, hatte auf seinen Großwild-Meucheljagden Strapazen bewältigt, hatte sich Duelle mit Wildhütern geliefert und nie klein beigegeben. Auch jetzt nicht. Mit geballten Fäusten drang er auf Tim ein. Ein Riesenfehler. Drei der Gemüsekisten krachten zusammen, als Wiegand dort landete – mit ausgekugeltem Arm, rechts, und blutender Nase. Brüllend drückte er das Gesicht in die Salatköpfe.

Mortibodi wich zurück. Kevin von Jangelwitz erstarrte. Mike hob das Gewehr auf und überzeugte sich, dass es gesichert war.

„Tag, Herr von Jangelwitz“, sagte Gaby. Sie hielt das zwar für etwas verfehlt in dieser Situation, aber ihr fiel nichts anderes ein und falsch ist ein netter Gruß eigentlich nie.

Kevin nickte. „Tag, Gaby!“, meinte er entgeistert. „Ich glaube, diese Typen sind übergeschnappt. Ich verstehe nicht, was die von mir wollen.“

Mortibodi schwitzte so heftig, dass seine Brillengläser beschlugen. Er leckte sich die Lippen. Indem er die Nase rümpfte, schob er die rutschende Bille nach oben.

Tim ging auf ihn zu. Das war eine eindeutig drohende Geste.

Mortibodi wich weiter zurück und stieß an die jenseitige Wand.

„Rühr ... rühr mich nicht an!“, rief er schrill.

Widerlicher Kerl!, dachte der TKKG-Häuptling.

„Du hast eine Minute, Tierausstopfer, um alles zu erklären. Aber so, dass es Außenstehende begreifen.“

„Nein!“, brüllte Wiegand, immer noch mit dem Gesicht im Salat. „Kein Wort, Ulrich! Die ...“

Dann jaulte er auf, denn Mike war offenbar gestolpert – und der Gewehrkolben landete schmerzhaft bei Wiegand im Kreuz.

„Verzeihung!“, entschuldigte sich Mike. „Hoffentlich stolpere ich nicht noch mal.“

„Die Minute läuft“, sagte Tim zu Mortibodi.

„Wir ... wir ... werden erpresst. Mit ... weil ... Von ihm!“ Er deutete auf Kevin. „Er hat zwar mit verstellter Stimme angerufen – gestern. Aber im Hintergrund hat sein Papagei Hugo den River-Kwai-Marsch gepfiffen. Und das kann kein anderer Vogel.“

„Was? Hugo?“, rief Kevin. „Den habe ich doch nicht mehr. Hugo wurde mir gestohlen. Vorige Woche! Da war ein Einbrecher hier. Ich war bei Petra in der Stadt und ...

Also, als ich zurückkam, war hinten ein Fenster zerstört. Mir fehlen 740 Mark und das gesamte Tafelsilber. Und Hugo, mein Hellroter Ara. Natürlich habe ich Anzeige erstattet. Bei einem Kollegen deines Vaters, Gaby. Aber man hat wohl noch nichts ermitteln können."

Mortibodi gab einen winselnden Laut von sich.

Wiegand hatte den Kopf aus den Salatblättern gehoben, jetzt ließ er ihn wieder sinken und begann zu lachen wie ein Verrückter.

„Euer Erpresser – das scheint der Einbrecher zu sein", stellte Tim fest. „Wenn wir vorhin alles richtig verstanden haben, dann war der Mann auch bei euch – und hat interessante Unterlagen an sich gebracht. Was das ist, wollen wir jetzt ganz genau wissen – ganz genau! Sonst ... Aber dazu wäre es besser, Herr von Jangelwitz, wenn Sie für einen Moment hinausgehen. Und du, Gaby, auch – weil dich so leicht das Mitleid überkommt."

Das war natürlich nur eine Drohung. Aber sie wirkte.

Mortibodi hatte, was seinen Mut betraf, die Hosen voll – und begann zu reden.

*

Polizei. Verhaftung. Wiegand und Mortibodi wurden ins Präsidium überführt. Dort würde man entscheiden, ob sie in Untersuchungshaft kamen oder vorläufig auf freiem Fuß bleiben durften.

Gabys Vater war mitgekommen, überließ aber die Abwicklung seinen Kollegen. Der Kommissar behielt sich die Durchsuchung bei Mortibodi vor, denn dort im Kühlraum lagerten ja die Beweise.

Dass TKKG und Mike ihn begleiten durften, versteht sich beinahe von selbst.

Mortibodi hatte seine Hausschlüssel aushändigen müssen. Jetzt befanden sich alle in der Keller-Werkstatt, sahen sich um und waren angeekelt.

Dann schloss Glockner den Kühlraum auf.

Zwar wussten alle, welcher Anblick sie erwartete, aber das verhinderte lediglich einen plötzlichen Schock. Der Erschütterung konnte sich niemand entziehen.

Fassungslos blickten sie auf die teils frischen, ausgeweideten Kadaver – auf das ‚Material', das zu Trophäen verarbeitet werden sollte.

„Artenschutz gibt's für die nicht", sagte Glockner. „Wiegand hat alles abgeschossen, was attraktiv ist. Attraktiv für diese jämmerlichen Abnehmer – sei's Pelzhändler oder Trophäensammler wie Ingolf von Jangelwitz. Auf den und andere, die sich nach Bestellung beliefern lassen, kommt jetzt was zu. Aber leider sind die Strafen keine wirkliche Abschreckung. Jene, die unseren Planeten ausplündern und ausrotten – was man zu den schlimmsten Verbrechen rechnen sollte –, finden meistens ein juristisches Schlupfloch und kommen mit einem blauen Auge davon."

„Egal, ob Wiegand und Mortibodi eingebuchtet werden oder nur eine Geldstrafe kriegen", sagte Tim, „wir werden die beiden im Auge behalten. Geschäfte wie diese hier werden die nicht mehr tätigen."

Gaby hatte Tränen in den Augen. „Wir werden auch dafür sorgen, dass die Auftraggeber für diese Verbrechen an der Tierwelt bekannt werden. Lächerlich werden wir sie machen! Öffentlich anprangern!"

„Hm!" Glockner strich seiner Tochter über die blonde Mähne. „Aber sprecht das bitte vorher mit mir ab. Ich möchte nicht, dass ihr euch ins Unrecht setzt."

Tim sagte: „Da hängt doch jetzt ein ganzer Rattenschwanz von Ermittlungen dran, Herr Glockner. Niemand kann die Felle und Schädel von frisch erlegten Tieren wie Elefant, Nashorn, Sibirischer Tiger, Schneeleopard, Jaguar, Berggorilla, Kaiman und so weiter mir nichts, dir nichts bei zig Flughäfen durch den Zoll schmuggeln. Da sind nicht nur in Drittländern dreiste Bestechungen gelaufen – da wurden auch hier beamtete Personen geschmiert."

Gabys Vater nickte. „Verlasst euch drauf – darum werde ich mich kümmern."

„Jedenfalls wird dieses Schreckens-Szenario", meinte Karl, „erst mal beendet. Und das ist ja auch schon was."

Fast fluchtartig verließen die Kids den Kühlraum.

Tim bemerkte, wie alle aufatmeten. Mike zog unauffällig ein Fläschchen Duftwasser aus der Tasche und benetzte sein Taschentuch, mit dem er sich dann über die Nase rieb. Logo! Der Aasgeruch im Kühlraum war fürchterlich.

„Wir können damit rechnen", sagte Glockner, „dass der Erpresser abermals hier anruft. Inzwischen wird er sich überlegt haben, wie viel er verlangen will."

„Hoffentlich lebt der Papagei Hugo noch", sagte Klößchen.

„Dessen Musikalität ist verräterisch", meinte Karl. „Aber der Einbrecher ist bestimmt ein Tierfreund. Sonst hätte er Hugo nicht mitgenommen."

„Vielleicht will er ihn verkaufen", gab Tim zu bedenken.

„So oder so", sagte Glockner. „Mit Hugo hat er sich belastet. Zumal auch die Hellroten Aras zu den geschützten Papageien gehören. Kevin von Jangelwitz hat Hugo von seinem Vater geerbt. Der Vogel ist über 30 Jahre alt und fast genauso lange in der Familie."

„Alter Ara", meinte Klößchen.

„Keineswegs, Klößchen", erklärte Glockner. „Für einen Papagei ist er noch recht jung. Die werden über 100 Jahre alt."

Sie gingen in den Wohnraum hinauf, wo das Telefon war.

„Die Werkstatt ist übel“, sagte Gaby, „der Kühlraum die Hölle. Was uns drüben in dem Anbau erwartet, ist sicherlich nicht ganz so schlimm – allerdings schlimm genug. Denn dort hat Mortibodi die fertigen Trophäen und auch die antiquarischen Exemplare aus dem ehemaligen Fachgeschäft Einhorn.“

Das wussten sie alles von Mortibodi. Dessen Geständnis war umfassend gewesen.

Mike grinste. Er hatte seine Ungeduld im Griff, wollte aber begreiflicherweise nun endlich die Präparate sehen – jene Präparate die sein Großvater gesammelt und 1935 hier zurückgelassen hatte. War in einem von ihnen der Blue Truth versteckt?

„Drei Tierpräparate kennen wir schon“, sagte Gaby, „den Geier, den Leoparden und eine Kobra. Die stehen so dicht am Fenster, dass wir sie in jener Nacht erkennen konnten. Hinter ihnen ist die Sicht versperrt. Dort steht ein großer Schrank.“ Sie blickte umher. „Wer kommt mit?“

„Ich hätte Lust“, grinste Mike.

Karl und Klößchen schlossen sich an.

Tim und der Kommissar blieben beim Telefon.

20. Leos Redensart

Es war später Vormittag. Schwüle lastete auf der Millionenstadt. Über Mortibodis Terrasse und auch im Garten tanzten Mücken. Tim sah hinaus. Glockner hatte im Nebenraum Mortibodis Schreibtisch durchsucht und war offenbar fündig geworden, denn er brachte etliche Schriftstücke mit, die er aussortiert hatte.

„Der erpresserische Einbrecher ließe sich natürlich schnell ermitteln", sagte er, „wenn wir einen öffentlichen Aufruf erließen. Nach dem Motto: Wo ist ein Papagei, der den River-Kwai-Marsch pfeift?"

„Hm!", knurrte Tim. „Aber dann!"

„Richtig!" Glockner nickte. „Dann wäre Hugo ein toter Vogel. Deshalb komme ich mit dem Vorschlag gar nicht erst raus. Und meinen Kollegen habe ich eingeschärft, dass nichts dergleichen unternommen wird."

„Nicht jeder würde so handeln. Andere würden sagen: Den Einbrecher, den Erpresser zu fassen hat Vorrang vor dem Leben des Papageis."

„Es kann sein, dass wir deshalb etwas länger ermitteln. Aber die Achtung vor dem Leben – auch vor tierischem Leben – bleibt oberstes Gebot."

„Wenn nur mehr Menschen so denken und handeln würden."

In diesem Moment klingelte das Telefon.

Vereinbart war, dass Tim sich melden sollte. Er konnte sich als Komplize, als Dritter im Bunde ausgeben.

Wenn der Kommissar redete, bestand die Gefahr, dass der Anrufer – der vermutlich ein krimineller Profi war – ihn erkannte. Glockner hatte im Laufe seiner Karriere mit ungezählten Ganoven zu tun gehabt und seine sonore Stimme war einprägsam.

NACH DEM MOTTO: WO IST EIN PAPAGEI, DER DEN RIVER-KWAI-MARSCH PFEIFT?

Tim nahm den Hörer ans Ohr und spürte kribbelnde Spannung bis in die Haarspitzen.

*

Der sogenannte Anbau zwischen Haus und Doppelgarage erwies sich als langer, düsterer Lagerraum. Mit Regalen an den Wänden, einfachen Tischen als Ablage und einigen Schränken. Mortibodi hortete hier seine Vorräte für die Werkstatt – und seine Sammlung alter und nicht ganz so alter Präparate.

Insgesamt 34 ausgestopfte Tiere stammten aus dem Besitz von Mikes Großvater. Sie waren leicht zu erkennen, standen nämlich alle auf Holzsockel und waren mit metallnem Schild versehen. Dort waren Name und Adresse des damaligen Besitzers eingestanzt: Baldur Schulze-Breitland, Weidenanger …

Baldurs Präparate datierten aus der Zeit von 1848 bis 1929 und standen gesondert, nämlich in dem zweiten und hinteren Raum des Anbaus.

„Mortibodi hat gesagt", erinnerte sich Gaby, „die Bestandsliste liege in dem Regal links hinter der Tür."

„Hier." Karl war ein paar Schritte voraus und hatte die Liste entdeckt. Fast feierlich übergab er sie Mike.

Zu dem hinteren Raum gehörte auch das Fenster, durch das TKKG in jener Nacht hereingeblickt hatten.

Alle sahen sich um. Klößchen begann zu zählen. Unter den Präparaten waren zahlreiche Papageien-Arten, die nachweislich oder vermutlich ausgestorben sind – wie der blaue Spix's Ara, der Mauritius-Sittich, der Dünnschnabel-Nestor – dessen letztes Exemplar 1851 als Käfigvogel in London starb, oder der Karolina-Sittich, ausgestorben seit 1918.

„Ein Schatz!“, sagte Karl. „Wahnsinn, dass es wenigstens die Präparate noch gibt. Die gehören natürlich in eine wissenschaftliche Sammlung und ins Museum.“

„Ich suche nach einem anderen Schatz“, erinnerte Mike. „Und ich sehe schon: Wir werden jedes Präparat röntgen müssen. Zerstören dürfen wir sie nicht.“

„Es sind nur 32“, sagte Klößchen. „Zwei fehlen.“

„Hast du dich auch nicht verzählt?“, meinte Karl.

„Ich kann bis drei zählen“, schlug Klößchen grinsend zurück. „Das habe ich zehnmal gemacht. Dann waren noch zwei übrig.“

Mike und Gaby beugten sich über die Liste und verglichen.

„Eine Kobra fehlt“, sagte Mike. „Zwei sind aufgelistet. Und ebenfalls fehlt der ausgehöhlte Soldaten-Ara mit dem Reissverschluss am Bauch.“

„Der Einbrecher war sicherlich auch hier“, mutmaßte Gaby. „Und hat was mitgenommen – nur so zum Spaß. Den Soldaten-Ara vielleicht damit sich Hugo nicht einsam fühlt. Und die Kobra vielleicht, um zu sehen, wie er darauf reagiert.“

Klößchen untersuchte einen Luchs. „Nähte sehe ich keine. Ich wüsste nicht, Mike, wie dein Großvater einen pflaumengroßen Diamanten in diesem Raubtier versteckt hat.“

„In dem sicherlich nicht. Aber im Gefieder eines Papageis finden wir die eventuelle Naht nicht so rasch.“ Mike gab sich einen Ruck. „Eigentlich bin ich jetzt am Ziel. Dank eurer Hilfe. Ob hinter dem Ziel etwas ist, wird sich beim Röntgen herausstellen. Das muss ich jetzt organisieren.“

*

„Ja?“, sagte Tim und bemühte sich, Mortibodis Stimme nachzuahmen.

Glockner stand neben ihm und Tim hielt den Hörer so, dass er mithören konnte.

„Mortibodi?“, fragte eine gequetschte Männerstimme. Sie klang stockig, war offensichtlich verstellt.

Glockner schüttelte rasch den Kopf. Das hieß: Versuch nicht, Mortibodi zu sein, mach lieber den Komplizen.

„Nein“, sagte Tim. „Wer spricht dort?“

„Schaff den Präparator ans Rohr, Mann!“

„Ulrich ist nicht da.“

„Bist du … Wiegand?“

Glockner verneinte abermals.

„Ich bin Martin“, erwiderte Tim.

„Aha. Und wie weiter?“

„Mensch!“, sagte Tim. „So fragt man Leute aus, wie? Aber ich glaube, ich weiß jetzt, wer du bist. Du warst neulich Nacht hier. Und hast so einiges mitgenommen. Richtig?“

„Na, wer sagt's denn, Mann!“

„Ulrich hat mich eingeweiht.“

„Freut mich für dich, Mann! Du gehörst also zu diesen Aasgeiern.“

„Hm.“

„Wann kommt Mortibodi zurück?“

„Keine Ahnung. Ich hüte das Haus. Und ich soll Infos entgegennehmen. Darum geht's doch, wie?“

„Richtig, Mann! Dann mach mal die Löffel spitz! Erste Info: Ich verlange 200000! Keine großen Scheine! Keine 500er, keine 1000er.“

„Ist notiert.“

„Packt das Geld in eine Tasche. Morgen Abend rufe ich wieder an. Dann sage ich euch, wohin ihr das Geld bringt.“

Tim verlieh seiner Rolle Glanz, indem er sagte: „Die Übergabe soll ich machen. Das steht schon mal fest. Dabei lernen wir uns kennen, wie?"

„Du spinnst wohl, Mann!", erwiderte der Erpresser. „Nicht mal meinen Schatten wirst du sehen." Er legte auf.

„Gut gemacht, Tim." Glockner lächelte. „Ein voller Erfolg. Denn ich weiß, wer das ist."

Tim staunte. „Haben Sie die Stimme erkannt?"

„Die hätte ich wohl nicht erkannt. Allerdings passt sie auch verstellt zu dem, von dem ich glaube, dass er's ist. Erkannt habe ich ihn an seiner Redewendung – ‚Na, wer sagt's denn, Mann!' – Ich glaube, die gebraucht er auch wenn er sich eine Fahrkarte kauft oder über schlechtes Wetter schimpft. Hinzu kommt dieses ständige ‚Mann!' – Außerdem ist mein Kandidat zweimal vorbestraft wegen Einbruchs. Es passt alles zusammen. Verhört habe ich ihn ein Halbdutzend Mal. Deshalb erinnere ich mich so genau. Der Bursche heißt Leo Knakow. Richtig bösartig ist er eigentlich nicht, obwohl ich stark vermute, dass er mehr auf dem Konto hat als die beiden Einbrüche. Doch Erpressung ist sicherlich Neuland für ihn."

21. Blue Truth

Leo Knakow bewohnte ein kleines Holzhaus auf einem verwahrlosten Grundstück, wo altes Gras unter Büschen moderte und sich die Hecke zusammen mit dem Drahtzaun zu einem Wall verdichtet hatte.

In der Einfahrt stand ein alter VW. Vom Tor gab's nur noch einen Flügel, den linken.

Glockners BMW, dem man den polizeilichen Einsatz nicht ansah, fuhr daran vorbei und hielt im Sichtschutz der Hecke. Der zweite Wagen, besetzt mit zwei Kripo-Beamten, blockierte die Einfahrt.

Der Kommissar und die Jungs stiegen aus. Auch Gaby war mitgekommen, hatte aber Weisung, im Wagen zu bleiben.

„Ich passe auf an der Hintertür", sagte Tim und flitzte los, bevor man ihn zurückhalten konnte.

Vorbei am Eingang, geduckt durch unter den beiden Fenstern, hinter denen schäbige Vorhänge hingen, zur Hintertür! Und das war gerade noch rechtzeitig. Denn Leo Knakow hatte den Aufmarsch bemerkt und war bereits auf der Flucht – was schließen lässt auf ein rabenschwarzes Gewissen.

Als Tim um die hintere Ecke bog, flog die Hintertür auf. Ein knochiger Typ mit Rattenfrisur wollte ins Freie, sah Tim, prallte zurück, versuchte die Tür zu schließen – von innen – und wurde buchstäblich in seine Hütte geschleudert, als sich der TKKG-Häuptling mit vollem Körpereinsatz gegen die Tür warf.

Sie krachte gegen die Wand. Tim stolperte in den schmucklosen Raum, in dem sich allerlei Diebesgut stapelte. In einem anderen Raum krächzte Hugo, der Hellrote Ara.

Knakow hatte sein Gleichgewicht wieder gefunden. Mit Fäusten drang er auf Tim ein und konnte auch einen Schwinger anbringen, der den TKKG-Häuptling am Ohr traf. Das schmerzte. Tim revanchierte sich mit einem krachenden Kinnhaken.

Knakow flog in sein Beute-Gerümpel, riss eine Tiffanylampe zu Boden, deren Glasschirm zersplitterte, zerfetzte mit dem Ellbogen ein Gemälde im dunklen Rahmen und begrub rücklings ein Tierpräparat unter sich – eine aufgerichtete Kobra mit geblähtem Hals.

Sie stammte aus Baldur Schulze-Breitlands Sammlung. Sie war aus dem Jahre 1886, war gut erhalten gewesen, aber morsch. Jetzt zerbarst sie buchstäblich, wurde zerkrümelt und zu Staub.

Etwas fiel dumpf auf die Holzdielen.

Knakow, der sich beim Sturz stark geprellt hatte, rollte stöhnend zur Seite.

„Aufhören! Ich ergebe mich. Ist ja gut, Mann! Wer sagt's denn!"

Aber Tim achtete nicht auf ihn. Der TKKG-Häuptling hatte nur noch Augen für den pflaumengroßen Edelstein. Mehr rutschend als rollend legte er noch einen Fußbreit zurück auf den glatten Dielen und blieb dann liegen im Licht eines Sonnenstrahls, der sich wie auf Bestellung durch das kleine Rückfenster herein stahl.

Tausend Lämpchen schienen zu blitzen, tausend kleine Spiegel schienen das Licht zu reflektieren: ein bläuliches Gleißen und Funkeln, das den Betrachter verstummen lässt und ihn andächtig staunen macht.

Nach 63 Jahren!, dachte Tim. Und er war im Leib dieser Kobra versteckt – in ihrem ausgestopften Bauch.

Leo hatte den Kopf gewandt. Seine Augen traten hervor. Die Zunge hing im Mundwinkel.

WAS... WAS...
IST DENN DAS?

„Was ... was ... ist denn das?"

„Das ist der Blue Truth. Er hat 112 Karat. Aber trösten Sie sich, Mann!!! Mit dem hätten Sie sowieso nichts anfangen können."

Abgespielt hatte sich alles in wenigen Sekunden. Jetzt stürmte Kommissar Glockner herein, gefolgt von Klößchen und Karl.

Alle blieben sofort stehen, geblendet von diesem unbeschreiblichen Gleißen.

*

TKKG waren standhaft. Sie lehnten jede Belohnung, die Mike ihnen aufnötigen wollte, nachdrücklich ab. Tim fasste zusammen was ihm und seinen Freunden wichtig ist.

„Für uns ist die schönste Belohnung, dass wir Mortibodi, Wiegand und Konsorten überführt und gefasst haben. Und dass damit die geschützten Tierarten auf unserem Planeten vielleicht ein bisschen weniger gefährdet sind."

ENDE